文學研究叢書・兒童文學叢刊

兒童文學與閱讀（二）

林文寶　著

自序

　　兒童閱讀應該是兒童文學應用與實務方面的主軸，且當以童書和課外閱讀為出發點，而今兩岸在兒童閱讀上，一直存在著三個誤區：

　　一、對兒童文學認識不足。

　　二、課內、課外不分。

　　三、認為閱讀是語文老師的事。

　　又個人堅持兒童閱讀指導的原則，在於以身作則與了解兒童而已。

　　也因此，有關兒童閱讀的論述似乎並無新意，而只是用當下的情景一直詮釋著我的這兩個基本信念。

　　關於個人兒童閱讀的歷程，退休前的場域，早期有官方的活動，以及民間閱讀的推動；同時亦有香港、新加坡與馬來西亞等地的講座。

　　而退休後（二〇〇九年二月），則以大陸為主要場域。因此，本書所收錄文章以在大陸講座或發表者為主，這一些講座記錄的文章，自當感謝朋友熱心的協助與整理。

　　其間，〈兒童閱讀與興趣〉是佛光山二〇〇〇年「兒童閱讀指導」教學研習的記錄。遺憾的是，有些文章竟然不知來歷，只能怪自己粗心大意，但仍然收錄以存證。

目次

兒童與閱讀

閱讀是教育的核心。培養孩子堅實的閱讀力，是打開學習之
門。

壹　前言

貳　我們的時代、我們的兒童

一　我們的時代

現在的時代，是「非理性的時代」、也是「非常弔詭的時代」，在
宗教的說法上，是「世紀末的時代」。所以在臺灣目前非常流行一種
「新生活」，也叫作「新時代」。杜佛勒稱之為「第三波」，也有人叫
它作「後現代」，更普遍的講法是「資訊化的時代」。什麼叫作「第三
波」，它的出現實際上跟電腦的發明有關，歐美社會是從一九四五年
電腦出現之後，正式邁入資訊化時代。臺灣從八〇年代開始，才真正

的邁入所謂的「後現代」。目前使用「後現代」作為學術用語，已經越來越多了，如「後現代教育」、「後現代美術」。

這個社會的特性是——新奇性、多樣性、暫時性。今日社會中唯一不變的事實就是：世界上沒有不變的事實。

二 我們的兒童

從事教育的的人，必需先了解你的顧客——兒童，我們常常講「新人類」、「新新人類」，「新人類」這個名稱，是日本一個作家所提出來的，他將一九六五年以後出生的人稱為「新人類」，而臺灣在開喜烏龍茶這個電視廣告出現「新新人類」的名稱後，社會學家也開始採用這個名詞，他們稱一九七五年後出生的人為「新新人類」。

用美國的術語上來講，在一九四五年後出生的叫「嬰兒潮」，也就是美國當家的這一代，在一九六五年後出生的叫作「反嬰兒潮」，也稱之為「Ｘ世代」，至於一九七五年後出生的人稱為「Ｙ世代」。

有人歸納出新新人類的青年守則如下：

（一）遊戲為快樂之本。
（二）投機為成功之本。
（三）另類為生活之本。
（四）賺錢以花錢為目的。
（五）戀愛以上壘為目的。

參　臺灣兒童閱讀的經驗

一　來自覺醒的活力

　　讀書會的成立，自與政治、社會與經濟息息相關。就趨勢而言，一九七〇年以後，已是顯著的回歸寫實與本土化。這種本土化的風潮，將之置於臺灣整體的社會歷史脈絡中考察，再以阿圖塞（L. Althusser）的社會形構概念、葛蘭西（A. Gramsci）的文化霸權和愛德華‧薩伊德（Edward M Said）的後殖民觀點視之，自能了解這種本土化的趨勢。這是自我覺醒的時期，其關鍵在於國際間政治性的衝擊：

　　　　1970年11月──釣魚臺事件。

　　　　1971年10月──臺灣宣布退出聯合國。

　　　　1971年12月──臺灣長老教會發表國是聲明，希望臺灣變成「新而獨立」的國家。

　　　　1972年2月　──美國總統尼克森和周恩來發表〈上海公報〉。

　　　　1972年9月　──日本承認中國，同時廢除中日和平條約。

　　　　1975年4月　──蔣介石去世。

　　　　1978年　　　──中美斷交。

　　　　1979年12月──發生高雄事件。

　　這些衝擊有的足以動搖國本，是以使國人提高了反省的層次，也使得社會上層建構的文化掀起了壯大的覺醒運動。尤其是一九八〇年代以來的臺灣，無論在國際或國內政治、經濟、社會或文化方面，都面臨激烈的變遷且遭遇到強烈的挑戰。面對這些挑戰與變遷，臺灣本土意識因此而勃興，並促使知識分子開始嚴肅思考臺灣作為文化主體

地位的意涵。所謂「臺灣命運共同體」、「臺灣優先」、「社區主義」……等觀念紛紛湧現。個人認為讀書會的崛起，是在這股臺灣本土意識的覺醒的結果。回顧臺灣歷史，臺灣這個缺乏資源，沒有政治地位的彈丸之地，如何在過去的歲月裡，從貧窮發展到富裕，在富裕之後能好禮。在其中，我們有過：

成人教育的理念。

自由與民主的追求。

第六倫、第七倫的觀念。

一九八二年學者林明德呼籲「書香社會」。

一九八四年十二月七日，臺灣省主席邱創煥在省議員質詢的時候表示，省府將以「書香」來提升民眾生活品質，而且要在五年之內，使臺灣的每一個鄉鎮市都有一座圖書館，讓民眾有多看書、多唸書的機會與地方，才能培養全民讀書風氣，使臺灣成為一個書香社會。

主張以書櫥代替酒櫥。而經濟學者高希均更是一直鼓吹書香社會與讀書運動。而民間，亦已經有人蠢蠢欲動想成立讀書會。陳來紅於《袋鼠媽媽讀書會》一書中有云：

> 1984年，我們結合一些家長和功文數學的輔導員，並聘請當時甫學成回國的柯華葳博士，為我們開設一系列「父母效能訓練課程」。課程告一段落，楊茂秀教授在柯博士的轉介之下，為我們主持為期一年多的「教育哲學課程」。
>
> 由於柯博士的提醒，筆者特別留意楊教授上課時的過程和方式。兩位學者看似「散漫」的討論，其實是以「深入淺出」的方法，將學理與生活體驗融合。他們特別珍惜這群媽媽們的親身經驗，也由於他們的鼓勵與支持，有些學理得以在日常生活靈活應用，而受惠很多。

1985年筆者在柯博士鼓勵之下，以「媽媽充電會」之名，跨出勇敢的第一步，自組讀書會。一群原來只是學習功文數學的家長所組成的讀書會，由於其中一位在報紙上寫了文章，結果引來許多渴望加入的朋友。就這樣一群又一群的流轉，最多曾有三組讀書會的媽媽集結，那時還勞駕李雅卿女士幫忙主持，才能滿足這麼多想加入讀書會的媽媽們呢！

1987年6月，雕塑家曾文傑先生曾應邀到讀書會，教導媽媽們製作「紙黏土」。他很意外這群媽媽竟然可以帶著稚子求學，感動之餘，特別為這群身懷有幼子的媽媽團體，命名為「袋鼠媽媽」，大家一聽，欣然就將「充電會」正式易名，以為紀念。（毛毛蟲兒童哲學基金會出版，1997年2月，頁20-24）

陳來紅似乎也因此走入了社區文化的推廣活動。而楊茂秀早已於一九七九年二月將兒童哲學的第一本教材《哲學教室》譯為中文（臺灣學生書局印行）。並以點狀式的在一些幼稚園散播了它的種子。為了更進一步推廣兒童哲學，楊茂秀將原來的毛毛蟲兒童哲學工作室擴展為「財團法人毛毛蟲兒童哲學基金會」，在一九九〇年三月正式成立運作，並於同年舉辦第三屆國際兒童哲學會議。

在臺灣因讀書會而有故事媽媽。而臺灣地區推動故事媽媽活動，最早也最廣的機構即是「毛毛蟲兒童哲學基金會」，從一九九五年開始，毛毛蟲兒童哲學基金會安排一系列的故事媽媽研習課程，有系統的培訓故事媽媽。一九九七年起連續五年承辦行政院文化建設委員會「書香滿寶島故事媽媽研習計畫」，於臺北縣等九大縣市培訓故事媽媽，參與培訓之故事媽媽人數多達千人。經過培訓後一批批的故事種子即刻回到學校、社區為孩子說故事、或帶領兒童讀書會。同時毛毛蟲兒童基金會更鼓勵媽媽們組織化從事服務推廣，因此各地之故事媽

媽團體及故事協會，如雨後春筍般陸續成立，也帶動閱讀熱潮。

目前推動說故事活動的團體除了各縣市已經正式立案的二十二個「故事媽媽協會」（宜蘭縣、嘉義縣除外），也在鄉鎮社區、學校所組成「故事媽媽團」。

二　官方的介入

由於在上位者的推波助瀾，九〇年代以來更蔚為時尚。於是相關公家機構應聲而起，而所謂公家機構有三：

（一）行政機構

包括教育部、文建會、臺灣省教育廳。一九九四年教育部召開全國教育會議，提出將以推展終身教育作為教育發展藍圖，並將讀書會列為終身教育的具體措施，一九九五年提出《中華民國教育白皮書——邁向二十一世紀的教育願景》，設定社會教育的主要課題及發展策略。「規劃生涯學習體系、建立終身學習社會」的前瞻性作法。一九九六年行政院教育改革審議委員會，提出《教育改革總諮議報告書》，具體建議以「推動終身教育，建立學習社會，落實教育改革」的具體政策。教育部定一九九八年為「終身學習年」，並提出《邁向學習社會》的白皮書，積極推展終身教育，建立學習社會。一九九五年省教育廳也將讀書會列為社教工作重點。文建會於一九九四年提出「社區總體營造」計畫，作為施政重點，並研定「社區文化活動發展」、「充實鄉鎮展演設施」、「輔導美化地方傳統文化建築空間」四項計畫，列為行政院十二項建設計畫推動。自林澄枝主委上任以來，即戮力推動書香活動，希望能透過各種活動之推廣，淨化大眾，進而培養讀書風氣。從一九九六年起，更推動「書香滿寶島」之文化植根工

作計畫，並於一九九七年舉辦第一屆全國讀書會博覽會，將讀書會的輔導視為主要工作。

（二）學術機構

以臺灣師範大學成人教育研究中心及高雄師範大學成人教育中心為主。重點在讀書會種子培訓及研究推廣工作。

（三）文教機構

如省市鄉鎮區圖書館、縣市文化中心、省市社教館等推動成立的讀書會。

至於臺灣師範大學成人教育中心，可說是臺灣地區讀書會的牛耳，更造就一位讀書會專家邱天助。

臺灣師範大學成人教育研究中心，於一九九三年開始投入社區讀書會的研究與實驗。在教育部、文建會等單位的大力支持下，再加上邱天助個人的熱忱與投入，讀書會竟然蛻變為生活的另一種選擇，且於一九九七年元月十六日成立「中華民國讀書會發展協會」。

「中華民國讀書會發展協會」的成立，是以師大成人教育研究中心結業一百三十位讀書會領導人及邱天助為主的一群人，讀書會的發展將正式邁入成熟發展階段，無論是輔導讀書會的成立、拓展讀書會參與層次，或是提供讀書會的專業資訊，讀書會的發展極需要一個更專業、更獨立的團體來推動，於是這群人在邱天助的指導之下，「讀書會發展協會」與文建會聯手推出新網站「全國讀書會網路聯盟」，為讀書人提供二十四小時的新書評介、討論與訊息交流。

於是，所謂的閱讀運動，或新閱讀主義，似乎亦真的於焉形成。

在臺灣地區讀書會的形成、發展與演進過程中，我們知道其緣起是始於媽媽的讀書會。不同的女性來來去去，相同的是，初時戰戰兢

兢、缺乏自信、不擅表達，在往後互愛、互信、互助的交流下，加上知識、觀念的洗練，經驗的協助，漸漸的學會愛自己，找到真正令自己開心的法門，是女性自覺的表現。回首來時路，不得不佩服陳來紅、楊茂秀與毛毛蟲兒童哲學基金會的前瞻與付出。

三　二〇〇〇年開步走

在產、官、學的齊力推動之下，閱讀儼然成為運動，而讀書會更蔚為風氣，依據一九九六年的調查，臺灣讀書會團體約有七百多個，但依據文建會《一九九九全國讀書會調查錄》（1999年6月主辦單位：國家圖書館）總共蒐集了一千六百九十四個讀書會通訊資料，並且有系統的介紹各讀書會的成立簡史，活動概況、閱讀書目、特色等等；而這些都還是與政府有聯繫的讀書會團體的統計，若包括一些隱性的團體在內，實際上當時約有六千個以上的讀書會團體存在。

一九九九年元月率團前往日本考察讀書會推動情況的文建會主委林澄枝於二月四日表示，日本民間推動閱讀風氣的活力值得臺灣借鏡，為了讓臺灣人更愛看書，文建會決定從下一代著手，將二〇〇〇年訂為「兒童閱讀年」，展開一系列培養國家未來主人翁閱讀風氣的計畫。

一趟日本行，讓文建會主委林澄枝印象深刻，也決定將西元二〇〇〇年訂為「兒童閱讀年」，把日本經驗轉化成為實際行動。文建會初步構想的「兒童閱讀年」計畫，包括：充實全國文化中心圖書館原有兒童閱覽室設備並舉辦相關活動；規劃成立專業功能的「兒童文化館」；針對視障兒童製作有聲書；二〇〇一年全國讀書會博覽會設立兒童主題館；製作兒童文化傳播節目；尋求與教育部合作，鼓勵國小利用早上上課前時間閱讀課外讀物的「晨間共讀運動」；繼續推動

「故事媽媽，故事爸爸」工作；利用寒暑假辦理「文化休閒列車——
親子游」活動，鼓勵親子閱讀（參見聯合報1999年2月5日記者李玉玲
報導）。

　　而文建會委託臺東師院兒童文學研究所的《臺灣地區兒童閱讀興
趣調查研究》（2000年2月）、《臺灣（1945-1998）兒童文學100》
（2000年3月），也適時出爐。

　　又曾志朗於二○○○年五月接任教育部長，即宣示上任之後第一
件事是要發起推動全國「兒童閱讀運動」。

　　其實，臺灣兒童閱讀的推動，其隱藏的動力，或與兒童文學有
關。在臺灣，兒童文學似乎一直被認為是邊緣課程。就以師範學校而
言，始於一九六○年七月省師範學校陸續改制為師專，在師專的語文
組開設有「兒童文學」選修課程。一九七三年度，廣播電視曾播授師
專「兒童文學」課程，由市北師葛林教授主講。兒童文學於是深入各
小學，曾蔚為寫作的風氣。

　　直到一九八七年月一日起，九所省市師專一次改制為師範學院。
在新制師院的一般課程，列有兩個學分的「兒童文學」，且是師院生
必修科目。一九九三年，空中大學人文系開「兒童文學」供學生選
修。二○○八年，又開「兒童讀物」供選修。

　　就政府的閱讀政策，可以簡化如下：

（一）兒童閱讀年計畫

　　文建會在考察過日本的閱讀推廣活動後，將二○○○年定為「兒
童閱讀年」，開始進行兒童閱讀年計畫。

（二）全國兒童閱讀運動實施計畫

　　教育部接著在二○○一年至二○○三年，推動「全國兒童閱讀運

動實施計畫」。

（三）焦點三百國小兒童閱讀計畫

（四）「悅讀 101」教育部提升國民中小學閱讀計畫

二〇〇七年「悅讀 101」教育部提升國民小學閱讀計畫。

「焦點300──小學兒童閱讀計畫」是針對弱勢地區小學；「悅讀 101」則是改變過去針對弱勢地區的輔助，轉為全面性的閱讀性的閱讀政策運動。

肆　兒童與閱讀

一　閱讀循環

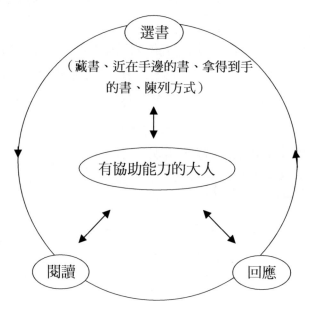

（閱讀時間、聽故事、自己閱讀）　　　（我好想再讀一次、讀書會、閒聊）

二　選書

　　選書正是閱讀活動的開始，我們每一次的閱讀，都是從我們手邊的各項圖書資料中所做的選擇，像是書籍、雜誌、報紙、商業文件、政府出版品、垃圾郵件、廣告、度假手冊等等。即使只是單純地走在街上，也處處充斥著要我們去閱讀的「環境出版品」，像是路標、海報、店家的特賣訊息，甚至街角的塗鴉等。我們得從這一團混亂的鉛字中，去選擇我們需要的資訊，一旦找到需要或是有興趣的資料，我們將會很樂意再繼續深入研讀。

　　閱讀的第一步是，我們身邊得要有一批藏書，而這些藏書需含括我們感興趣的種類。

　　因此，鼓勵閱讀的首要任務，就是學習如何選擇並建立一批豐富的藏書，同時把孩子視為成熟而可信任的讀者，指導他們如何有效地閱讀，並隨時提供必要的協助。

三　閱讀

　　對於學習剛起步的孩子而言，我們最能幫助他們的方式，就是依循著孩子在閱讀循環中的進展，隨時去肯定他們完成的每一個步驟。孩子能去注意到書架上的藏書，是一個步驟；能在架上選出一本他想讀的書，是另一個步驟；決定手上的書正是他想看的書，或再放回架上去，又是一個步驟；終於，他打算坐下來好好閱讀這一本書了，這也是一個步驟。

　　還有一點關於閱讀的重要概念，就是閱讀是需要時間的。

　　除了時間以外，閱讀還需要一個能讓專心而不被打擾的場所，比方說周遭若是有其他令人分心的活動在進行著，像是電視機附近，就很難讓人靜下心來閱讀。

四　回應

　　某種感覺像是喜歡、厭煩、刺激、有趣、愉悅等，這些閱讀心得，正是讀者最大的樂趣所在。其中，有兩種回應對幫助孩子成為一位思考型的讀者，是非常重要的經驗。

　　第一種回應是在讀完一本喜歡的書之後，期待能再經歷相同的閱讀樂趣。

　　第二種回應則是在讀完一本喜歡的書之後，迫不及待地想和人談論自己的閱讀心得。

　　以身為資深讀者兼任教師的經驗是：其間的關鍵，就是在於和孩子討論書籍的，是什麼樣的人。

五　有協助能力的大人

　　如果小讀者能夠有一位值得信任的大人為他提供各種協助，分享他的閱讀經驗，那麼他將可以輕易地排除各項橫亙在他眼前的閱讀障礙。

伍　兒童閱讀的基本認識與原則

一　三項基本認識

1 重視閱讀指導

　　自一九九六學年度第一學期（八月）起實施的國民小學課程標準中，已有「課外閱讀」。是以加強閱讀指導乃是必然，亦是必須。

2 從兒童文學作品切入，其間又以繪本為先

我們沒有辦法強迫兒童閱讀他不喜歡的書。只有「樂趣」的兒童文學作品，才容易激發兒童禁不住要閱讀的動機。

3 親子共讀

不只是單篇短文的共讀，更要邁向長篇且長時間的共讀。

二　執行原則

在於「以身做則」與「認清對象」。只要師長能有閱讀習慣，並能提供閱讀環境，自然會有喜歡閱讀的兒童。同時，更當認清兒童閱讀需求；我們要明白成人感受的閱讀樂趣在性質上是跟兒童有所區別。

我們相信孩子是上天賜給父母的恩寵，以孩子的心，以孩子的情，以寬廣的愛去教育孩子，就是回饋上天禮物的最好表現。

父母、教師如果懂得經驗自己和經驗環境，是啟發孩子良好性格的動力。其實，經營之原則和方法，是建立在愛、尊重與肯定；更簡單的是老生常談的「以身作則」。

是以所謂的兒童閱讀，即是在於閱讀環境的營造。在營造中以身作則，在營造中重視主體性與自主性。於是，所謂的兒童閱讀自能有文化傳承的共同記憶。

陸　結語

閱讀可以為自己在忙碌的生活中開闢另一個世界，無拘無束地在書中徜徉。

　　面對讀書、知識與權力、功利的共生，面對學習型的社會，如何推展終身學習，重建閱讀理念，重返閱讀的本質，亦即希望閱讀的關係從知識、權力的桎梏中解放，閱讀成為一種互動，一種休閒和遊戲，這是我們所該慎思之處，亦是目前閱讀運動或讀書會宜加深思之處，我們盼望：

　　讀書，是終生的本能行為。

　　而所謂的兒童閱讀，並非運動所能促成，對兒童而言，閱讀是本能，是遊戲，只要可以舞動、品嚐、觸摸、傾聽、觀察，並且感覺周遭的各種訊息，孩子們幾乎沒有任何學不會的事情。是以所謂的閱讀，在於閱讀環境的營造。在營造中以身作則。在營造中重視主體性與自主性。於是所謂的兒童閱讀，自能有文化傳承的共同記憶。

　　至於實踐與落實閱讀指導，更是我們的當務之急與當務之需。

　　拿起書閱讀，就在這裡，就是現在。

敘說兒童讀物的選書

壹　前言

　　所謂選書（Book selection），是指一連串取捨圖書的過程，對於推動兒童閱讀來說，它是一項重要的工作。但是，不同背景的單位都有可能從事選書工作。以圖書館來說，選書或推薦書被認為是圖書館的首要工作。二十世紀後半，美國書評界已逐漸不再是兒童圖書館館員稱霸的天下。臺灣的情形則一開始就不是圖書館界在主導，政府主持的好書選評活動一枝獨秀數年之後，才有民間單位合作辦理。對臺灣的評書、選書活動來說，現在可說尚處於起步時期，但也可以說是處在充滿可能性的開拓時期，正需要人們的注意與關心。

貳　臺灣有關童書選書的概況

　　選書之事，自古有之，孔子曾有「不學詩無以言」、「不學禮無以立」（見《論語‧季氏》）之說。又《論語‧述而》篇「子所雅言，詩、書、執禮，皆雅言也。」可見孔子平日常以詩、書、禮教弟子。而後，儒士非但要具有禮、樂、射、御、書、數等六藝之必要的知識與技能，更要有五經的基本學養。至南宋，朱子於孝宗淳熙年間（1174-1189），合輯《論語》、《孟子》、〈大學〉、〈中庸〉成集，名為「四子書」、通稱為「四書」，並於元仁宗皇慶二年（1313）以後，成為科舉士子必讀書。

　　總之，所謂選書或必讀書目，歷代有之。期間或以清末張之洞的《書目答問》為集大成。

　　臺灣地區的兒童圖書目錄，雖然始於一九五七年，但目錄無關選書。而本文所指選書，其閱讀對象上限是國中生。以下略述臺灣地區有關兒童讀物選書的緣起與概況。

　　臺灣的好書評選活動，基本上是由政府機構主導。一九七六年新聞局對出版事業的輔導工作正式邁出了腳步。從一九七六到一九七九年之間，雖然協助出版事業突破經營困境等已經成了新聞局固定的施政方針，但是對於優良出版品以金鼎獎方式鼓勵，究竟是應以其品質優良為導向，或應以其出版品績優為導向，尚未成定論。同時究竟應以新聞、雜誌、圖書、有聲四類，每年同時辦理，或分類隔年辦理，限於經費也未能形成共識，這種經費拮据，政策搖擺的情形在一九八〇年有了全面的改善。這一年的金鼎獎確立了四大類（新聞、雜誌、圖書、唱片四類）每年同時辦理，以及以品質優良為導向。一九八一年為期使全國民眾皆知道金鼎獎為國人選出的國內出版年度好書，首創中視轉播金鼎獎。

　　金鼎獎雖首開選書風氣之先，但兒童讀物亦僅是圖書類中八類之一而已。真正純以兒童讀物相關的選書，則以行政院新聞局推介優良中、小學生課物為先。這個選書活動，始於一九八二年，並訂有〈印製發行中、小學生課外讀物輔導要點〉，以後逐年公布入選清冊。且自第二次推介清冊裡公布參與評選委員名單。

　　這個活動，自一九九五年六月第十三次推介優良中小學生課外讀物清冊起，則有了彩色封面的印製。而一九九六年又有「小太陽獎」的設立。「小太陽」三個字是取自林良先生的《小太陽》，取喻青少年及兒童成長過程中，有如太陽般光明、溫暖、活潑。所謂「小太陽獎」，是從推介書目中，依類別各推出一項「小太陽獎」，同時取消

「最佳翻譯」獎項。

臺灣省、北、高兩市，亦仿效新聞局而有中、小學生優良讀物推介活動，只是效果似乎不彰。

在眾多的選書活動中，最不能忽視者。當屬「好書大家讀」。「好書大家讀」活動在桂文亞小姐推動下，於一九九一年一月，由中華民國兒童文學學會、臺北市圖書館、民生報聯合舉辦，其旨為推廣讀書風氣，提供兒童圖書資訊，鼓勵出版優良兒童讀物及落實「兒童讀好書，好書不寂寞」之基本理念。

「好書大家讀」活動，由於主辦單位力求評鑑制度之嚴謹，這項活動已廣受兒童文學界及出版界之重視與肯定。而創辦者之一的中華民國兒童文學學會，卻於一九九七年，因故退出這項活動。又文建會亦自一九九七年參與此項活動，並補助部分經費。一九九八年起，文建會全額補助。自今年起（二〇〇〇年），則交由臺北市圖書館承辦。

在眾多選書活動中，信誼基金會的選書是以幼兒為主。而中國時報開卷版最佳童書與聯合報讀書人版最佳童書，則最具媒體效應。

選書的極端，則形成了檢查制度。檢查制度的形成，時常是政治性，擁護者是父母、教師以及圖書館從業者，而其出發點建立在對童年的一些普遍的假設：

> 最好的兒童故事具有簡單的文本、明亮繽紛的圖畫，以及圓滿快樂的結局。太長或太難的書會讓孩子感到挫折，甚至可能整個破壞他們對於文學作品與閱讀的樂趣。
>
> 挑選童書時，要考慮的最重要事情是，我們在替那個年齡的孩子選書。比方說，五歲的孩子與三歲或七歲的孩子相比，喜歡且能夠理解的書就不同；所以我們需要挑選適合孩子年齡的書。孩子對於幻想故事的反應是很高興的──特別是有關動物的行

為舉止像人類的那種故事。

孩子喜歡和他們自己有關的故事：典型的童年經驗的故事。小男生喜歡關於男生的故事；而小女生則喜歡關於女生的故事。

一般孩子不大可能有興趣閱讀──或甚至有能力理解──關於某些只屬於成人生活層面的經驗，例如性愛或是職場日常生活的煩悶。

兒童故事不應該描寫像暴力、無禮或不道德等孩子無法接受之行為，因為孩子可能會模仿。

兒童故事也不應該包含可怕事物的描寫，因為孩子可能會嚇壞。

兒童故事應該包含正面的角色模範：角色的行事應該要能夠接受，或是得到鼓勵。

好的童書是以相當委婉的方式，教導有關生命的有意義課程，使學習變得有趣。

這些童書有關的想法，提到文學比提到孩子還要多，或者，更正確地說，多過我們所想像孩子的樣子。事實上，就像我在第二章提到的，大人為孩子挑選書，主要應當思考有關童年的顯著特徵，這樣想法可能是我們有關此一主題的各種想法當中，最普遍「明顯」的──同時，我相信，也是最危險的。

如果我們思考上面所列出的那些有關文學想法的暗示意義，並試著去點出它們所根據的兒童假設，危險性就會清楚浮現；就我的了解，那些有關文學的想法假設了下面這些「明顯的事情」：

孩子只具有有限的理解，以及短暫的注意力；這些正是孩子般的思考無可避免的層面，也是人類發展過程中的天性，它們以

清楚的階段循序過渡童年。在每個階段當中，孩子所能夠理解的只有一小部分。

孩子天生就是天真、無邪的，並且天性是善良的。他們無法真正理解何為惡或何為性愛。

孩子在情緒上是脆弱的，容易不高興，並且接觸到醜惡或痛苦的事情，經常會造成永久傷害。孩子對邪惡或被剝奪等的敘述的反應，並不是變得邪惡，而是做惡夢，或甚至發展出終身的精神病症。

孩子天性野蠻──生來就像動物，還未受到規範或誘導而理解到法律、秩序以及自我約束的需要，那是人與人的互動當中，用來保護我們大家安全和理智所需要的。讓孩子接觸到書中的邪惡或暴力，只會刺激還子最原始、最不妙，也最控制不住的傾向。

雖然孩子本性既非天真，天性也不野蠻，他們仍然尚未完全成形。他們還很嫩，因此可塑性高，也容易成為危險的實驗品，他們對於暴力敘述的反應，就是自己也變得暴力；不過話說回來，感謝老天，他們對於美好敘述的回應是自己也變得善良；孩子讀什麼就會變成什麼。

因為孩子是自我中心，所以上面所說的任何一點或所有的都會發生。孩子是假定他們所讀到的，實際上或多或少都是關於他們自己──關於他們是誰，以及他們應該變成什麼樣的人。他們對於自己切身經驗以外的事物也沒有興趣。故事當中的人物如果不像他們自己，並且住在和他們不一樣的地方，他們就不會喜歡那些故事。

可是在另一方面，孩子也具有高度的想像力。他們身邊的大人還沒有說服他們真理只有一種──亦即大人稱之為現實的那種

東西。孩子般的思考、想像力、幻想，以及創造力之間，有著
直接的關聯。

或者，也說不定沒有直接的關聯。孩子對於思考與學習、對於
體驗不同於他們已知和喜歡的其他東西，都有著天生與原始的
反感。為了要教會他們一些東西，我們必須使學習有趣。少了
一湯匙一湯匙的糖，他們是不會肯吃藥的。（見2000年1月，
《閱讀兒童文學的樂趣》，頁93-95）

參　實證的事實

一　學者的研究

有關與讀物特質之兒童閱讀興趣之研究。本文主要以下列兩書
為據：

　　許義宗　《兒童閱讀研究》　臺北市　臺北市立女子師範專科
　　1977年6月
　　艾　偉　《國語問題》　臺北市　國立編譯館　1955年5月

兩書中主要的研究者與研究年代如下：

　　鄧　恩（F.W. Dum）1921
　　蓋　次（A.I. Gates）1931
　　艾　偉　1938.9，1939.6
　　許義宗　1974.10

試將四位研究列表如下：

兒童閱讀與讀物特質的關係

作者 類別	鄧　恩	蓋　次	艾　偉	許義宗
驚奇（驚險）	V	V	V	V
動物	V	V	V	
對話	V	V	V	
為兒童所能了解的	V			
有詩意	V			
動作（生動）	V	V	V	V
富於想像的	V			
幽默（趣味）		V	V	V
情節（變化）		V	V	
男性			V	
女性			V	
兒童			V	
新奇				V
同情				V
正義				V
含蓄				V
積極				V
暗示				V

二　《臺灣地區兒童閱讀興趣調查研究》

　　兒童閱讀在教育部長曾志朗的大力推動下，目前已成為運動（或活動）。其實，文建會於一九九九年兒童節即宣示二〇〇〇年訂為千

禧兒童閱讀年。為迎接兒童閱讀年，本人於一九九九年七月受文建會委託，主持一項「臺灣地區兒童閱讀興趣調查」。

為方便進行調查，研究以臺灣地區設有屬於三峽國民學校教師研習會國語科實驗班的小學二至六年級學童為體；由於一年級學童入學不久語文能力恐有不足，可能難以進行問卷調查，也就不列為研究對象。這些小學依所在地都市化程度分成：一、臺北縣、市，二、高雄市、臺中市、臺南市，三、其他縣市等三層別，採等機率抽樣，最後實際各層別所抽人數有2080人。其中除南投縣埔里國小為災區學校，所抽中的班級（計150）無法回收外，其餘均能回收，其完成1794個有效樣本。經分析與研究，並於二〇〇〇年二月出版《臺灣地區兒童閱讀興趣調查研究》一書。

有關問卷調查，有「學童家擁有媒體與課餘活動」、「兒童閱讀狀況」、「兒童閱讀的興趣」等三部分。其中，有關「兒童閱讀的興趣」，其現象如下：

1. 閱讀書籍的形式：
依序為卡通、漫畫型態的書、文字為主的書。又，不曾在網上看書者高達66.6%，其中常常看卡通者高達55.5%。

2. 內容的類別：
最喜歡者笑話62.4%，謎語54.7%，冒險故事、漫畫48.1%，童話39.1%。
選詩最喜歡者：童詩9%、現代詩3%、古典詩4%。
選少男少女小說最不喜歡者的比例高達26.1%。

至於兒童所閱讀的讀物，選本土創作的比例最高46.2%、翻譯居次37.7%。

選改寫的最少28.7%（以上詳見《臺灣地區兒童閱讀興趣調查研究》，文建會出版，2000年2月，頁44-47）

從分析研究結果，我們的結論是：

1. 學童家中擁有的視聽媒體（如電視機、錄音機、錄放影機、電動遊樂器、個人電腦），可說已相當普及。
2. 學童家中訂閱報紙、雜誌的比率偏低。
3. 學童每天所擁有可自由運用的課餘時間，雖然120分鐘以上的占最多（35.5%），但只有1-30分鐘的也有22.1%。
4. 學童喜歡看課外書的比例應該說是不低，又看文字為主的閱讀雖居第三位，但文學性讀物則偏低。但是真正實踐看課外書超過一小時的比例則偏低。
5. 閱讀課外書主要來源來自父母者偏高。
6. 課外書資訊管道來自老師推薦者偏低。
7. 學童閱讀場所以家中為主，且以自己一個人閱讀為主。
8. 學童最喜歡的讀物是笑話與漫畫，比例高達四成，至於最喜歡詩者（含童詩、現代詩、古典詩），含計比例不到2%。
9. 學童所閱讀的讀物，選本土創作的比例46%，翻譯37%，選改寫的有28.7%（同上，頁57）。

至於，建議則是：

1. 對學童而言，主體性有待加強。
2. 對父母而言，可否放輕鬆些。
3. 對教師而言，可否稍加典範。

4. 對出版界而言，本土創作並不寂寞。

5. 對學術界而言，小說對學童的適切性值得探討。（同上，頁
　63-64）

肆　後現代的思維

　　就以 Perry Nodelmon《閱讀兒童文學的樂趣》（2000年1月版）為
例，引述對文學假設舊新的事實與閱讀樂趣二者說明之：

一　文學假設舊新的事實

1　舊的事實

　　文學文本的優劣可以分辨，一篇文章若不是徹頭徹尾經得起千
錘百鍊的佳作，便是劣作。

　　文學佳作值得研究，劣作就免提了。

　　文學劣作之所以不好，乃因為它們既沒智慧，又不優美。

　　好的文學作品因為很優美，學生若加以研讀，便能意識到美
感——培養敏銳的美學素養，以及對精緻事物的賞析，以陶冶
學生氣質。

　　好的文學作品因為有智慧，因此具有教化人心之功能：學生研
究文學佳作，可以學到待人接物的原則，以及至善的世界觀。

　　在課堂及其他場所的文學討論，應著重偉大的思考和至美的
意念。

　　文學佳作所蘊含的偉大思想是永恆的真理，經得起時代與地域
的考驗，了解那些偉大的思想，也就是分享知識分子與受教育
者的共同智慧。

因為文學佳作中的偉大思想是永恆的真理，所以超越個人的偏見，凌駕於不同的文化、種族及性別差異之上，並且超越黨派格局。

文學佳作所蘊含的意念是亙古不變的——只要讀法正確，大家所理解的都一樣。

研究文學的主要目的，就是學習正確的讀法與了解——學習其他受過教育的人是如何閱讀和理解的。

研究文學的第二個目的，就是學習欣賞真實和內含的美感，並因此學會分辨文學與藝術劣作——進而培養知識分子的敏銳。

（頁18）

2 新的問題

如果文本的優劣真有天壤之別，何以許多人，甚至文學專家，對這些問題卻意見分歧？價值判斷可不可能至少有部分由讀者來決定？

如果文學價值如此具爭議性，我們怎麼知道哪些文本值得研究？

誰來決定何謂優美，何謂智慧？我們憑什麼相信他們的判斷？莫非他們擁有特權，得以決定何謂雋永，何謂唯美？

這麼說來，難道不夠唯美的文學作品就毫無閱讀的價值？也許藉由作品所反映出來的缺失，讓我們能領悟智慧與美感的真諦。

只閱讀文學作品就順理成章讓我們具有細膩的賞析能力嗎？未能學得文學賞析能力的學生就該被全盤否定，就該不如人嗎？這種偏見可不可能是附庸風雅，強迫別人接納觀點使然？

文學作品難道只有概念和美學價值是重要的嗎？只想讀個有趣

的故事或看則笑話輕鬆一下時，又怎麼說？非得目標崇高，才
叫作閱讀嗎？

難道不可以討論文學帶給我們的立即樂趣嗎？為什麼？

人類文化的多樣性有可能確實分享共有的智慧嗎？人類的想法
不會受時空影響嗎？

文學作品可不可能超越作者有意識及無意識的假設和目的？作
者可不可能超脫時、空、地對他們的設限？當我們企圖理解作
者的假設時，可不可能在文章裡發現作者對非我族類持有的偏
見？所謂的好書，可不可能是掌權者宣稱自己良善地位重要的
宣傳工具？

文學作品中的概念如果是亙古不變，人人可以領略的，為什麼
一般人，甚至是知識分子，對於文學的解讀和心得卻大相逕庭？
談「正確的」解讀時，是否忽略了個人感受和理解的差異？我
們該忽略個人差異嗎？應不應該把個別差異納入考量？

真是這樣嗎？所有知識分子的品味都相同嗎？就算都相同，那
樣好嗎？這種一致性是否會限制個人自由潛能的發揮，減低多
樣化的繽紛色彩？（頁19）

二　閱讀的樂趣

許多人都假定孩子應該先會讀才會學習，所以我們對兒童文本
的反應都側重文本所灌輸的訊息。但是喜歡閱讀的人都知道，
不管大人或小孩，看書是因為喜歡閱讀，不是因為看書對我們
有好處，樂趣來自於我們閱讀的方式和內容使我們思考與感
受，如果我們要為孩子推薦作品，相信我們應該基於閱讀的層
面而推薦讀者想要閱讀和喜歡閱讀的作品。

文學的樂趣

什麼是文學的樂趣？下面便列舉一些為例。

文字本身的樂趣——可以發出的聲音型態，字彙互相結合的有趣方式，表達得意、恐懼或美麗圖像或想法的能力。

引發我們情緒的樂趣——因喜劇的情境而笑，感覺角色經驗的痛苦或歡樂。

運用我們的詮釋體系以及理解策略的樂趣——感受到自己的熟練。

體認我們文學的空隙（gaps），因而學到可以填滿鴻溝的資訊或策略的樂趣——因此變得更加熟練。（空隙是另一位閱讀理論學者所使用的詞彙。）

文本的文字所引發的圖像或想法上的樂趣——可以去想像未曾謀面的人與地，以及去思考不曾考慮過的想法。

故事的樂趣——情緒投注與抽離、疑懼的延長、高潮與結局、構成情節繁複的機會與巧合。

公式的樂趣——重複我們以前所喜歡的故事當中，那種令人心安的熟悉經驗。

新鮮感的樂趣——體會不一樣的故事和詩歌類型。

講故事的樂趣——我們意識到作家的觀點或對某項事物的強調，如何影響我們的反應。

結構的樂趣——意識到文字、圖像或事件如何組成有意義的故事。

知道一部文學作品的各種元素似乎恰如其分地組合成一個整體的樂趣。

文本有時表現出暗中破壞或否定自身完整性的樂趣。（這種閱讀樂趣是來自解構主義〔deconstruction〕的文學理論。）

為自己找鏡子的樂趣——認同小說中的角色。

逃避的樂趣──至少在想像中脫離現實，並經驗不同人的生活與思想。

了解的樂趣──看見文學不僅反映生活、還對生活加以評論，使我們能夠思考自身經驗的意義。

透過文學而觀察的樂趣──了解詩歌與故事，如何在我們準備好或未準備的情況下，企圖操控我們的情緒，影響我們的理解以及道德判斷。

認出形式與文類的樂趣──看到文學作品之間的相似性。

透過文學獲得對於歷史與文化見解的樂趣。

與其他人討論對所讀文本之回應的樂趣。

對我們的回應產生更深層的理解，以及把回應連至對其他文本的回應和對文學的一般了解的樂趣。

上面所列舉的側重於文字文本，但童書通常包含圖像與文字，而這些視覺文本也有其樂趣。如果你試想自己對童書插圖的回應，可能會發現，每一種視覺樂趣都可以對應到上面提到每一種文字文本的樂趣。

閱讀這些文本的各種樂趣，都可歸結到一項基本樂趣：加入與他人溝通的行動；回應故事或圖畫就是在和表達不同人格或經驗情趣的文本交流；而和他人談論我們體驗過的文本，則是不同心靈的交流，我們靠閱讀文學來體驗自己之前不知或不熟悉的想法及經驗。我們談論文學以進入與他人的對話，因為好的詩歌、故事和圖像，總是能夠給人新的體會──無論我們聽到關於它們的新想法、分享它們新的體驗或拿有新體驗的文本與它們比較，文學的樂趣就是對話之樂趣──讀者與文本之間的對談、讀者與其他讀者對於那些文本的對談。（頁36-38）

伍　重現人文思維

　　相信人性，相信兒童，以學生為中心的人文思維。透過平等對話的學習方式，幫忙兒童的成長。

　　Perry Nodelman 強調我們應該對抗檢查制度。他認為：

　　對於相信言論自由的自由派人士來說，唯有反對檢查制度才合乎邏輯：這種人很難想像，怎麼會有人想要檢查童書。自由派人士會說：如果你個人不贊成，不讓你自己的孩子閱讀不就成了嗎？為什麼要堅持把書從教室或圖書館當中全部撤出？然而吹毛求疵的人士那樣天天要求，而且常常成功：他們不讓所有的孩子接觸到某幾類訊息，並希望所有的孩子都像他們所相信的那般純潔且不具知識。再者，許多書都不給孩子看，是因為圖書館員或老師害怕檢查制度的可能性。他們告訴自己，完全不要用到可能具有爭議性的書，也總比危害自己的生計來得好。這一切都意味著光是反對檢查制度，或反對吹毛求疵地為孩子選書都還不夠。若要讓孩子能夠不斷接觸各種書籍，是需要積極和持續的行動的；如果你和我都相信孩子需要、也應該得到那種管道，那麼我推薦下面的作法：

　　注意你自己吹毛求疵的習慣。放心讓孩子在你的監督下去處理困難或令人感到不安的題材，並且相信你自己在過程中的協助能力，同時儘量避免揀容易的做：選擇具有激勵性的書，即使你懷疑該書可能會引發爭議。
　　準備好應付可能的檢查者，知道他們可能援用的論點，並且找出堅定且合乎邏輯的答案來回應那些論點。光是提出表面性的

問題還不夠：「孩子讀這本書有什麼不對？我的意思是，孩子難道不會聰明到自己釐清事情？」檢查者對於該問題的回答和你自己的看法會相當不同，因此你需要先思考一下可能的答案，以及你需要反駁的論點。

為了要辯論成功，你需要知道一些關於文學、文學策略，以及兒童發展的專家意見，來支持你的立場，同時你要知道自己在說什麼。

如果你是老師或圖書館員，隨時準備好處理抱怨的程序，在聽到他們抱怨之前，務必要堅持那些反對該書的人應該已經讀過整本書，而不只是讀一、兩段具有冒犯意味的章節。要求那些抱怨者出示書面看法，說清楚他們反對的基礎，並且備妥檢驗抱怨與作決定的架構。很多州立和國家圖書館，以及閱讀機構，都設計出處理反對圖書的政策範例，你可以依據這些來設計你們自己的政策。例如，全美英語教師學會（the National Council of Teachers of English）就提供了一本小冊子，叫作《學生閱讀權》（*The Student's Right to Read*）。

你在維護言論自由時，一定要企圖檢查書籍的檢查者一樣充滿鬥志，大聲說出來，甚至在檢查制度的企圖即將出現之前，就要先確定其他大人知道你對於這些事情的意見，以及你堅持保留這些書的理由。讓那些想要檢查書的人清楚知道他們是對自己的言論，而不是對檢查制度的舉動負責，對於那些試著擋掉檢查制度的企圖的人，一定要表達出你的支持。（同上，頁109-110）

十九世紀古人對兒童的態度也許令今人發噱，然而不可否認，今日兒童在成人看來，仍是較無知的、較缺乏應變能力、較不具堅持力

的。這種看法下對童年最顯著的影響就是剝奪兒童自由接近書本的權力，許多成人對決定兒童「什麼不能讀」比決定「什麼可以讀」還有興趣，一本好書變成只要求沒有可能不好的訊息、不描寫不當的行為、也不會恐怖以免小孩晚上作惡夢。「我們有時候會取一種聽來無害的名字，來稱呼我們剝奪孩子的這種事情的過程：挑選書籍」。

選書行為是必然的，學校或圖書館不可能有龐大經費能買起所有的出版品，而成人在選書上扮演著重要角色，要緊的是應時常慎重思考實際的選擇原則。或許血腥、死亡、裸露這些都是該顧忌的，因為孩子需要被保護，但是「保護」應該是適度而合理的。我們應徹底檢視這些作品是否真的會「傷害孩子」，而最重要的檢視原則應該是就作品的品質作深入評估。孩子是自己的審查者，孩子對於喜歡或不喜歡的東西自有一套標準，大人所能作的是適時給予幫助，而非完全的主導，但這並不表示大人們不應關心孩子的閱讀內容，而是應避免加入自己的主觀判斷。兒童館員在選書時，不能因為自己的不了解而將某些資料加以排除，也不能因為書中內容與自己或社會的觀點相衝突而不予考慮，更不能為了省去麻煩而不選某些作品。而是應該在對作品進行深入了解之後，儘量提供孩子寬廣的選擇空間，開拓生活視野，不管這些作品是令人心痛或歡樂的

王振鵠於《圖書選擇法》一書說：

> 圖書選擇的三大要素：選擇人員對於圖書應具備相當的知識，了解讀者大眾的需要，並能明智的利用圖書資源。除這三項要素之外，圖書選擇者還要有頭腦有經驗將這三大要素作適當的配合，作為實際工作的指針。（頁16）

如果深入思考為兒童選書的態度，就不得不注意到「選書行為，

除與專業能力有關外，可能牽涉的是意識型態，這意識型態可能是隱
而不顯的，但卻代表著整個社會對兒童的態度、人們對知識的看法，
甚至對人之存在價值的想法。Perry Nodelman 於《閱讀兒童文學的樂
趣》（*The Perry Nodelman Pleadures of Children's Literature*）一書中，
認為選書行為涉及的意識型態，就兒童而言，可能就是對兒童主體性
的漠視。（頁109-110）

個人僅提供方法如下：

一、參考選書書目，或專家的推介。

二、以出版社、作者為考慮指標。

三、從印製形式考量。

1.以正楷字為原則，字體大小標準如下：

（1）小學低年級：2-3號字

（2）中年級：3號字

（3）高年級：4號字

（4）國中：4-5號字

2.每行間隔不得小於字體百分之五十，每句間隔不得小於字體百
分之二十五。

3.不得使用反光紙或顏色過分鮮明之紙張，並避免以花紋襯底。

4.不得使用多種色彩印刷文字，或以彩色相間。

5.印刷必須清晰。

陸　結語

吉妮特・佛斯（Jeannette Vos）、高頓・戴頓（Gordon Dryden）
於《學習革命》（*The Learning Revolution*）中認為塑造明日世界有十

五個大趨勢，其中之十是「文化國家主義」，他們說：

> 當全球愈來愈成為一個單一經濟體，當我們的生活方式愈來愈
> 全球化，我們就愈來愈清楚的看到一個相反的運動，奈斯比稱
> 之為文化國家主義。
>
> 當世界愈來愈像地球村，經濟也愈來愈互賴時，他說：我們會
> 愈來愈講求人性化，愈來愈強調彼此間的差異，愈來愈堅持自
> 己的母語，愈來愈想要堅守我們的根及文化。
>
> 即使是歐洲由於經濟原因而結盟，我仍認為德國人會愈來愈德
> 國，法國人會愈來愈法國」。（林麗寬譯，中國生產力中心版，
> 19997年4月，頁43-44）

本土化、國際化，皆不悖離多元化。而所謂多元化、本土化的主
張，不是口號，是趨勢。在歷經長期的努力，我們已經有了對本土文
化自然的情感。其實自一九六○年代末期，有愈來愈多的作家、學者
對另一種殖民作為──新殖民主義，尤其是美國好萊塢文化及其商品
侵略──開始注意。針對新舊殖民經驗，如何界定自己本土文化，珍
視傳統文化再生的契機及其不同之處，便成為刻不容緩的課題。

面對兒童讀物的選書，如何重建我們的主體性與自主性，這是我
們無法逃避的事實。至於意識形態亦是無可避免事實，如果我們能認
同：意識形態的概念是啟蒙運動的產物，它是對思想的來源進行理性
的分析，揭示社會法則與自然法則的一致性，清除宗教和形而上的淺
見與謊言。因此，意識型態的概念，在其本來的意義上是積極的、進
步的。同時，它更是一個日益多元化社會的產物。

其次，文化的傳承與兒童文化，似乎亦是意識型態的延伸。

又所謂的導讀，果真不如批評？

為兒童選書，評書是一件良心工作，要謹慎面對。

兒童閱讀與興趣

佛光 2000 年「兒童閱讀指導」教學研習
主　題：兒童閱讀與興趣
主講人：林文寶教授
日　期：2000 年 8 月 24 日至 26 日

　　非常高興我有機會來這裡傳達一些閱讀的理念。文建會訂今年為兒童閱讀年，但是我在去年就已經作了兩件全國性的前序動作。一個是今天要講的兒童閱讀興趣，也就是去年文建會補助我作的臺灣地區兒童閱讀興趣調查。這在臺灣已經有整整三、四十年沒有普查了，只有一九五七年或一九六一年左右一個政大教授作全面性的調查，除此外就是我去年主持的這個調查計劃。

　　另一件是「臺灣兒童文學100」，也就是從一九四五年以來所作的全面普查，透過問卷及專家學者的分析，選出一百本有代表性的臺灣兒童文學作品。今年執行的是「兒歌100首」，因為從臺東直接過來，沒有把資料帶來。如果要的話，可以附回郵索取兒歌徵文的簡章。這次也要求參加徵文的人一定要用電腦打字，否則退稿。

　　我想這是一個提升，因為我剛好為幼獅辦一個活動，也就是去年幫幼獅主編從一九八八到一九九八年的十年兒童文學選輯。在這之前也幫幼獅作一九四五至一九八七年的一套選輯。假設你今天要閱讀臺灣兒童文學，那麼這一套書是必備的。所謂「必備」，是從本土的基本觀念來講，它是很基礎的。

　　幼獅出這套書時，辦了一場很大的研討會。曾志朗、文建會主任陳郁秀、臺北市文化局長、臺北市市長都去了，所以很風光。陳郁秀當場講：「我們不要一直接受西方文化，我們希望聽到一些本土的兒歌。」所以才動念徵求兒歌。

　　第一個步驟是徵求兒歌百首，其中六十首是成人的作品，四十首是兒童的作品。成人每一首作品優選是兩萬元，入選一萬五千元；兒童則分別為三千及兩千元。第一階段到九月二十五日截止，然後將徵選的結果印成書發給各界。第二階段則從一百首中選出數十首，徵求作曲家來譜曲，讓大家來傳唱，總共花費三百萬元的經費來辦這個活動。預定在十二月三日在臺北市市立圖書館的總館舉行頒獎。

老師及家長要了解「顧客」的需求

　　我本身一直從事兒童閱讀的工作，在臺東縣的臺東師院兼任兒童文學研究所的所長之外，目前也是臺北市毛毛蟲兒童哲學基金會的董事長，所以在北部也辦了很多閱讀的活動。其實臺灣最早辦讀書會的是「毛毛蟲」跟「書香」，從八十年代就開始進行。在我的研究所支持下，在臺東縣也成立故事媽媽的協會。

　　目前讀書會在臺灣已成流行，但是只要成為流行就會出問題。我想在座很多人參加過讀書會，它到了一個階段以後就會無疾而終，也就是不知如何經營下去，可能當官的很多都是屬於豬頭型的，那是沒辦法。既然每個老師都在教書，為什麼還在國小成立讀書會？這是最莫名其妙的。你怎麼成立讀書會？還不是以你的班級為主！這就是有時候為了趕流行，作一些很好笑的事。反正這個年頭本來就很好笑，多一點或少一點笑話沒什麼區別。

　　其實談到兒童閱讀，各位都已經在學校教，可是大家說曾部長要

推動兒童閱讀，所以他們就很緊張了。當沒有人講時，你就知道怎麼教，自己也在作，當人家開始講起時，你就手足無措：「到底我以前那樣教對不對？」這個年頭只要你作了就對，沒那麼嚴重。我也幫文建會辦過師院生的讀書會培訓，覺得大家最缺乏的是信心：「這樣一貫下去就完了。」其實你怎麼不想：「只要一貫下去，任、督二脈就通了。從此沒有人管你，你就是最大，不管怎麼作都對。」

這是我們殖民的心態一直延續下來，也是我自己覺得最沉痛的一個問題，就是臺灣幾乎都是殖民文化、殖民心態，作不了主人。據說當年林肯解放黑奴時，黑奴還是搶天呼地的痛批林肯：「我以前還有家，現在竟然沒有家！不曉得怎麼辦？」可能是綁太久了，所以不習慣。其實這是解套的方式。

首先強調我們要了解顧客的需求，不管你是老師還是父母。我講北部某個豬頭的故事。有議員質詢官員說：「你知不知道最近（其實這個已經流行很久了）很流行蠟筆小新？」這官員不知所措，就問隔壁說：「唉，為什麼他說蠟筆要小心，不是毛筆才要小心嗎？」這就是說對顧客完全不了解。

另一個故事也是議會質詢一個官員：「你知不知道小燕子是誰？皮卡丘是誰？」通通不知道！「那你知不知道諸葛四郎？」也是不知道。那官員還說：「我以前讀書時，都只認真讀書，從來不讀課外書。」我的天啊，這還是教育局長呢！

所以你當老師，都不了解自己的學生在幹什麼？現在當一個好老師，不是條件的條件之一，就是希望你每天撥一點時間看電視。起碼在學生可能看電視的時段裡面，了解它究竟演哪些節目？如果連這點都不知道，還說是好老師，其實是用各種暴力來殘害、欺負學生而已，不是真正的關心學生。

終身教育有一條重要的理念：「其實我們真的不曉得要教什麼給

孩子？唯一知道的是要教會孩子如何學習？」可是我們相反的，都是
很認真的教那些「一加一等於二」。在座的各位如果回憶一下，大家
一定都有過廢寢忘食的經驗，對不對？

　　我指的不是考試，而是你自己找到喜歡作的事時，真的可以不吃
飯、不睡覺，躲著爸爸媽媽在棉被裡看武俠小說、愛情小說！所以當
老師的就是要為孩子尋找到他的興趣點，以及給他一點點（不要太
多）信心就好了，因為沒有傷害他已經很不容易了。

人一當了父母以後，就不太值錢

　　再講一個故事，一位媽媽有一天很興奮，要幫孩子買錄音帶，就
跑到錄音帶行去選，結果選來選去不曉得要選什麼。店員就跟她說：
「很簡單，我一天到晚都看孩子來我這邊選，所以我知道他們要什
麼！」這個媽媽卻說：「不要不要，你放給我聽。只要是那些我不想
聽的，那就是我兒子要聽的。」

　　你試看看，不相信你選范曉萱、徐懷鈺到阿雅的歌來聽，你會發
現越唱越難聽，而且越唱越有個人風味。現在的歌就像「鬥嘴古」
（臺語，意為「互相爭論不休」）一樣，但是你仔細聽，好像也很有
個樣子。一、二十年前你看到一個女孩子露著肚臍，有什麼感覺？現
在她如果不露，你才會很奇怪：「怎麼那麼不漂亮？」所以觀念是可
以改變的，今天最重要的是要有恢宏的想法。

　　以上的前言是要告訴各位，當老師或是當家長的其實都要了解顧
客的需求，我們常常忘了這件事。顧客需求的下一句就是以身作則，
所以從教育觀點來看，有其父必有其子，有其師必有其生。有一次我
聽說一個校長要求老師穿得非常整齊，所以上一次我的得獎感言就是
說：「我很感謝各界對我的包容，允許我隨便穿著。」

　　我認為這一點很重要，我們一天到晚講求人要能獨立思考，可是我們卻常壓抑別人一定要怎麼穿、怎麼作，這都沒什麼道理。所以在講閱讀之前，提到要了解顧客需求、尊重是最重要的。在我原來文章的前言有提到關於美國一個大學的例子。

　　有一次在上文學課時，老師故意把那些名作家的名字擦掉，讓學生去批評哪一首詩最好。結果每個赫赫有名的大詩人全部被學生批評得體無完膚。這就是要告訴各位，在指導的過程中不要有太多老師的意見。小孩子要讀已經很不簡單了，你何苦還要罵他兩句：「你讀這個根本不曉得在讀什麼東西！」

　　你要他讀「東西」，他要讀「南北」有什麼不可以？為什麼他讀的一定要跟你一樣？這是我們最大的錯誤。所以我在推廣閱讀的理論，叫作「瞎子摸象」。「瞎子摸象」是佛經的一個故事，以前把它解釋為「幼稚無知」，但是現在要把它看成閱讀的經典理論。

　　每個人所見不同，為什麼一定要一樣？我看到的地方，就像摸到大象的一部分，難道有錯嗎？對別人來講，他是大作家；對那些不知道的學生來講，根本感覺不出他偉不偉大。所以假如有一天你拿一件作品給學生看，你要允許學生能提出很多意見才重要，不是「一言堂」，否則教起來也沒什麼成就感。那你就養一些鴨子就好了，或是養一窩的豬不是更快？

　　第二個例子在教育界很有名，它說兒童開始來學的時候是帶著問號來的，這個大家一定印象很深。尤其是幼稚園的小孩子跟一、二年級一樣，你假如問他：「有沒有問題？會不會？」每個人都搶著舉手，其實他不一定會。他只是看到大家舉手很好玩，他也跟著舉手。

　　可是你問大學生有什麼問題，大家都「嘿嘿」幾聲，不然就頭低低的不講話。所以我們的教育常常是帶著問號來，帶著句號回去。把原來那種懷疑、獨立思考的精神都失去了：「反正都一樣」，大家都變得非常沒鬥志。

最後一個例子是說老年人的弔詭——他們每一個人都理所當然的認為自己跟前一代不一樣；面對未來時，他又認為下一代孩子應該要跟他一樣，這就是指在座的你我。我們都曾經非常叱吒風雲，也就是曾經很有個性，可是等到當了爸爸以後，就要求孩子要跟你一樣，以前卻跟父母爭論：「你為什麼要束縛我？」所以我總結前面的內容，常講：「人一當了父母以後，就不太值錢。」不是囉嗦，就是嘮叨。講話雖然千言萬語，都是同樣的話。

二十一世紀的新生活

接著談我們的時代，有很多種講法。比如宗教上（我所謂的宗教，不是真正的宗教），像奧修這些人，把現代稱為新生活的時代。像我們現在常講「新政府」、「舊政府」，到底有什麼區別我也不知道。他們認為「世紀末」是新生活。以前大家預言到了二十世紀時宗教會沒落，可是全錯了，越到世紀末，宗教越興盛。除了宗教人士以外，沒人會相信。

另一批人則走向新生活。所以如果你記憶猶新的話，應該記得臺灣還有一批人到美國準備坐飛碟去死，結果也沒有死，所以這年頭什麼都有。我們常說這個時代是資訊時代，或是第一波、第二波、第三波。第一波是所謂的農業時代，第二波是工商業時代，第三波是從電腦出現以後，稱為資訊時代，或消費時代，同時也是遊戲的時代。

所以像今天各位來參加這個研習會，在二十年前這種研習會一定辦一個禮拜，而且強迫要住校，大家參加時一定非常興奮。我回憶早期板橋研習會辦的兒童讀物寫作班時，那時候的集訓是兩個月，而且各縣市調一些成員過來住在那邊，大家都身有榮焉。現在如果叫你住兩個月，實在是不可思議：「我的孩子怎麼辦？我的先生怎麼辦？萬

一跟人家跑了！」我的想法是：「跟人家跑了剛好，我本來就不太想要！」

　　去年我跟板橋研習會嘗試再辦一期研討會，為期兩個禮拜，結果零零落落，很多人都要回家，不想住在那邊。你要知道，能夠住在一起，那是另一種緣分。可是很多人常常拋棄因緣，所以就沒有聚會，好的那一面就看不到。

　　颱風的那兩天，我還跟研究所的學生上課，而且大家非常興奮，因為他們是從外地去的。所以就叫他們電話聯絡，結果二十五個有十九個回來連續上課兩天。假設剛好不在臺東，就沒辦法享受某一種因緣而結合的聚會。所以我常鼓勵人：「你不要想那麼多，把書拿起來讀就好了，先不要管讀對或讀錯。因為如果你讀錯了，別人會很有成就感，對你也很好啊！」

　　我的成就是讓別人看到他自己比我還要好，這是很不容易的。人能夠不強出頭，也很難得。這是一個消費的時代，最不能把握的是我們真的不曉得要幹什麼？所以也有人稱它為「後現代」，我倒認為臺灣是殖民文化的時代。在座都讀過教育史，可是你有沒有讀過中國教育史或臺灣教育史？你讀的都是西洋教育史！殖民文化最悲哀的是沒有歷史、沒有記憶。

　　你知道臺灣出現過哪些作家？記不記得郭雨新這些人？現在只記得一個阿扁，所以臺灣沒有歷史，我們所看到的都是別人的東西。文建會的理念跟我很契合，我也幫他們作了很多案子，比如社區營造。在一個全球化的時代裏，世界各先進國家都在追求社區營造。

　　大家如果還記得，希拉蕊曾經寫過一本《同心協力》，談美國的社區營造。臺灣的社區營造是從日本引進的，可是想一想，三十年前的臺灣社區不就是社區營造嗎？那時候工作回家，不是拿個長條板凳跟左鄰右舍聊天嗎？再看美國四十年代或五十年代的電影多可愛、多

純樸，家家戶戶到老死還相往來，不像現代住在大樓裏，情形正好相反。

所以現在的社區營造，就是在大樓裏蓋一個固定的聯誼場所，這是重現以前生活中比較純樸、無邪的那一部分。在當代社會中，你會發現新奇、多樣、暫時。我記得以前年輕時很希望白頭髮，因為那時候流行年高德劭。可是等到我白頭髮的時候，卻流行青年才俊。所以人家問我頭髮時，我都說這是漂染的。

我們缺乏一套價值體系、倫理觀念

今天整個社會體系崩潰的原因，是因為我們缺乏一套價值體系、倫理觀念。現在不按照年齡、輩分來排，而是看誰聲音比較大、比較兇、不怕死（像我很怕死，所以排在後面）。如果你了解這是暫時的，也就沒什麼好爭的。所以有一句名言：「世界上沒有永遠不變的真理」，這句話才是真理。

當然我們都希望相信有真理，不然就沒有奮鬥的目標。比較二十年前、三十年前與現在的美麗島，就可以發現變化很大。還有說現在是地球村，從另一個角度來講，很多是西方的殖民文化。舊的帝國主義是靠武力去侵略，新的則叫作「文化帝國」，藉著經濟、政治，也藉著文化去統治別人。臺灣現在若不是日本文化，就是美國文化，最近才慢慢看到屬於我們的文化。

現在只要上網，馬上會發現時代改變很快。可是你會發現一天到晚上網的人不見得是最有見識的，可能變得更豬頭或更白痴都不一定。不曉得你們有沒有看過一本書叫作《一千零一網》，它是發明網際網路的那個人寫的。

網際網路有兩個極端，其中一個是全球統一的麥當勞文化。臺灣

現在鄉村發展的指標有兩個：一個是有沒有麥當勞，一個是有沒有7-11。最近出現第三個指標：有沒有誠品書店，可見我們開始在進步。前面兩個是外來文化，誠品其實也是外來文化，所以很悲哀，也沒有人開始反省。

另一個是變成更封閉的社會。有的人上網只上固定的網，所以變相的更自閉。因為不必跟人家見面就可以聊天，所以完全生活在一個虛擬的世界。這是從網路出現以後，又出現的另一種症候群。所以世界上沒有十全十美的事。人間因為有缺憾，所以你才覺得很快樂。看到別人的缺點，心裏就想：「他也有缺點，跟我一樣爛！」

所以我在上「兒童文學」的課，常跟學生講：「千萬不要講偉人的故事，因為講多了學生會很自卑。」例如講「孔融讓梨」之類的作什麼？哪個小孩子會把蘋果讓給別人？除非他已經吃得很膩，而且那顆蘋果又不好吃，才要送人。不然就是媽媽眼睛一直瞪，咬牙切齒，他懾服在你的淫威之下，不得不讓的。

「孔融讓梨」是一個例外，你以例外來教小孩子作什麼？你為什麼不講「華盛頓砍櫻桃樹」？雖然據說這個故事是假的，可是很合乎人性，也很合乎兒童的心理。所以我們要講偉人那些犯錯的小故事，不是偉大的小故事。他是因為有那些偉大的小故事，所以後來才偉大。你一直強調，小孩子會想：「唉呀，他那麼偉大，那我乾脆死掉算了！」有一天自殺也說不定。記不記得去年有一個國中生因為老師罵他：「你這個也不會，去跳樓好了！」他真的轉頭就跳下去了，因為有的小孩子自尊心比較強。所以不要講偉人的故事，例如「蔣中正先生在河上看到魚……」，不嫌太老套了嗎？你還不如講「吳宗憲」的故事，孩子還比較喜歡。這些都是剛才講「重視顧客需求」的範圍。

顧客的需求不一定對，但是你可藉著他的需求來引導他。如果話不投機就完了，那還有什麼好講的？所以我們要努力了解這個時代是

怎麼一回事，不能把耳朵掩起來，眼睛遮起來，假裝聽不到、看不到，那是不行的。現在是多元的時代，孩子怎麼會看不到、聽不到？

成人教育的另一點是，很多人屬於功能性的文盲。各位有沒有看過一本《解放兒童》？它是前一陣子的暢銷書，內容是講加拿大一個國小的小孩有一天上課時，聽到印度女工的問題，於是他就透過網路聯絡。後來組織一個世界性的兒童協會，被加拿大評為未來的領袖人物，他才十六歲而已。

遊戲與投緣的概念

我們研究兒童文學有兩個重要的理念，一個是遊戲的概念，一個是投緣的概念。所以我常跟學生講：「不會讀書，也要學會玩。」因為我很不會玩，所以我都要求學生一定要會玩。所以今年暑假上課時，我們整團七十人浩浩蕩蕩的包兩部車上宜蘭去玩一趟，三天兩夜，他們印象很深刻，上課也可以這樣上。

遊戲很重要，你有沒有發現一個比較會玩的人，心胸都比較恢宏一點？不會對芝麻綠豆的事斤斤計較，讓人受不了。這個時代就是這樣，我很難描述它。我常常跟學生講：「你能夠不結婚，儘量不要結婚。萬一你真的看不開，而且那麼相信愛情，那麼結婚就算了，不然又能怎麼樣？萬一你結婚了，我建議你不要養孩子，孩子是以後一些痛苦的根源。」

我到現在還常常為了孩子作惡夢。因為當父親當得太認真了，所以就非常辛苦。萬一你真的覺得孩子很好玩，那就養「一條」玩看看。有人不死心，養了「兩隻」還不夠，而且一定要有男的，更是莫名其妙，所以就養了三個。既然養了就好好的教，認真的教，不然從此會陷入痛苦的淵源。

　　有一陣子我兒子找職業時，我跟太太兩個人只要一接到電話就講好，不能再轉給第二個人聽。因為孩子找職業找得很辛苦，就跟你嘮叨一大堆，講的都是相同的話。聽到最後「久病無孝子」，只好當作一場惡夢。我是很好的父親沒錯，那個絕對不用懷疑。

　　三十年前養孩子時，三更半夜都是我起來包尿布的。這沒辦法，家裡兩個人，總要有一個人起來作事，熬不過去的那個人只好起來作。所以既然你作了，就不要抱怨，要作得心甘情願，無怨無悔，讓人家感激。就像孩子一樣，要給錢就給錢，不要嘮嘮叨叨，嘮叨到最後，給了錢還不領情，你就知道該死了。

　　所以我發現我們的父母真的是該教育，像我就鼓勵我的小孩子要學會花錢，一個不會花錢的小孩子也沒什麼用。錢就是要給人用的，為什麼不用？一個人從小就不會花錢，他怎麼知道錢的可貴，父母的辛苦？等到他賺錢時，才知道：「原來我以前花的錢，都是媽媽的血淚。」

　　所以我常跟學生講：「在你還沒有賺錢時，你都有理由伸手跟父母親要錢。」可是現在的孩子很奇怪，都不要錢，都要去打工，他認為很不好意思，可見我們這一代的教育可怕到什麼地步。孩子對父母不好意思，那還有什麼用？什麼都不好意思，就已經形同路人。

　　所以我都跟孩子講：「要不要錢？我給你。不用去打工，不用那麼辛苦。偶爾打一次就好。」所以我的兩個孩子都不會亂花錢，因為給他錢了。現在養的孩子很少，所以物以稀為貴，都把他當成寵物在養，所以小孩子很受不了挫折。

　　從社會學來講，在一九四五年以前出生的人，稱為舊人類，就像我一樣，以工作為主。我現在常罵學生典型的「公務員心態」，就是放假絕對不來，多作一分鐘就認為很吃虧，我們舊人類認為能奉獻很高興。一九六五年左右出生的稱為新人類，一九七五年以後出生的稱

為新新人類。本來沒有「新新人類」這個名稱，是烏龍茶的廣告弄出來的，結果被社會學家引用。

我們越來越沒有養孩子的能力

美國把新新人類稱為「Ｙ世代」，新人類稱為「反嬰兒潮」，舊人類稱為「嬰兒潮」。因為二次大戰死了很多人，所以鼓勵大家生育，現任總統（李登輝）就是屬於嬰兒潮那一代的人。一九六五年已經在協議了，大家都不生了，所以是「反嬰兒潮」。臺灣現代的總人口也下降，因為大家都不生了，也知道養孩子很辛苦，沒有孩子就可以到哪裡去玩。另一個理由是我們越來越沒有養孩子的能力。

三十年前據說原住民當嬰兒出生時，就拿去水溝洗，沒有死的話再拿起來養。那時也沒有產前檢查，媽媽挺著大肚子在田裡工作，作了一半肚子痛，就把孩子生下來放在田邊，繼續工作。等到回來發現肚子已經不頂著灶，才發現：「我已經把小孩子生下來了。」你會認為這是笑話，但它絕對是真的。

不像現在三天兩頭去檢查，沒毛病也檢查出毛病來，因為一直輻射嘛，沒病也要裝出有病。從心理學來看，強迫性行為常常弄假成真。心裡一直想：「我很不舒服」，結果就真的不舒服了，因為機能逐漸在退化。所以我很鼓勵不養孩子，萬一你不想養，也可以同性戀。同性戀的好處是人口的壓力自然降低。

當然你會說：「老師怎麼講這樣？」其實你要知道，現在整個文化對於第三性、同性戀也要尊重。因為這個可能是生理的因素，不一定像我們所想像的，所以這個也在包容的範圍。也有人說新新人類是「Ｎ世代」，所謂「網路世代」。

現代人求職的第一個條件是一定要會用電腦，所以電腦已經變成

必需品。傳統的讀書人第一個條件是要會寫毛筆字，民國初年作英文、數學作業時，是用毛筆寫的。所以說要維護傳統，尺度很不容易拿捏。

以前科舉時代，如果你的試卷太髒亂，那張考卷就被丟掉，不列入評審。而且每張考卷是找一批人重新抄過後，才給閱卷委員看的。所以你看中國古代的文人，每個人的字都寫得很漂亮，因為那是他的必備能力。

就像今天每一個人都要會電腦，不會的話你就要很棒，可以指揮很多人幫你作，但是你還要學會下指令。如果連指令都不會，那連什麼都混不出來。

新人類的五條「青年守則」

不知道大家有沒有聽過新人類的五條「青年守則」：

（一）遊戲為快樂之本

大家看到中視的「超級尖頭曼」有何感想？遊戲是很重要的概念，只有會玩的人，才會作事。不會玩也要欣賞那些會玩的人，不要看到人家玩就很排拒。

（二）投機是成功之本

古人像范仲淹說：「先天下之憂而憂，後天下之樂而樂」，或是說挖井到千仞還挖不到，就繼續挖，現代人絕不可能作這種事。用科技探測一下，幾公尺之內沒有就不挖了，不浪費時間。所以現代人不但要有能力，而且要有方法。

（三）另類為生活之本

例如頭髮標新立異，或是在身體上面打洞，各式各樣都有。我發現這也要很有勇氣。穿耳洞很正常，穿鼻洞就不容易了，因為傳統上只有牛才穿鼻洞。他不願意作人而要作牛，真的服了他。還有肚臍穿洞，真是天才。現代人說：「一個人假如不聰明，他寧可自殺。」所以一定要裝酷，講話要講得酷酷的，好像很有學問的樣子。例如網路笑話說藍色的刀、藍色的槍，稱為刀槍不入（blue）。把中英文混在一起，其實這很沒水準。以前傳統的謎語格式很嚴謹，現代年輕人不管這些，只管要酷。像我兒子以前讀小學時，回來問我問題，我回答後，他說：「人家高興，你管不著。」意思是他問的問題你答錯了，或是根本沒有答案，他覺得很爽。假如各位比較大的話，你會發現寒暑假是你痛苦的日子，孩子一回來你就很受不了。住在一起，他是早睡早起——早上三、四點才睡，睡到中午才吃飯，還說：「我沒事，要這樣作，你管什麼？」如果他真的有事，早上七點也可以起床。

我現在學會了，各人過各人的就好了。他的房間我不去過問，像豬舍你就讓他過豬頭的生活，也沒什麼不好。我自己保留一個樣本給他看，我就是這麼乾乾淨淨。你若幫他打掃，他又很生氣，說找不到自己的東西。從發展心理學的角度來講，每個人每個階段都要成長。你不要以為你已經五十歲，五十歲不會馬上變成六十歲。成長最好的媒介就是孩子跟學生，你從他們身上能學會很多東西，你會變得比較不獨斷。

雖然我從來不去卡拉 OK，但是我也不排斥。學生最大的願望就是哪一天把我綁到那邊去唱，我說：「你起碼要為人間留下一塊……不是淨土，留下一個標本。」所謂的成長是願意把你很喜歡的東西丟掉，對你從來不喜歡的東西願意重新去接受。

（四）賺錢以花錢為目的

錢賺了就是要花。我比喻傳統是「一個錢要打九個結」，所以就很難拿出錢。你只要看一個人拿錢，就知道這個人風格。有的人要他拿出錢來，好像要他的命。你賺了錢本來就是要耍大牌，所以在座假如賺很多錢，捐一點給佛光也可以，不然給我們研究所也很歡迎。

（五）戀愛以上壘為目的

最近有一、兩本大陸小說很暢銷，叫《上海寶貝》……讓你得自卑症，因為你都沒看。還有一本翻譯的暢銷書，叫《莉拉說》，寫得更是勁爆，很多人看了一定受不了。也就是現代人對愛情的觀念已經跟以前完全不一樣了，所以他們很不願意結婚。大學生同居的一大堆，很正常。你又能怎麼樣？這是各人的選擇，也是時代的不同。

我是早期國語實驗課本的編輯委員，所以這個問卷是以板橋研習會的實驗學校為樣本，比較好回收問卷。本來預定九月初回收，結果拖到九月底，又碰到九二一大地震，所以南投只好放棄，其他學校的回收率是百分之百。我找我們學校一個測驗統計的專家作抽樣，有效樣本是1794份，已經接近普查了。我們尋找北、中、南、東四區不同類型的二十五個學校作樣本。

從問卷可以看出，學童家中擁有的媒體比例很高，電視占 91%，個人電腦有 45%，其他像電視遊樂器、錄放影機的比例也很高。沒有訂報紙的有 37.4%，沒有訂雜誌的有 62.6%。我記得以前幾乎都會為小孩子訂幾種雜誌，因為他們也要私人財產權。你不要以為小孩子沒什麼自尊，他們的自尊心才強呢，小小自尊被你打破就沒有了。

除非你是在某些機構工作，取得報章雜誌比較方便，不然這些是比較重要的指標，應該要有。但是調查結果卻是沒有的比較多，這是

出乎意料之外。第二個問題是小孩子課餘喜歡從事的活動，第一個當然是遊戲聊天，第二個是看課外書，竟然占 49.5%，很不容易，第三是喜歡打電動，這很正常。

我兒子以前讀國小時，有一天告訴我：「老師調查班上同學家裡沒有電動遊樂器的人數，結果三個人舉手，我是其中一個。我可不可以買？」當然可以買，你寧可讓他在家裡玩，不要到外面去玩。意思是我們沒辦法禁止，不如表面化，起碼你可以知道他在幹什麼。

「閱讀」應重新定義

所謂閱讀，不是只有讀書才叫閱讀，這是很多人的誤解。大家都聽過一首歌說：「讀你千遍也不厭倦」。讀天、讀地、讀眾生，都是讀，為什麼要局限在書本中？這是我們要改變的觀念。真正的閱讀最後還是要回歸書本，但是前面要先用漫畫之類的引起他的興趣。

講到漫畫你一定不服氣，其實小孩子不看漫畫才奇怪。假設你的孩子不看漫畫，他一定有點問題。你如果公開問他：「到底有沒有看？」他可能說：「有啦，都是同學給我看的。只是因為你一直在管，所以不敢讓你知道而已。」所以這個牽扯到對「閱讀」的定義是界定在哪裡？

我最大的困擾是：「啊，我兒子一天到晚只知道讀書，不知道怎麼辦？」可見他爸爸一定是書呆子，除了讀書也不會帶他去看電影，也不會帶他去玩，當然只有看書。所以當爸爸不容易，你要會玩，不會玩也要裝酷，有時候也要帶他出去玩玩，不能太拘泥於單一事情。現在是過猶不及，一直讀書也不見得對，有的人一直讀書才腦筋短路。

所以我常告訴老師說：「你以為你能上課多偉大？你少上一點，學生多幸福。」你記不記得你當學生時，最大的樂趣是：「啊，那一

堂老師不來上課！」從來沒有一個學生說：「啊，這個老師太偉大了，這堂課我沒有上的話，會遺憾終生。」然後苦苦哀求老師上課，沒這回事吧！

我再插一個故事，有一對父母非常放不開，從來不去旅遊。結果後來不知怎麼跟他溝通，所以把孩子交給隔壁鄰居，出去旅遊了。他們跟孩子講好：「每天幾點到幾點我一定打電話回來，你一定要在電視機前面像狗一樣，聽我的電話。」

結果前兩天孩子都準時聽，第三天孩子玩瘋了，沒有回來接。在國外的父母急瘋了，趕快打道回府。孩子看了嚇一跳：「我們玩得很快樂，你回來幹什麼？」父母說：「我不知道你們玩成這樣，這還得了？」所以你要知道，對付孩子——「放生」是最好的方式。

「放生」是圍一個圈圈讓他在裡面玩，我們現在常常只有一條路給他走，你說小孩子哪有人會規規矩矩地走路？教他「非禮勿視，非禮勿聽」，你在教聖人嗎？我們明明知道「非禮」才要看！所以我們的教育是聖人教育，違反常規，現在沒有人講這些了。所以我們要多接近，多了解小孩子。

兒童閱讀的來源

兒童閱讀這一項，課外書來源方面：

（一）父母購買的占 71.2%

這是我很反對的。就像我常跟學生講：「唉，你不要那麼乖好不好？你媽媽叫你每天打電話，你真的打電話回去喔？這跟訓練狗有什麼區別？」「我不打回去，媽媽會抓狂！」「那你就讓她抓狂一次。人總要發狂一次，過了就好了。你也要讓你媽媽有個成長的機會吧！」

所以很多事有得必有失。對父母孝順是應該的，但假如每天一定要作什麼事，我認為太呆板。

（二）向圖書館借的占 43.3%

這個我認為還可以增加，因為社區就是要朝圖書館發展。我要說明的是父母購買的比率太高，也就是父母的主導性太強。父母常把以前得不到的東西灌注在孩子身上，所以孩子未老先衰，負荷不了沉重的包袱。你可以看到很多家庭都有鋼琴，連我們家裡都有。我一直要賣，我老婆都不賣，她一定要留著當樣本，真是典型的看不開。我總不能為這個吵架，留著反正也是一個經驗。

父母千萬不要以自己的想法去看孩子，孩子是一個獨立的個體，所以買書也要讓他選擇，而不要強制。

（三）老師推薦的占 24.4%

我也一直對孩子得到書訊的管道有意見，老師推薦的比例才24.4%。你們可能很少推薦孩子看書；同樣的，你可能也很少翻書。其實現在臺灣的報章雜誌都有新書介紹，你起碼翻一下，再跟孩子介紹。

這很重要，因為孩子這個階段最崇拜的還是老師。可是老師不告訴他書，他只好玩別的，這很正常。你不理他，他當然去理別人，小孩子總要有事情讓他注意。

（四）父母告知的占 51%，書店推薦 52.2%

可見小孩子慢慢發現書店很好玩，尤其都會區的小孩子可能下課後都會跑到書店去，問題是很多地方都沒書店。書店也要像誠品那樣，才比較有品味。如果是各地的小書店，實在沒品味。

　　小孩子喜歡的內容，從以前到現在都沒有變，很喜歡看笑話，可見我們的生活很寂寞。最不喜歡看的是詩歌，不管古典詩或現代詩、童詩、小說，尤其少男少女的小說，可見我們的孩子還是很保守。

　　我的結論是，現在學童家裡訂報章雜誌的比例實在太低。小孩子每天擁有的私人時間很短。我一直相信時間不是問題，問題在於你的觀念。例如你定位自己的生活重點在哪裡，你就會調整過來。「沒有時間」是騙人的，有時越忙，能夠抽時間看書會越高興。所以我有時真的想看電視，可是我會利用廣告時間看文章。零碎時間可以積少成多，只是我們比較不會利用。

　　剛才說父母的主導性太高，老師指導得太少，這是以國小二年級到六年級為對象。基本上，老師的傳道、授業、解惑不夠，應該連電視節目都要去關心。像有的老師比較主動，看到報章雜誌的好文章、訊息會剪起來，貼在教室後面。但這要長期，偶爾一、兩次沒有用。

加強兒童閱讀的三項建議

　　學童所選的書本內容，本土的比例相當高，我對這一點期望比較高。雖然剛才講殖民文化，其實已經有生機了。各位回去以後，也可以從三個角度去看：

（一）我們要加強閱讀指導

　　其實這已經從新課程又變成舊課程了。九年一貫的一、二年級已經公布了。從民國八十四、八十五學年開始實施的新課程裏面，就有課外閱讀。我們以前都停留在識字，所以這是臺灣地區國語課程的一大進步。我有一個研究生說他回去以後，每週要抽出一節課來上閱讀指導。它沒有你想像的那麼難，可以跟學生同步學習。

各位應該聽過「小大讀書會」，它是由老師一直重覆唸給孩子聽而已。其實孩子對老師、父母並不苛求，他只要求你善待他而已。不要因為他讀不好，你就罵他……等等。因為閱讀本來就很有樂趣，它是從你本身作起。你有什麼領會，就按照那樣去做，並不一定要聽太多專家的話。你要發展出屬於你的一部分，孩子才會感受得到，這一點很重要。

（二）閱讀指導要從兒童文學入手

也就是從兒童讀物開始，童話、小說、詩歌……等。基本上每個老師多少都要有兒童文學的素養。當然如果你有興趣，考我們研究所更歡迎，可是不論日間部、夜間部、暑期部都不容易考。

我們有一個學生考取夜間部，要從高雄搭車去讀。我勸他不要，因為每週兩個晚上，回到家都半夜兩點了。他說好不容易考取夜間部，暑期部更難考。基本上對兒童文學要有認識，因為平常上課都在上知識性的東西，所以要換一些文學性、比較不傷胃的東西，比較可口。

（三）閱讀是親子共讀

最近哈利波特為什麼那麼流行？那麼厚一本書，看得千辛萬苦，雖然很好看。國外的兒童書那麼大本，是因為他們已有超過百年親子共讀的基礎。你有沒有拿比較大的一本書，每天跟小孩子講一個段落，用兩個月或半學期把一本書講完？沒有啊！這才是真的親子共讀，老師也要共讀，讓小孩子學會不畏懼大部頭的書。

所以昨天我看《中國時報》的「開卷版」訪問曾志朗，他就提到親子共讀的概念，這也是我要建議的。你可以嘗試花個時間，選一本書，每天講一段。這對你跟孩子來講，都是一個訓練。我們流行的是

講完單篇就好，選擇那些「輕、薄、短、小」，所以孩子才毛毛躁躁。

建議各位從上面三個角度去作，只要作了就對，無所謂好或不好。好與不好不重要，重要的是有沒有作。

保持快樂的五種方法

其實當老師應該比較快樂，因為比較擁有童心，童心跟年齡並不一定有關。我是典型教兒童文學的人，我已經快六十歲了。最後提供別人說的幾個有效的方案：

（一）穿球鞋，像個運動員。現在看那些「恨天高」的鞋子，我覺得對小孩子實在是不容易。你矮就矮，穿那麼高作什麼？你以為穿那樣就比較高嗎？不穿球鞋，最好像我一樣，穿涼鞋，你會更舒服。如果連行住坐臥都要用各種方式來拘束自己，人生也太辛苦了。

（二）衣著最好穿百分之百的棉質，會比較柔軟，像小孩子一樣。

（三）一定要學會看卡通影片。它有個特色——沒有不可能的事件。我有個學生跟我抱怨：「老師，你說要找一個會看卡通影片的先生，結果我的先生很喜歡看卡通影片，最後我還是跟他離婚了。」你找到一個愛看，但是長不大的也沒用。「天真」有時是可愛，有時是幼稚無知。我們要的是可愛的那一面，而不是幼稚無知的那一面。

（四）一定要學習喜歡故事書，也就是兒童文學。沒有讀研究所，起碼要看童話書、故事書。最近有人作研究，臺灣現在的繪本很多，尤其進口很多英文繪本，都是大人在讀，不是小孩在讀。所以現在有所謂的「成人童話」、「成人繪本」，那都是給大人看的。大人要看這些，才有一點文化氣息、氣質。所以我常發現滿街都沒氣質，不看書當然沒氣質。

（五）有空要多吃零食。口袋也要裝一些零食，才顯得你非常富

有。遇到人家生氣：「唉，一顆糖給你，吃個糖。」他要生氣也會不好意思。我說的這些是要讓自己的童年重現，讓自己快樂，是課本三百六十五章都沒有的另外那些方式。

其實人的快樂是自己去找的，不要想那麼多。

談兒童閱讀

二〇一五年六月十九日於安徽金寨沙河中心小學講座

劉凡記錄

　　我很高興再次來金寨，現在應該是第四次活動，我常年在各個地方跑來跑去，我自己在臺灣也是負責一個公益機構，也就是基金會，同時還兼任三、四家基金會的董事，所以長期以來，我致力做閱讀。在臺灣，目前著重的是弱勢族群、貧困地區這方面的閱讀，這些地區，其實才最需要外界的幫忙。所以每次在這些地區開展活動，心教育也總是希望請我過來講第一場，也就是說，做一些理論上的溝通，讓大家先有一個理解。

　　大家都知道，目前在臺灣已經不是只講閱讀的事情了，因為閱讀其實牽扯到整個教育的問題。現在都是從比較大的方向去談整個教育的問題。《孩子，我跟你們是同一國的》，講的是臺灣的一個很鄉下的國中的老師，在教小孩子的過程中，跟小孩子相處了很久。所以他說：「孩子，我跟你們是同一國的」，是指在教孩子閱讀時，必須跟他們是同一國的，你必須認同孩子的一切，不然你就很難去跟他們進行溝通，或者孩子根本就不理你。所以我常常說孩子是很容易騙的，騙是一個通俗的說法，不管是家長教還是你當老師教，帶孩子都是哄哄騙騙的，你不能跟他太正式、太嚴肅，這是沒有效果的。

　　有一個印度學校校長的故事，也是一個偏遠地區的例子。這裡的校長從美國留學回來以後，發現印度社會很落後，立志去開辦一所學校。這個校長每天會在學校裡走動，他發現學校每個人每天都很忙，都有很多工作，肩擔重任，老師也非常艱苦。各個地方，包括臺灣，大家都一樣。真正的偏遠地區，最後回去的，應該都是當地人，因為只有當地人，你才會有認真、真正去建設自己的家鄉。

　　那麼在這裡，我們要了解，偏遠地區學校的教學，跟都市地區肯定是不一樣的。我們要知道，鄉下學校教育最重要的，是不要動不動跟都市去比。我認為不管哪一個學校都是一樣的，鄉下學校有鄉下學校的優點，什麼優點，就是能把孩子淳樸的心態保存下來。今天的孩子，只要小學畢業，都有國中可以上。只是不是像大家認為的，北京市的那種重點學校。其實你要知道，重點學校的孩子，要付出很大代價，必須把他們青春年少的歲月投入在成績上面。而鄉下學校，他可以享受真正的一個童年。所以這裡的學校，老師上課的方式，可以跟都市區非常不一樣。老師可以設計一個主題，比如說，一年級、二年級的主題，也就是所謂的校本位課程，讓孩子學習結束去做一些報告。像這樣的學校，我們也發現，可以放置很多好的書，都是很容易做到的事。而且如今資訊也非常的發達，比如說大家每一個人都有智慧手機，在智慧手機上，你可以做很多多功能的應用，包括在教學中。

　　接著我要提到的是可汗學院的教育奇蹟，這是目前在全世界教育影響非常大的一個例子。可汗是在金融機構工作，他為了要給他的表妹補習數學，但是相隔一千公里，所以他自己每天講課十五分鐘，通過網路 YouTube 轉給他表妹，每一段是十五分鐘，每一個問題，講十五分鐘給她聽。後來好像是微軟的老闆，看他女兒也在用，所以就投資了一百五十萬美元用來做發展，這個可汗學院現在在全世界非常流行。在臺灣，也有人在設計這些。這些科技只要有一個教室一個電

腦，孩子們就可以自己來學習，這些視頻用你的手機或者你的電腦，都可以看得到。這些就告訴你說，現在的教育跟以前的是非常不一樣了。我們很多老師很認真，他們會說，孩子不會學，學不會這個會怎麼樣。其實我們會發現，孩子不學也不會怎麼樣。老師通過上課來教的東西，孩子上網，也能很快就搜尋到內容。

今天的教學，在全世界、在臺灣、在大陸，是翻轉教育。所謂翻轉，就是以學生為主的教學。以學生為主的，或是給出題目讓他們去討論，你要了解，教科書的東西其實非常簡單。所以為什麼大陸這麼多的公益機構願意到鄉下來推閱讀，尤其推得最多的是圖畫書。所以儘量把兒童圖畫書，盡可能的和課堂內容適度的結合。也就是說挑選和課本有關的圖畫書，引入你的教學，更容易引起孩子的興趣。這一些在臺灣我們已經做得很普遍。時代不一樣，那麼我們教學方式就不一樣。

雖然我們這裡是鄉下，但是網路絕對是可以用得到的。不是真正的深山，也不是真正的偏遠。只是我們會常常抱怨，孩子一天到晚拿著手機，玩手機遊戲。因為你還沒有告訴他這些有什麼用。在座各位，你們很多孩子已經在小學或者中學，你可以回去教孩子，讓孩子共同參與，比如當家裡的會計、記帳，我們今天買了什麼東西用了多少錢，來做簡單的記帳，那我想孩子一定願意參與家庭的一份子。孩子一定要讓他所學有所用，關係到他上不上進。小孩子是最屬害的，你只要把一個手機或者一個電腦丟給他，他可以在上面自己玩了，一點也不會累，非常快樂。但是要是你告訴他怎麼做，比如上課，其實不需要什麼都說，讓他們回去用電腦幫老師搜尋一下教學要用的資料，讓他明天在課堂上講給大家聽，對孩子來講，是非常有成就感的。首先是學習，其次是孩子會有非常不一樣的表現。最重要的，孩子一定要經歷過遊戲、經歷過玩。但是背後的問題也有，就像《床邊

的小豆豆》說的一樣就是要閱讀。其實大家都知道閱讀重要，在座的各位應該更知道閱讀的重要，可是你有沒有真正做到領頭羊的作用，沒有帶孩子閱讀。你有沒有想到，在課堂上，如果你真的喜歡閱讀，孩子哪會不閱讀。所以背後的問題到底在哪裡，問題是我們學校內沒有這個環境，校長不重視，老師不重視，那當然孩子也會不重視。假如校長重視老師重視，那當然孩子也會重視。

《教育大未來》裡介紹新加坡的教育，大家認為新加坡最偉大的貢獻就是說，老師上課的時候講得很少。上課的時候我們最怕的是上課老師從頭到尾一直講，而且不曉得自己在講什麼，好像以為講完了，上課就上完了。真正的上課，是要跟孩子討論，上課時沒有讓孩子參與討論、參與活動，他一點興趣都沒有。所以他們認為新加坡教育成功的地方在於老師講很少，教得很少，那麼孩子自己學的東西非常多，自己去做得非常多，所以未來的教育，以翻轉教育的觀念來講，老師不是講不休的，他是像一個綜藝節目的主持人，也就是說，你就是個串場、過場，穿針引線，讓孩子能發表出自己的意見，而不是你的意見很多。這也就是杜威一直在跟我們強調的要通過做跟學讓他們在實際操作中成長。

我們在談閱讀的時候常常遇到很多盲點，尤其是從大人角度來講，這個書不適合看，那個書不適合看，不讓孩子看喜羊羊，也不讓孩子看查理九世，什麼都不准他看，要他看什麼，看《紅樓夢》、看《水滸傳》，這個小孩子喜歡看嗎？包括在座各位，你會去看《紅樓夢》嗎？你會去看《水滸傳》嗎？不可能的。第一個，生活習慣各方面都不一樣，雖然我們都知道，那一些是所謂經典，但是經典對孩子來說是沒有意義的事情，包括各位，也許你們以前都看過臺灣的瓊瑤小說，對不對，而且大家都跟你講這些小說既不營養又不衛生，對不對，可是你發現你看完以後，你也沒有怎麼樣。

　　我們學的東西不應該都是活在象牙塔裡面，你要知道，臺灣的瓊瑤小說，是國中生跟高中生的精神食糧。也就是說，我們給國中生高中生看的讀物，非常缺乏。像你們的教科書，告訴學生小學必須看什麼，高中必須看什麼，看的那些都是你不想看的書。為什麼，那一些都是給未來的你看的，我們現在最悲哀的是動不動叫你看未來可能看的書，而不是現當下要看的書，所以在看一些超越年齡的東西，根本不會有興趣的東西。所以在大陸，你會發現，郭敬明、韓寒的書，那麼流行，在座各位很多應該看過吧，包括小時代電影，罵得越凶，越多人去看，看到底有多爛，我也有看，發現沒什麼，還是好看啊，因為你看這些東西只是為了讓自己快快樂樂，你不必立志要當偉人，你只要做一個快快樂樂的鄉下老師。

　　但我們覺得做個快快樂樂的鄉下老師，這都還不夠，我們不要常常錯誤角色扮演，同時也是過度的加法。所以很不幸的把閱讀變成是在折騰小孩子。你拿給小孩子看的書，他們的表情：「啊⋯⋯」每一本兩分鐘就看完了，那你自己看看這些書，這些書在講什麼我根本都看不懂。很簡單的，有時候很簡單的故事，可是你聽起來就不曉得講什麼。舉個例子，我記得有一年，我一個學生，這個學生已經五十歲了，她跑過來跟我講，老師，我發現我以前覺得我對孩子非常好，但是我現在覺得我對孩子非常差。她跟孩子說：「孩子，你非常幸福，你看你現在，你要學鋼琴，媽媽就為你買了個鋼琴，你隨時都可以彈。不像媽媽那時候，以前媽媽要彈鋼琴，是你爺爺向有錢的親戚借鋼琴，每個禮拜用自行車載著我到十公里之外，每個禮拜去彈一小時。你看多辛苦啊！」孩子說：「媽，我好羨慕你，你每個禮拜只要彈一小時。我每天都彈，而且一天到晚被你罵不認真。」我們有好多事情出發點好像是為孩子好，其實可能是在剝削小孩子。每次看完一本書就要叫孩子寫心得，你想一想，你看那麼多書，你真的會有心得

嗎。所以本來想看書的孩子被折磨得更不想看。因為我看了書就得寫心得，我想到一個笑話，有一個代課老師去帶班，有一天心血來潮，跟孩子說：「小朋友，我是代課老師，我上課的時候你們不要吵，等一下我快結束的時候講故事給你們聽。」小朋友說，「不要，我們不要聽故事，因為在學校裡聽完故事，一般都會問，小朋友，你們從這個故事裡學到了什麼，回去把它寫成一篇心得報告，明天交」。所以這種模式下誰還要聽故事啊。聽故事不是快快樂樂的就好了嗎？或者忽然就去講那些沉痛的故事，比如說在臺灣，以前講蔣介石，有一天走到一個橋，往橋下一看，看到一些小魚力爭上游，這告訴你要力爭上游。不然就講一些孔融讓梨之類的小孩做不到的事情，或者就講牛頓坐在蘋果樹下，蘋果掉下來，那小孩子看到蘋果掉下來，搶著要，這不是最自然的嗎！明明小孩子還這麼小，跟你出去，你說，來，把這個蘋果讓給這個弟弟妹妹，他怎麼可能想讓，除非他不想吃，不然就是你威嚇他。

所以說講那些偉人的故事，偉人是因為那些偉大的事蹟才變得偉大，小孩子怎麼可能，小孩子從心理學上講都是自私的，只有在受過教育後才會知道去體諒別人，所以講故事不能只講偉人那些偉大的故事。不過像華盛頓砍櫻桃樹，這個可以講給孩子聽，偉人也可以做這些事。可是要是你種了蘭花，孩子卻學華盛頓把你蘭花拆掉，看看蘭花根到底是什麼樣子的。你一定氣得要命，我這個蘭花多少萬塊，你竟然這樣。所以很多事情我們都不知道它背後是什麼樣的。

談《翻轉教育》。孩子同心協力，翻轉地球。不要認為孩子小，什麼都不懂，孩子在某些方面絕對比成人聰明，不相信你回去和他打電玩看看能不能贏他。因為我們眼睛看到的都是他不足的地方，他比你好的地方被忽略了。所以這本書大陸現在非常流行。日本講共同學習、合作學習這些概念，我想說的是現在的教育已經變得非常不一樣

了。全世界各個地方已經得到普及，比如《小學大冒險》是本很有趣的書。唯獨華人，華人是把孩子當寶貝，一直很努力的教育。有一個華人媽媽，帶著孩子，體驗各種不同國家制度下的教育，比如說她在談到加拿大、美國，他們這些國家在小學四年級以前幾乎沒有認真上過課，比如說這個老師很喜歡體育，就每天帶孩子參加體育活動參加球類比賽，或者去看一些球隊的比賽，或者講體育明星給他們聽；老師很喜歡音樂，就一直帶他們到音樂室去，基本上到小學四年級，才會真正學一些課內正式的課業，在國外這些先進的國家的孩子，準備的時間非常長，所以華人到歐美國家去學習，成績都非常好，因為大家都不認真讀只有你認真讀，所以你成績當然好了。可是以後會不會比他們好，就真的很難講了。

目前，市面上流行的親子教養書，尤其以自己子女為例子的書，基本上我是有意見的。所以在座各位，我建議你們不要去看這些書。這些書都是特殊環境之下的產物，比如說《虎媽的戰歌》，為什麼要寫呢，因為她好像是麻省法律系的教授，特殊的家境，還是華裔，所以出版社就把這個當成標榜，宣揚棍棒之下出孝子的觀念非常好。完全是生意人的噱頭，所以這些都是亂七八糟的。有錢人家教育不行就可以送到美國去，你送到哪裡去，送來送去還是在這裡。所以特殊的環境、特殊的家境、特殊的背景，講的那些屁話竟然還有人相信。「好媽媽勝過好老師」，我認為這種概念是很可惡的。在座的老師難道沒有感覺被傷害嗎？這也是一個非常特殊的例子，我相信真的有媽媽比老師還好，因為也有非常糟糕的老師，但是普天下的老師都是這樣的嗎，怎麼可以一竿子打死。又老師和媽媽是兩個不同的位階，各有各的立場，不易取代。

有個大學教授，有天晚上他孩子問他一個問題，教授就跟他孩子講說，這個問題爸爸不懂，你明天去問老師，事後爸爸打電話給老

師，說兒子明天會問你一個問題。結果那天孩子回來就說，爸，你這什麼大學教授，這個都不懂，看我們老師，講得多好。這件事就是說，當一個父母，你要教導你的孩子，尊敬老師，這是教育的第一招，而不是告訴孩子你們老師有多爛。《好媽媽勝過好老師》書內容，也不能說它不好，但這是特殊家境，高端知識分子家庭的小孩子，普通孩子根本不可能做到。你沒有環境、動機，所以在座老師必須相信自己有這個能力。要看清眼前擁有的環境利用優勢去教導孩子。在臺灣也是這樣，有錢人的孩子在臺灣不好接受教育，送到美國去。但是有多少人能送到美國去。在臺灣、在大陸都是，最有錢的人，把孩子送到美國去，沒接受過中國的教育。有的有錢人，不去美國就去讀外語學校、貴族學校，最少也可以去重點學校讀，還有擇校費等一系列費用，剩下的只能去不入流的學校去讀，這種是社會公平正義問題。

在座各位是普通老師，但是責任非常重大。你的責任不在於你有多高超的學術，你只要自己能夠以身作則。在美國紐約還有黑人地區等，美國小學有種叫特許，特別允許的班級，就是說有的學校有的老師可以自己申請開一個班來做各種補救教學，只要當局的教育同意就可以教學，KIPP 就是一種班，孩子要進去這個班，要家長要蓋章同意，這是小學五、六年級要上的課，是保證孩子能升入國中的補課。上課時間比別人長，週末還要上課。所以什麼叫閱讀，第一個起碼你要字看得懂，有這個心情。所以不只在美國，教育其實是全世界的問題，有各種教育問題，並沒有大家想的這麼簡單。

接著介紹有關於閱讀的書，在臺灣早期的時候，閱讀是非常受重視的，閱讀的書籍也是非常多，你看這裡有一大堆。《珍愛人生》是三、四年前美國的奧斯卡的一部最佳影片，演的是一個十六歲黑人女孩被父親性侵懷孕休學，社工來輔導她，這個時候她才開始學會閱

讀。最初這個黑人一點自信都沒有，而且被父親性侵犯生的孩子也智能不足。社工輔導她才學會閱讀，才為自己找到了另一個出路，才改變人生。

另一個非常有名的例子，講的是美國紐約黑人地區的高中生一些故事，他們不讀書，終於一個大學剛畢業的女老師帶他們，把他們帶上了正途。閱讀就是要拐拐騙騙，跟孩子站在同一個立場，後來這個女老師在美國成了明星老師，後來還拍成了一部電影。《愛因斯坦的孩子》，是另一個奇蹟，在美國有個特殊地方、特殊學校，智能障礙學校，這地方有一男一女兩個老師，班級由兩個老師來帶，學生數也很少。為了讓他們有信心，兩位老師嘗試各種方式，通過參議院眾議院各種關係，去聯繫美國太空總署下的一個太空研究中心，專門資助優異生寒暑假去參加培訓，經過兩個老師的不懈努力，這個研究中心願意接納這些障礙學生去參加。這兩個老師又花了近半年時間來教育這些學生如何去參加這個科學研究，知道各種禮貌之後再去做，最終這些孩子拿到了學習的最好成績，所以說這些孩子不一定沒有能力。而那些智能優異的學生為什麼拿不到，因為智能優異的學生他們很驕傲，他們認為這是他們該有的榮譽，根本不會為了這些事情準備，這些認真淳樸的孩子就會準備，成績就會好。

今天在教育的角度講，孩子都是可以教育的，可是我們沒有找到為孩子切入的那個點，因為每一個人都非常不一樣。從科學來講，從大數據角度來講，告訴我們每一個人的教育方式都是不一樣的，不可能跟別人一樣的，所以最好的教育是每個孩子的學習進度都是個別的，但是今天我們卻是用一套方式讓孩子們去學，所以就會有一些問題出現。《閱讀的十個幸福》這本書是我非常喜歡的一本書，這本書現在在大陸已經出版了，書名《宛如一部小說》，這是一個法國高中的一個老師，他發現這些孩子都不讀書，所以他連哄帶騙的哄這些孩

子讀書，其中第一條就是說：我有不讀書的權利，所以基本上這十項
權利就是站在兒童的角度，去跟孩子講。所以你跟孩子同一國，你要
進一步跟孩子討論的時候，孩子是願意的。帶學生就是在帶心，我自
己教書超過四十年，後面的二十年在教研究生、碩士生、博士生，剛
開始幾節課讓學生自我介紹，本來最多每個人介紹半小時，大家一聲
慘叫，結果最後介紹下來不得了，每一個人講一小時還不結束，剛開
始講的時候老師最辛苦，因為他們講兩句話就停掉了，我要穿針引線
幫他們講，所以講得最多就是我，可是真的講到最後，真的有人會痛
哭流涕。所以老師，只要為孩子找到起點行為同時找到學習動機，教
書不是很簡單的事情嗎？學習是孩子在學又不是你在學，為什麼說今
天強調自主學習，所以有時候我們太辛苦，反而就像我剛剛講的那個
媽媽一樣，媽媽以為是對孩子好，其實這是剝削人的事情，也是蠻莫
名其妙的。

　　這些都是一些有關閱讀的書，像在座的各位，假設你正要閱讀，
心教育這裡會提供一些重要的輔導老師必須要看的一些書，你要學會
閱讀，不然你只帶孩子閱讀，你都不進步，學生也無所適從，不會往
上爬，你要是能學一兩招，學生也會往上爬，越學你會得到成就感。
全世界現在最流行的，晨讀十分鐘，教室裡拿一本書，看十分鐘，誰
都不能吵別人。所以我常常建議像在座的老師做父母的，每天晚上吃
完晚飯，跟孩子跟老公，用二十分鐘自由讀書，每個人都要讀書，特
別是如果你老公從來不讀書，你就要逼他，為了孩子，你必須要讀，
你不讀，裝模作樣也讀，常常會遇到一些老師說，老師你知道嗎，改
變最大的是我老公，原來不讀書，現在又說要不要買書讀，因為平時
沒事幹不是抽煙喝酒就是打牌，如果有一天又可以讀書又增長學問，
講話也人模人樣有涵養，所以裝也要裝出來，裝久了就會變成真的。
老公要教育。大家回去都可以試試看，大家都是老師，應該還可以，

而且學校書很多，每天借三本回去總是可以的，培養一個家庭的默契。

談《朗讀手冊》。美國閱讀最出色的地方就是晨讀，每天讀十五分鐘，是一個儀式。老師只要管住沒人說話就好，哪怕有人睡覺，也不可能每天都睡這樣十五分鐘，不讀書也要裝著看，裝得久了自然會看。當然，書一定要各種類型都有，可能小孩子喜歡養狗，你有一本講狗的書，那小孩子肯定會如獲珍寶的。所以一定要為小孩子找到他的起點和動機，孩子本來程度就低，應該看沒營養不衛生的書，為什麼不讓他看，不營養的東西拉出去就好了！很正常，過度營養會造成諸如營養過剩、消化不良。比較嚴肅的書他根本看不下去，也看不懂。用學術術語來講，就是概念密度非常高，孩子根本看不懂，常常叫他看他看不懂的書，他怎麼會有興趣，給他看他看得懂的書，就像你以前看瓊瑤小說、看郭敬明，並沒有什麼害處，反而把你的時間殺掉，把你不知道想幹什麼的時間拿來看這個書，你起碼很快樂的度過，所以這個觀念非常重要。

全中國的一些災後重蓋的學校，都叫作希望小學，因為希望小學是善心人士捐的錢蓋的。李家同是臺灣一個大學校長大學教授，他退休後成立了一個基金會，也都是做鄉下偏遠地區教育，秉承著不能讓貧窮孩子窮一輩子的理念，服務對象就是窮孩子。這個基金會深信窮孩子唯一的希望來自於教育，雖然不一定比得上明星學校，但是至少能保證小學畢業上國中，國中畢業上高中，高中可以到二本學校（二線學校）去讀書，他總會不一樣，他有那個境界，有辦法翻身。我常常看大陸在臺灣的一個節目叫「錢進人民幣」，講大陸中小企業的創業，這些創業者不是小學沒畢業，就是國中沒畢業，我印象很深的是福建那裡有個男生，國中沒畢業，退學在家一天到晚沉溺在網咖度日。姐姐罵他一天到晚就只知道上網，那可不可以在網咖裡幫我們銷售家鄉的鐵觀音，男孩真的這麼做了，在網上賣鐵觀音，一年賣出兩

千萬的收入，而且他抓住的對象就是學生群。目前我看到福建一些學校都請他當導師去學校授課，講一些創業的經過，一個人創業頭腦當然要活潑，但是你絕對要有基本的知識。因為他的網路技術非常好，所以他都是用網路銷售的，銷售得非常好。這種例子非常多，深信窮孩子唯一的希望是來自於教育，必須接受教育你才能變好。課業輔導還帶入這些書，孩子當然有興趣，他們大字都不認識幾個，你發現你現在上課最大的困擾是孩子根本認識不了多少字，大家都為了趕進度，你鄉下學校不需要趕進度，鄉下學校本來就不大，大家定位你就是做不了什麼事，不用去比，只要把孩子帶好，孩子衝上去了，大家自然刮目相看，所以不要動不動就是跟都會城市去比，沒有這個必要。

所以他們致力於讓知識帶希望給家庭，提高窮孩子的未來建造力。臺灣的郭台銘的基金會每一年捐不少億的錢給這些孩子回饋社會，他說，我們相信給孩子一個希望，就是給孩子一個未來。唯有教育才有辦法擺脫弱勢的環境，唯有教育才有機會掌握自己的未來，唯有教育才能實現自己的夢想。所以偏遠地區，不是講閱讀，而是講教育。改變是一輩子的承諾，我們希望給他們一個改變的機會，教育是一世代的使命。所以各位如果有機會在偏遠地區，尤其是在自己的家鄉服務，其實這是最令人敬佩的地方。因為我們常常看到偏遠地區的老師或許有一百個老師過來，有沒有一、兩個留下，還很難講，大部分都是趕快要走。當然這也也牽扯到教育制度的問題。但是，自己的家鄉自己建設，我認為這個很重要。

接著講很傳統的書，《下課後，回到第二個家》，因為在臺灣也有一些所謂你們講的留守兒童，尤其是山地的孩子，即山區的原住民，更是嚴重，這些孩子為什麼願意到學校上課，因為到學校上課，至少有早餐，有營養午餐可以吃，但是他回到家裡就沒有晚餐可以吃，所

以有的公益機構會在一些中繼站開一些教室或者空間，孩子下課後來到這邊，幫他們做功課以及煮晚飯給他們吃，吃完後送他們回家，有這種機構在做這些事。所以你可以想像各地孩子的狀況都不一樣，當然是對比以往的教學。《被遺忘的教養法》又是另一個奇蹟。一個中學校長退休以後，買了一個地方，蓋很多房子，前後收養了近三百個孩子，這些孩子是國家沒辦法收養的，所以這些孩子就收養到這裡由這個教養院教，裡面教養至上高中，能自力更生後才離開。孩子成長第一個一定要讓他自己對自己有信心，一個孩子要閱讀，要在生理上得到滿足，心理上得到滿足，他才會想要閱讀。不然他三餐都吃不飽他怎麼會想到閱讀，除非他是天才。那麼這是剛才提到的沒有教不會的孩子。博幼基金會是做山區孩子的教養服務，現在培養部落教師，培養當地一些知識稍微高一點的，可以帶孩子，可以教育孩子陪他們做功課，讓這些留在部落裡的知識水準比較高的人也有就業的機會，而且也可以教育自己的孩子，我認為這個是比較從根部做，不然有些公益機構陪伴留守兒童來了又走了，反而有時比較嚴重會造成二度傷害，尤其有時用應屆大學生來，大學生有時候來可能是因為熱心，但是他們不了解。

談《翻鍋的滋味》。這是講一所餐飲學校的故事，你要知道臺灣的高職都是一些課業低成就的學生去，這個校長說：沒有約束你們，只要你願意來、願意學就好，結果臺灣現在很多高級餐廳的廚師，百分之七十都是從這個學校出來的，這些孩子有成就就會自愛，你有沒有想到姚明，當年他又不會讀書，因為會打籃球，所以有信心，這就是這麼出來的。大學畢業很多人找不到工作，你要想要一技之長就要真的學到，所以參與科技大賽的現在是很時髦，大家都很喜歡，也不是每個人都能變成大師。但是，他會跟你說只要願意學就可以了，但是這些都是成績很差的。假設有一天你變成大廚師，你要去國外，那

麼你就一定要學外語。就有了動機。我每次到大陸來，到第一站，我
都會帶吳寶春的麵包，假設你們到臺灣臺北去就一定要去看吳寶春的
店，他這個人是我在講閱讀裡活生生的例子，他在小學跟國中的時
候，在學校就調皮搗蛋，是個不讀書的孩子，因為被老師看不起，被
老師欺負，所以不讀書，調皮搗蛋其實是想要引起老師的注意，可是
引起的注意也是負面的，沒有什麼好處。他國中畢業之後就說反正我
以後出去是要去做麵包徒弟，所以他國中畢業就去做麵包，他吃盡了
各種苦頭，因為他讀書的時候沒有認真。所以很多字都不會，總是被
師傅打，因為麵包要記配方，他不認識字所以不會記。所以他很痛
苦。一直熬到他去當兵，他在當兵的時候，才有一個大學生教會他閱
讀，開始學會了閱讀就知道自己要幹什麼，他回去之後接著做麵包徒
弟，但是因為閱讀，他知道臺灣的麵包是從日本傳過來的，所以他為
了研究麵包開始學習日語，這就是一種動機，日文學好了之後就能看
懂麵包書，知道臺灣麵包是怎麼來的，參加臺灣麵包比賽就拿很好的
成績，後來他又想去參加世界法國麵包大賽，就開始學法文，後來真
的讓他拿到了法國的世界麵包比賽冠軍，回來之後他把他得獎的麵包
冠軍的處方告訴了整個臺灣麵包界。所以，前幾年臺灣幾乎任何一家
麵包店都在做冠軍麵包，現在不做了，因為你做別人的也沒用，把處
方公布出來，他認為我就是知道自己會進步，為了讓大家一起進步。
他現在開兩家店，他一家麵包店一年就可以賣一億兩千萬，所以去臺
灣一定要去看這家店。只要你為孩子找到動機還有信心就可以了，你
跟他講太多的道理也沒有用的，我認為在座的各位老師、家長、校
長，絕對有能力，你只要稍微修正一下自己的觀點，改變一下自己的
生活的方式，以前你可能不喜歡看書，現在開始你看一個星期，一個
星期之後你自己不看你就會受不了，你就會開始看，就會養成這個習
慣。

　　談《沒有學校的魚》。講的是一個美國公益機構的故事，美國有一個公益機構在東南亞、非洲捐獻書、蓋圖書館，也從美國募集一些外文書寄到學校，結果學校說引起不好的效應，因為都是英文書他們看不懂，而且對孩子造成不好的影響，後來讓該國家的作家還有畫家來做繪本送給當地，這就是我們所說的文化傳承的概念。現在我們大陸圖書百分之八十都是國外的，如果有一天變成百分之八十是自己的、百分之二十是國外的，那麼這才是正常的。所以，你要是去美國的話，到美國童書店你看，基本看不到太多外國的書籍，只有臺灣、大陸才像聯合國可以看到各國家的書籍，可見我們是沒有自己的根，沒有自己想法的一個族群。有人說要看世界各國書來臺灣看最快，所以他們到各國去的時候，會找各國的作家、各國的畫家來製作適合他們看的書。我們要了解今天全球化是不可避免的，但是全球化先決的條件，你有沒有自己的一個原創的文化在裡面，這一點在我們的教育理念中是沒有教的，你會越走越遠的，為什麼現在的小學有「校本位課程」，就是教這個地方固有的文化課程，甚至是中國自己的一種文化概念在裡面，不然孩子走出去就越走越遠，就越像外國人，你根本看不到他是中國人。

　　臺灣現在有一個翻轉教育的平臺，就在講怎麼教學，怎麼翻轉，非常多，所以我認為大陸未來公益機構理當發展成立大量的公益平臺，而不是營業平臺。就是以學生為教學主體，而不是以老師為主。還有博幼公益基金會，它的標誌是有書看、有書讀、有閱讀，這適合於偏遠地區的閱讀，尤其是山地，而且它這個都是免費的，這裡面的教學課例，一些好書都是免費提供給你的。還有永齡教育基金會，這是一個很大的基金會，基金會本身又有相關的研究機構。在臺灣很有名的嚴長壽，也是一個非常好的例子。他高中畢業，因為家裡比較窮，沒有機會考得上公立大學，所以就沒有去讀大學。在他當兵之

前，他就是到一個外商的公司去當工人，就是打雜的，因為是高中畢業的還是有點程度的，職員的工作也常常請他幫忙，所以他在公司裡是最晚下班的。有一次這個外商公司的總經理，他發現每一天為什麼他的公司還有人跟他一樣晚下班的，就開始關注他，後來他當兵回來之後，就送他到美國總公司學習，外語也學得很好，一路扶搖直上。後來就因為他的關係把臺灣的餐飲業推銷到國際市場上去，也同時打造了臺灣的旅遊業。最近又涉足教育方面。在臺灣有一個均一中學，這是星雲大師辦的學校，後來星雲請嚴長壽來接辦這個學校，然後他成立了均一教育平臺，裡面有高中生、國中生，還有小學生，當然最重要的就是小學生了。最近出了一本書，叫作《在白天做夢的人》，這個人是臺灣大學，臺灣最好的大學，最好的科系，臺灣大學醫學院畢業的，他畢業之後沒有去當醫生，直接去當了均一平臺的執行長。當然中間也有父母的一些反對，但是後來又同意他。那麼他從國中到高中開始就自己賺錢，因為他讀的都是明星學校，讀醫學院還開培訓班，賺很多的錢。但是他畢業後竟到基金會去做執行長，他完全受可汗學院的影響。

說那麼多，就是要說，不管教育，不管閱讀，其實最重要的就是在人的本身，閱讀其實只要願意把眼睛打開，把書拿起來就夠了。有的人會說自己本身的程度不夠，對閱讀也沒有習慣，因為沒有那個機會有人告訴你閱讀其實是很愉快的事情，又不花錢，對身體又無害，那應該是很容易做到。而不需要聽太多的專家說：閱讀是很偉大的。那都是謬論，閱讀其實是每一個人都可以做到的，閱讀就是睜開眼睛打開書本，閱讀甚至是我們生活的一部分，也是人的本能。

接下來我要講的是：什麼是兒童文學。兒童文學就是為了引起兒童的閱讀興趣而撰寫的作品。也就是說，我們給孩子看他感興趣的東西，不要給他們看魯迅寫的或者名著，那都是大人看的，用簡單的話

來講：兒童文學就是為孩子量身打造精神食糧。在座的很多是父母，你家的孩子不管吃喝玩樂都有各種為他打造的東西，比如說衣服，不要給他穿大人的衣服，那些他並不喜歡，孩子都喜歡有圖案的。所以不管食衣住行，都要給孩子量身定製。孩子的精神食糧就是兒童文學。那麼兒童是幾歲到幾歲呢？兒童是指零歲到十八歲之前，這都叫作少年兒童。未滿十八歲，都是全世界各國列到特殊保護的，比如說十八歲以下的殺了人，也不會判死刑。所以在臺灣來講，未滿十四歲的兒童是不會有任何的懲罰的，十八歲的也會減刑，這是政府對十八歲以下的一個保護，所以兒童文學也是未滿十八歲的兒童看的。在以前的授課教育過程中很少有兒童文學這個課，所以大家都不了解。

　　兒童文學有兩個本位：一個是以兒童為本位，也就是說這個書編出來是專門給兒童看的，還有一個就是非兒童本位，也就是說寫的時候不是給兒童看的，但是因為有意思，所以有人把它改編成兒童版的，比如說《西遊記》，因為《西遊記》裡面的情節就很有趣，所以就會改編成兒童文學，像《三國演義》一樣也把它改編成兒童版，像國外的《魯濱遜漂流記》把它改編成兒童版的，包括瓊瑤的小說是非兒童本位的青少年的書。兒童文學分為五個不同的層次：一個叫嬰兒文學，一個叫幼兒文學，一個叫童年文學，一個叫少年文學，一個叫青少年文學，嬰兒文學就是目前大陸在講的早教，零歲到未滿三歲這個階段，低幼的孩子最主要就是唸給他聽，圖像給他看。幼兒文學就是學前教育階段，童年文學就是小學這個階段，少年文學就是國中這個階段，青少年文學就是高中這個階段。兒童就分為這五個不同的階段，當然讀的內容就會不一樣，比如說嬰兒文學就很簡單的，幼兒文學就像兒歌，童謠故事繪本為主。目前繪本逐漸獨立成一個特殊的門類。有的繪本是給成人看的，比如心靈繪本、哲學繪本，那都不是給小孩看的。但是你選點低幼的，那些書比較小，形狀比較多元，因為

孩子可以拿得動，甚至他的腳可以把它踩成圓的不會傷害他的，不是九十度的直角，九十度的直角還會傷害到孩子，甚至是那種硬殼，孩子才不容易撕破，這就是我們初步的理解。那我們再回過頭來理解什麼叫作兒童文學，兒童文學就是說，你寫出來的東西要符合兒童的心理需求、生理需求以及社會需求的需要，寫出來的書的書寫方式非常不一樣，所以兒童閱讀的閱讀性和可讀性和大人的是不一樣的。

這就是我剛才的閱讀的十個權利：不讀書的權利、跳頁閱讀的權利、一讀再讀的權利、什麼都可讀的權利、包法利主義的權利，到處都可閱讀的權利、攀爬頁數的權利、大聲朗讀的權利、保持沉默的權利，其實這都是站在兒童的角度來講拐騙孩子。那麼孩子其實很容易拐騙，安東尼布朗的一本書《我喜歡書》，我很喜歡這本書。因為這本書第一句話就是：「不錯！我真的好喜歡書」，孩子當然喜歡好玩的書了，可是大人卻說：錯！你根本就不喜歡書，你根本就是在玩書，你根本就不知道你在幹什麼。然後小孩子就說：我真的愛書，我真的好愛書。愛什麼書？愛好玩的書。可是大人卻要那種天下為責任的書，他當然不喜歡看，難道你讓他看偉人偉大的事的書，他會喜歡看嗎？誰會喜歡看？考試老師都不考，好玩的書、還要令人怕怕的書，在座的各位有沒有看過起《雞皮疙瘩》系列的書？其實小孩子很喜歡看這種自己嚇自己的故事書。哪有人一天到晚正經八百，對不對？你有沒有記得你曾經在學生時代一起聽鬼故事，抱在一起聽，聽得很興奮，你都曾經忘掉你曾經有過的童年，結果你對孩子，你希望他不要有童年。千錯萬錯，所以這種書你現在看起來是沒有營養也沒有衛生，但是我還是建議你們讓孩子有機會多看那些沒有營養的書，他一定更加有利於成長，因為起碼不會受太多的約束。而且從營養方面來講，不營養不衛生吃下去就拉下來了。還有童話故事書，大陸在推廣閱讀，講來講去就講這種。還有一種書很重要，是順口溜的兒歌，我

們非常強調的尤其是自己家鄉的童謠兒歌，一定要會一些。漫畫書，以前不能賣漫畫書，現在漫畫書很流行。你有沒有看到美國電影的英雄們，那些都是美國最有名的漫畫，而且都是由一個漫畫家把它創作出來的，最近《復仇者聯盟》更是把這些英雄人物全部匯集在了一起。所以你要知道有很多時間我們看這些東西只是為了讓自己靜下來，讓自己休息下來，而不一定要從其中得到什麼，尤其是讓自己快樂就已經不錯了。

每個人每天都要有時間讓自己的腦子空白下來，所以我出來到各處演講，最快樂的事是我可以讓自己在各處放空在那邊。昨天我就在自己住宿的地方，讓自己靜下來，平時我們都是喧喧嘩嘩的，所以我們要有讓自己靜下來的時候。在那一種環境下逼著你要靜下來，你就必須靜下來。你說要去玩，好像馬路逛了兩下就沒地方逛了，你要看人，也看不到人。所以很多時候人有時就是要讓自己放空，放空是讓自己靜下來的最好的方式，小孩子很喜歡書，很喜歡胖胖的書、瘦瘦的書，還有喜歡恐龍，你看孩子很奇怪從來沒看過恐龍、可是男生都很喜歡恐龍，也許他們的 DNA 中就有著恐龍吧！恐龍是什麼東西？恐龍就是沒大腦的人，所以恐龍是一種很笨的東西，所以小孩子喜歡恐龍就很有成就感。因為看他是個這麼笨的東西。小孩子喜歡講怪物的書，你要知道給他講營養有衛生的書，孩子根本沒辦法成長，他根本不了解世界外界是怎麼樣子的。所以城市的孩子到鄉下去看到了牛，他嚇了一跳：啊！爸爸牛怎麼這麼大嚇死人！因為他看到書裡面的牛都是小小的啊，他哪裡知道牛那麼大。所以說鄉下的教育可貴，也就是說你可以腳踏泥土，我們為什麼不教他們一些農家的事情？讓他們都了解一些，學問都是相通的，以後有機會他遇到那些，他就會懂的，課本的知識當然是個普遍知識，但是有時候還有城鄉差距。

學校有校本位課程，各地區有各地區不同的需求，而且以老師為

本位，老師有指導權，一個好的校長是授權給每一個老師，你把孩子帶好就行了，你怎麼教我不管。你不要管，反正鄉下學校來檢查就是那樣，你要去行銷，多記錄一些你們的故事，今天一定要有故事才可以行銷，才可以行銷說你做了多少大事情。有關太空的書、海盜的書，我不曉得你們願不願意再看這些卡通人物、這些動漫片，你可以讓自己漫遊整個海盜世界，看稀奇古怪的事物。你看孩子都喜歡看這樣的書，結果你們都不讓他們看這些好玩的書。所以我建議，一個合格的父母和老師起碼一個禮拜要有一兩個小時的時間陪孩子看孩子的節目，這很重要。你看孩子的節目才可以重現你的童年，你才可以知道你也曾經有過童年，而不是只有要求孩子幹什麼。對孩子看書有意見，你也得看，而不是動不動就跟孩子說你看的都是爛書。

接下來講一下《最想做的事》，這就是天才中的天才。這是個黑人，家裡很窮，所以他每天一大早就要去做工，可是他朝朝暮暮想的是要學會閱讀，你看這個不是天才嗎？一般人都會想三餐果腹，所以教育只能是教育中等的人，弱智者只能教會他自己照顧自己，天才就是他有能力他自己就學會了。就像這個孩子，他雖然每天做工，但他朝朝暮暮想的就是閱讀，當然他遇到一個很不錯的媽媽，媽媽雖然家裡沒有錢，但是還是鼓勵他閱讀。所以這個孩子不管什麼時候，都立志我要努力成為本地最會閱讀的人！「小孩子們都會圍著我，而我要教他們如何閱讀，但是爸爸拍拍我的肩膀說：『走吧』。他們不明白我在想什麼，他們也不明白我將來要成為一個什麼樣的人。回到家裡跟媽媽講，媽媽雖然很窮，但是她還是有一本小書送給他。」所以這個小孩子在他工作之餘就會看那本書。我只能說這真的是天才，但這不是我們講的那種天才。這個黑人最後成為了美國著名的政治家、教育家、作家，他是美國歷史上第一位被總統邀請到白宮做客的非洲裔美國黑人，是美國第一位跟總統在白宮共進晚餐的黑人，是美國史上第

一位出現在郵票上的黑人，是美國史上第一位頭像被鑄成五角硬幣的美國黑人。他的名字叫作布克·華盛頓。這真的是天才中的天才，不管再怎麼惡劣的環境，他都會往上爬。這樣的人真的是太少了。這種只能看一看，你不用羨慕。任何一個學會閱讀的人都是快樂的人，因為在閱讀中可以過另一個世界，可以看另一個世界。

那麼接下來講兒童的閱讀興趣。我這裡有幾個專家，他們的調查結果：孩子的閱讀跟大人是非常有關的。他們喜歡驚奇的動物的對話，他們最不喜歡同情、正義、含蓄、積極、暗示。孩子們都不會喜歡這些，有一本書《是誰嗯嗯在我頭上》，小孩子就非常喜歡，因為一些禁忌的話，竟然書中都有。其實小孩子也都很好奇。我們都看過《蠟筆小新》的書。有沒有看過？你們都很正派，都沒有看過，那我們講一個笑話，這是一個很經典的笑話，在一個會議中，有一個議員說：「局長，你知道嗎？現在小孩子都很喜歡《蠟筆小新》，你知道嗎？你為什麼不禁止？」其實這個議員他也不知道《蠟筆小新》是什麼，官員也不知道《蠟筆小新》是誰。結果，這個官員就問旁邊的人，為什麼剛剛那個某某議員一直在講《蠟筆小新》，不是毛筆才要小心嗎？《蠟筆小新》是日本非常有名的漫畫，講一個年齡很小的小朋友，又調皮、又搗蛋，看到阿姨穿一個蓬蓬裙就把它拉起來看一下，你就會說他「色，很色」，小孩子哪有什麼色，小孩子就是好奇啊。我們就說，哎呀！這個書小孩子不能看。小孩子最可貴的就是好奇。所以就是孩子喜歡的東西，可是我們成人卻不讓他看他們喜歡的書，反而讓他們看一些很震撼的書。

那麼另外一個講講可讀性：也就是這些書他們根本看不懂，成人的書有一些就是因為概念的密度很深，我們所謂的概念就是專家用一些專業術語來講一些讓人聽不懂的，就是剛剛講的概念密度很厚。比如說這個文句裡面句意很深，你看的那些經典的文學作品裡，有隱

喻、有象徵，孩子哪會知道這些，不可能的啊。我舉一個故事來講：
《幸運的漢斯》是格林的一篇童話，這個童話講的是漢斯，笨笨憨憨
厚厚的一個人，在主人家裡工作，好幾年。有一天跟主人說我要回家
看看媽媽，主人就很高興他這幾年這麼努力的工作，所以就給他一塊
很大的金子，這個漢斯就扛在肩膀上一路走回家。可是一路上看到有
人騎馬，所以就很羨慕騎馬。然後就跟騎馬的換，等一下又看到人家
牽牛的，又跟人家牽牛的換，然後看到羊，換到最後變成了一塊磨刀
石。快到家裡的時候真的是很熱，就在水井旁邊要舀水洗臉的時候，
這塊磨刀石掉下去了。他反而非常高興，跑回家。這個哲學的含義告
訴你：當你一無所有、了無牽掛，才是真正的解脫。可是孩子哪會懂
得這些東西，孩子只是看得出，這個人比我笨，為什麼把黃金換到最
後變成了什麼都沒有。孩子的理解就是這樣的。類似漢斯的故事之所
以偉大就是老少皆宜，大人有大人的概念，可以知道它好在哪裡，所
以真正好的作品，是大人小孩都能看，而真正好的作品不要寫得大家
看不懂，就像專家演講不要講得大家都聽不懂，你要讓大家都聽得
懂，而不要故作神秘。一個文句的長短，比如說一個句子太長，孩子
讀起來上氣不接下氣，孩子讀起來就不喜歡。所以句子的長短對孩子
來講十幾個字的最標準，不要超過十幾個字。還有字的難易，字的難
易這個最簡單的就是常用字，寫給孩子看的在臺灣都是用常用字，剛
才講密度高，你不要寫什麼：哎呀！最近家裡經濟恐慌，或是經濟危
機。經濟危機、經濟恐慌這都是概念密度很高的，孩子聽不懂，你直
接說家裡沒錢就行了。

　　如果你現在教幼稚園的小朋友，你說：小朋友你到外面去給我摘
一朵花進來，你講一朵花這個非常抽象，是白花呢還是紅花呢，所以
這個幼稚園的小孩子可能走進來說：老師，我要摘什麼花？因為花包
含很多，幼稚園的小孩子就必須要具體要生動，你要跟他說：你到外

面的花園裡去摘一朵白色的花。他就知道了。你跟他說摘一朵花，他可能就不知道。為什麼我們小學教育階段要具體、要教具，因為小學這個階段的抽象的能力思考還沒有完成，你一定要拿實際的東西給他看。小朋友就是這樣，沒有實際的東西，他根本就看不懂，因為很抽象。所以你不要給小朋友二、三年級的作文題目：「家」，他真的不會寫。「家」這個題目是範圍太大，你要寫是「我的家」，他才會。你寫一個「家」，他真的是不知道寫什麼，這是孩子思考能力發展的不一樣造成的。大人常常最可惡的就是都忘了自己曾經走過的路，一天到晚跟孩子生氣，這是最莫名其妙的。孩子絕對不懂你大人在幹什麼，可是孩子的成長你都曾經經歷過，你為什麼不知道。所以我認為父母和老師跟孩子生氣是最莫名其妙的。你會發現孩子根本不曉得你在生什麼氣。你應該是去理解他，所以教孩子很簡單，你只要蹲下跟他站在同一個立足點上就好了。

我再講一個印象很深的故事，龍應台在德國的時候有一天晚上，有人來敲門，你要知道晚上有人來敲門，最興奮的應該是小孩子。小孩子趕快出去開門，回來就跟媽媽講：「媽媽隔壁阿花帶著牠的主人來看你。」阿花就是一條狗。他說隔壁的阿花帶著主人來看你，因為小孩子的個頭不高，跟狗差不多高，他看過去就跟狗一樣。這樣說來狗才是他的同輩。所以有在學校當老師的，你在跟小孩子講話真的要蹲下。

那麼兒童的文學也是一樣，兒童文學他們喜歡的是滑稽的、搞笑、有趣的這一類，我覺得很快樂，例如《瞌睡蟲》：瞌睡蟲是天下最厲害的武器。它進入我的腦袋，摧毀我的意志力。砰！砰！砰！中槍了，害人的蟲子倒地了。你看這個孩子寫的就非常有趣，非常搞笑。所以滑稽就有幾種，一種重疊重複的語言，這是我的同事寫的。有一天我遇見一個小孩，我說早安，他說 good morning，原來是個美

國小孩。有一天我遇見一個小孩，我說早安，他說 Guten Morgen，原來他是德國人。有一天，我遇見一個小孩，我說早安，他說おはよう，原來是個日本人。有一天，我遇見一個小孩，我說早安，她說：太陽都曬屁股了還在早安、午安！原來她是我的姐姐，你說她是哪國人？小孩子就喜歡這種語言，一直重疊，一直重複。一種就是機智的語言。有一首詩：爸爸是男的，媽媽是女的，媽媽說：「女生都很偉大」。爸爸說：「對！對！對！」媽媽很開心，幫他搥搥背。有個小孩子寫過一首詩：〈戀愛〉。爸爸說：小孩子不能談戀愛！可是戀愛是什麼？姐姐說：哇！戀愛好甜蜜，但是戀愛是什麼，小孩子就大口大口的舔著霜淇淋，哇！好甜蜜哦。原來我也戀愛了。這是小孩子對戀愛的感覺。你想一想一個這麼快樂的孩子怎麼會變壞呢？一個小孩子寫的：如果數學課不用上加減乘除，如果國語課不用寫作業，如果社會課不用背，我會非常喜歡上學。不做這些幹什麼，這是老師的教法，如果老師不拿棍子打人，是拿笑臉迎著我，我會比較喜歡上學。如果同學不會欺負我，而是高興和我玩，我會喜歡上學。我多麼希望，我是真的喜歡上學。這是小孩子為自己不上學寫的理由，這麼倒過來的語言，這是很有趣的。再來看「總以為沒有兩個一樣大的橘子，每一次分橘子的時候，我都覺得姐姐那邊的那個比我大，我自己先拿的時候，明明是抓大的，看姐姐很滿意的樣子，又彷彿自己錯抓了小的。跟姐姐交換過來，姐姐的又變大，我的又變小。」再來，「小弟弟我們來玩一個遊戲。姐姐當老師，你來當學生。」那弟弟就問姐姐：「姐姐，那麼小妹妹呢？」「小妹妹太小了，什麼也不會，我看就讓她當校長算了。」因為校長平時就是走來走去，摸摸頭沒事幹，對不對？對小孩子的直覺就是校長沒事幹。從後現代社會來說，不僅小孩子喜歡這些，大人也喜歡這些，比如說你看電影，你喜歡看周星馳的電影還是喜歡看《戰爭與和平》之類的作品，所以小孩子喜歡的美

學，我認為是屬於滑稽的，當然各種類型都喜歡，但這種是最喜歡的，大人茶餘飯後其實也喜歡這樣的東西。難道你吃飯的時候還要看正經八百的《紅樓夢》嗎？除非你對紅學造詣很高。

那閱讀理論我也簡單的和各位分享一下，孩子就是要讓他從閱讀過程中去成長。讓他慢慢的思索。閱讀，第一的就是要以身作則，認清對象。比如說校長、老師、父母，自己如果閱讀，孩子就會閱讀。認清對象就是你孩子到底喜歡什麼東西，你就拿什麼東西給他，再慢慢的跟他互動，他自然就會了。三項基本認識第一個：我們一定重視閱讀，因為今天的教育已經不是學什麼，而是要學會閱讀，因為講些知識性的東西讓孩子學會閱讀，他就會自己去尋找答案，所以上課已經不是教他們知識教答案的時代，而是在教他學會生活學會學習，所以一定要教孩子學會閱讀。第二：閱讀一定要從兒童文學入手，尤其是繪本，也就是說，只有繪本跟兒童文學才是為孩子量身打造的東西，只有這些東西才能夠吸引他。第三：一定要親子共讀。在班級裡面可以做晨讀十分鐘、閱讀十分鐘，甚至老師可以講故事給他們聽，尤其帶小孩子的話，晚上一定要床邊閱讀，就是睡前閱讀，這樣才會慢慢的習慣，當然剛開始的時候，小孩子一定會很興奮，媽媽怎麼會突然講書給我聽？以前不會，現在會，可能會一個勁的要求講下去。正常的要唸到孩子睡覺的時候，再把書收起來。對孩子來講，書大本小本不重要，一定要有趣才是重要的，好看才是重要的。直到小孩子願意自己去看書了，那麼你就輕鬆很多。我們華人都是給他們看輕薄短小的書。不是的，所以父母你可能想讓你的孩子讀這本大書，你又不能強迫他讀這本書，你就每天唸五分鐘、十分鐘給他聽，那最後他受不了了，我乾脆自己拿起來看。那你不就是騙到他自己來看書了嗎？

班級也是一樣。重要的執行原則：一個是以身作則，一個是認清

對象。孩子程度到底在哪裡，一定要找合適孩子閱讀的東西。也就是要找到合乎孩子的起點行為，為他找到真正他喜歡的動機。你曾經有過三更半夜不睡覺，一直看書，一直做你喜歡的東西。老師和父母都說：「睡吧！睡吧！明天再做。」你還是在做。所以好老師就有能力把學生騙到欲罷不能的時候。到時候你就很輕鬆了。你面臨的難題就是，萬一學生問我要讀什麼書，我到底要怎麼推薦？你就有能力推薦啊。沒有能力推薦，你也要去查一下別人推薦的書，哪一本我可以看一下再介紹。我建議要想了解兒童閱讀就要看下這七本書：第一本，《兒童文學的樂趣》；這一本目前是絕版了。第二本，《打造兒童閱讀環境》；第三本，《說來聽聽》；第四本，《朗讀手冊》；第五本，《閱讀的力量》；第六本，《書，兒童與人》；第七本，《歡欣歲月》。因為大家都是老師，你要教人閱讀，自己對閱讀多少要了解一點，相信自己絕對可以做到的，如果讓自己的暑假過得開心，就是好好的讀一些書，下學期開學了跟孩子一起來努力。

補充：

我這裡有三個教育家：一個是孔子，有教無類和因材施教。這個大家知道。那麼馬斯洛他的原理：生理需求、安全需求、歸屬和愛的需求、自尊需求。這些需求是匱乏需求。認知需求、審美需求和自我實現需求是自我實現，一個人匱乏需求都沒實現，你讓他實現自我需求是不可能的，下面是加德納的多元智慧理論告訴我們：人有八種不同的智慧，所以每一個小孩子都是非常不一樣的，沒有一個孩子是一樣的，所以不能要求給孩子喜歡同樣的東西。最後就是我的教育理念：學會學習和學會生活。

提問環節

問：引導學生閱讀，要不要讓學生寫心得？在這個方面是不是要嚴格要求？

答：基本上，我們要理解，我們在做閱讀的時候，在大陸有三個誤區：這個就是不了解什麼叫兒童文學，就是說都是拿一些孩子不適合的書讓他們看，所以你會發現學校裡面有一些書孩子都是不喜歡看的。如果帶他們去圖書館看書，然後讓他們看書，你會發現其實孩子並不喜歡看這些書，你可以去試一下，讓孩子去圖書館把喜歡看的書拿起來。不喜歡看的書有哪些，可以拿箱子把它們裝起來。放在旁邊。第一個就是我們對兒童文學不了解。兒童文學就是要適合兒童閱讀的，我覺得很重要。第二個，課內課外不分。你有沒有發現孩子每天都上了五、六節課了，上課都是很正經八百的課，那閱讀其實是課外，課內有作業，課外還要有作業那誰還受得了，對不對？但是今天我們要想辦法，要把課外的東西放到課內，放在一起講，增加上課的樂趣性。比如我教社會課，有哪本書可以和我的這個教學單元配合，我就可以放在一起講，增加上課的趣味性。這些已經有很多人在努力了。大陸再過幾年這些東西就可能會有人作出來給你看，甚至可以單元可以配套給你。數學絕對可以做到很好，我們今天常常從大人的角度來講當然聽不懂。數學的課外讀物多到不行，都把數學當成是很有趣的課來教，所以今天課教得不好，是老師不可愛。老師上課都是正經八百的，像讀課文一樣。所以老師能夠把課外的讀物加入到教學的相關教材，孩子怎麼會沒興趣。你透過那個課外讀物。搞不好孩子正課的那些概念就都學會了。

所以千萬要記住：閱讀不要讓孩子做那些課內都能做得要死的東西。這是教學方法。當然跟孩子的閱讀你一定要有互動，有時候有孩

子跑過來跟你講：「老師你講的那個是我看到的哪個電影。」「不要吵，老師在忙你沒有看到嗎？」因為你沒有互動，他就沒興趣，甚至你真的很忙，你就跟小朋友說：「小朋友，老師現在有一件事一定要趕快做完。沒有時間，你可不可以明天再來跟老師講。或者你回去寫一寫拿來給老師看？」這就是拐騙啊，或許他回去寫一寫就有興趣了呢？你就可以幫他投稿了，班上有一個人投稿了，並且刊登出來，同學都願意去做了。所以閱讀不是單單只有講還有後面一大堆配套措施。第三，我們認為閱讀是語文老師的事情。這個是千錯萬錯的。閱讀是全部老師的事情，每一科的教學不是也在閱讀嗎？你不是在閱讀數學嗎？閱讀音樂呀，閱讀美術呀，這都是在閱讀。為什麼是語文老師的事情。所以現在學校很簡單，學校那麼大，每個課都有教室，音樂有音樂教室，美術有美術教室，所以校長可以把每個課程的讀物放在教室裡面，比如，關於美術的讀物放在美術教室裡面，自己上課的教師只要放科任老師上課的書就好了。你把書放在教室，那麼學生一定有事沒事就拿來看看，有的好奇就會拿來問老師：「老師誰是莫札特啊？」那老師就會意氣飛揚，因為問到他的專業了嘛。你讓老師有成就感，借著同學去逼老師學他的、看他的專業課外讀物。我們今天有很多人都說：各科老師都不看他們各科的課外讀物。其實各科都有課外讀物，你要把課外讀物引薦到課堂上來，學生就會有興趣。

所以，我講的這些都是非常簡單，但是絕對可以讓你們學校馬上改觀。閱讀不是語文老師的事，語文老師講來講去只會講文學，可是閱讀又不是只有文學事情。所以廣義的兒童讀物包括各種書都是的。比如說我們給兒童的詞典這是兒童讀物，大人的詞典和小孩子的詞典是不一樣的，就好像小孩子的詞典的字很大，最重要的是它的解釋都是用孩子看得懂的話來寫的。所以閱讀的三個誤區：第一，對兒童文學概念不熟，第二，課內課外不分，你要讓孩子寫心得不是不可以，

而是老師有沒有幫忙騙他讓他寫，而且你也要讓他投稿或者幹什麼。把他們的作品整理刊登，孩子就非常有信心。第三，閱讀不是只有語文老師的事情，而是所有老師的事情，校長回去後，要告訴老師閱讀不是只有語文老師的事情。把所有科目的課外書放到教室裡去，透過學生來逼老師去知道這些課外讀物。剛才說的自我實現，每一個老師都希望有自我成就，希望自己做起事來很高興，但是必須要有方法。但是方法我只是舉了一兩個例子，方法很多。

問： 現在有很多閱讀都提倡經典誦讀，有的人認為孩子把這些經典的書背好了，智力就開發了，對學校的教科書也就看得懂了，就學有成效了，請問您是這麼認為的嗎？

答： 你問到這個就是問到我的專業了，我二、三十年前就研究過這種思想，我當年批評這些人，認為他們就像義和團一樣，義和團他們只有心存愛國，卻找到一個最無效的方式，義和團怎麼能跟八國聯軍裡打仗呢？他以為他刀槍不入，那根本就是胡說八道的事情。講句不好聽的話，今天提倡經書和義和團也沒什麼區別，當然在臺灣和大陸都有，臺灣因為行不通了，所以才跑到大陸來。有個跟我同行的同事他上課就一天到晚講經書，理論上讀經沒所謂對還是不對，但是這個放在教育的角度，讓全部的學生這樣就是不對，這個觀念要清楚。比如說這個學校今天有社團活動，有一個社團就是讀經，我沒有意見，我們剛才講過每個孩子都是不一樣的，有的孩子可能會喜歡，所以這個學校搞一個社團叫作讀經社團，我同意。但是全班讀、全校讀、全國讀，就不對了。學校的教育正規的很多，該教的很多。所以今天大陸的經典教育已經稍微在轉變了。

學校的經典文化教育是怎麼來的呢？有個大陸的高中老師到臺灣去，看到臺灣有一個中國文化基本教材，我讀高中時就有這門課，那

是當年蔣介石從大陸撤退到臺灣的時候為了保存中國文化，當時大陸正在搞文化大革命，所以臺灣要保存中國文化，於是《四書》、《大學》、《中庸》、《論語》、《孟子》裡面編出一些學生比較合適的理論，叫作《中國文化基本教材》。這本教科書現在臺灣已經不讀了。有一個廈門的一個高中女老師到臺灣去，就很震撼，然後就把這些帶回去，在他們學校進行學習，很有成果，還在中央臺去播，所以就在全國流行起來了。

其實高中已經和小學程度不一樣了。那麼小學真的不要讓他排斥閱讀，這個很重要，你叫他天天讀什麼，「人之初，性本善……」一大堆，小孩子喜歡讀嗎？所以後來小孩子都沒有要讀的。我們今天的教育不要把孩子當成是工具。專門在折騰孩子，孩子該有的童年，孩子該有的快樂，我們要給他。今天每一個人大家要知道人的平均壽命，在臺灣男人平均八十歲，女人就八十五歲，你想想那麼早就學習那麼多東西，下半輩子等死啊？那麼早就把孩子教的根本不像個孩子，像一個老小孩一樣，教育絕對不是這個樣子的。

還有一個是南懷瑾，南懷瑾從臺灣到大陸後還是蠻有成就的。南懷瑾推廣國學這一塊我可以理解，他是我大學時期的老師，但是我要說的是，各人喜歡閱讀本身就沒有什麼好和不好的，只是說合適跟不合適，假如你自己開一個民間國學社，我也沒意見。但是放在整個教育體系之下，我認為是有問題。這個就和義和團差不多。他們認為大家對中國文化都不理解，中國文化的責任是在大家身上，不是在小孩子啊，小孩子要了解中國文化，你可不可以把它改寫成兒童版的。《大家說孔子》，把《論語》的這本書變成兒童版的讓孩子理解孔子的思想，這不是很好嗎？可是我們不是，所以這個也是大家對兒童文學的不認識。以為比較好的東西就給他，好東西不見得對，己所不欲，勿施於人，所以己所不欲也不要隨便加別人身上。比如說你很喜

歡吃生魚片，我就很討厭吃生魚片，我不吃生的，你不要以為你喜歡，你就鼓勵我。每個人的喜好各不一樣。

所以今天的教育會越來越多元。不但是翻轉，目前有華德福學校，有流行的蒙特梭利的學校，蒙特梭利的學校特色是混齡，是修學分的方式，而不是說一定要在一年級。華德福學校更酷了，到四年級以前學校不教電腦，小孩子那麼小，電腦是幹什麼的。目前教育最莫名其妙的是：強化外語、強化電腦。因為這兩者是工具。你有沒有發現中國古代當官的人，都很會寫字，因為當年科舉的時候就是用毛筆字。你去考試毛筆字寫得不好，你的考卷就會被丟掉。所以每一個去考試之前，字要練得很好。今天你要就業，你不會電腦誰要啊？你今天要到跨國公司去，你不會外語誰要你？工具就是你用到，你要想用你就會。結果不是，現在是浪費盡全國的資源投到最不可回收的。有一天你有機會像姚明那種人，他要去美國打 NBA 變成明星，就必須要學會外語。有這個需求動機，他自然就會了。那假如他原來就沒需求，你要去逼他學，有什麼用。讓他有個地方得到自信、得到成就，他才知道我要好好上學。但是官方常常是做哪些最沒有效的事情，完全忘了我們自己，弱勢的群體就是從小到大越來越被看不起，他因為沒機會啊。你發現差距太大，那些有錢人根本不會靠學校，所以教育是偏遠地方真正需要的，你是來到了最需要你的地方，北京市那些學校的老師只是錦上添花而已。家庭條件很好，當然就很不錯了。所以基本上我不同意，但是個別喜歡我沒意見。

問： 小學要不要引導孩子讀一些名著之類的，孩子不喜歡就不用讀了？

答： 不是，我們的教科書裡面都是有名著的，那一種非兒童本位的是需要老師引導來教的。那你課外閱讀只要他有興趣就好。你說你上課的課裡面，不是經典的名著就是一些當代的名家，不是都是名著

嗎？為什麼還要選擇一些過難的，而那一些都是要老師來教的，所以我們上課就已經在做閱讀，你要相信任何一課都是在閱讀，在國外，書的閱讀是一門課，老師要具備專業知識的教學方式，它絕對跟語文的教學方式不一樣。所以我們要理解這個角度，老師會去摸索，那怎麼去摸索呢？除了我剛才介紹的七本書之外，再看一看各種類型的課外讀物，例如科學的課外讀物，你就可以知道人家為什麼這麼講，就和我上課講的一樣：做實驗，為什麼我做實驗就乾巴巴的，孩子都不喜歡，那個書裡面教你做實驗為什麼就那麼有趣，也就是說它合乎孩子的生理、心理、社會需求，站在孩子的角度，孩子就喜歡。所謂差異其實就在這裡。我剛才就講過，比如說你在教學的時候教一課你自己很熟悉的東西，教起來不是意氣風發嗎？很有心得對不對？假如教一課你根本沒興趣又不喜歡的，只是按照人家給的來教，你就會怕怕的。為什麼？因為你不理解，所以教學其實是學科能力的問題，沒有這個學科能力，你自然就研發出一些教學比較合適的方法來，所以我常常舉個例子來講，我們今天的教育的毛病就是動不動就要教會孩子學會很多方法，我要教一個孩子射箭，我要先看這個孩子，這個孩子把弓箭射出去到底有多少公尺，比如他只有射出去二十公尺，你教他太多五十公尺的，這個有用嗎？沒用的，對不對？我可能要先訓練他的基本體能，這個拉出來一射究竟有沒有五十公尺，我才能教他五十公尺怎麼定目標，可是我們今天不是，常常設計一個很好的流程，你只要按照這個來做就會了，沒有那一回事的。教閱讀也沒有這回事，你不能每次課上都說：這個故事的主題講了什麼，孩子聽第二次就不想聽了，你可以把你看這本書比較有感覺的地方拿出來一點給孩子討論，對不對？為什麼要先從主題、人物，描述講那些有的沒的，學生當然不喜歡，對不對？

閱讀推廣人角色定位與服務

主講人：林文寶

時　　間：二〇一四年四月二十六號（週六）上午九時三十分

　　謝謝！在座的幾位長官、朋友，以及學員，我很高興這一期又來講，這一期主要聚焦在兒童閱讀推廣人這一方面。在臺灣，我們通常把閱讀推廣人叫作書媒，書的媒人，專門介紹人家讀，叫書媒，這是一個名稱。但是「推廣人」這個名稱還是比較通俗可愛，所以我就在這個題目範圍之下來做文章，給各位做參考。

　　我要講的是兩個部分：一個部分，我們的基本認識，我們做的是兒童閱讀，不是成人閱讀，你不是老師，你是類似 NGO，從事公益事業。我自己在臺灣，也有自己的 NGO 機構，我自己也是四、五個 NGO 的董事，我們長期都在做這些事情，所以有一些基本認識。

　　再者，還有兩項原則，必須怎麼做才會做得比較像。做兒童閱讀推廣人一個最大的好處是你會自己成長，假設你在沒有成長的狀態下去做兒童閱讀推廣，其實沒有什麼意思，所以最後受益最大的一定是推廣人自己本身。

　　以前好幾年都難得看到一本書，現在每個禮拜都要看到好多種不同的書，眼花繚亂，不知道怎麼辦？我常常講我是一個職業讀書人，我到哪裡都會去市面看，昨天我去書城蹲了幾個小時，深圳的書城是我在大陸看到的最讓我感動的，當然還可以做得更好，但是已經很讓我感動！那麼大的地方，再加上旁邊的廣場，住在附近的人、住在深

圳的人都多有福氣，文化的素養是這樣被打造出來的。

一 基本認識：兒童文學與閱讀

在閱讀方面，大家都走入很多的盲點。

（一）兒童文學的意義

第一，什麼是兒童文學？很多人在教兒童閱讀的時候，有時過度地想要把孩子加深加廣，但是你有沒有想過你這個閱讀是課外還是課內？當然尤其是閱讀推廣人，你首先是課外，假設還那麼認真當一回事，還是把孩子折騰得要死，孩子肯定不讀了。你要了解，這是孩子一個課外活動，課外的興趣。

兒童文學是為兒童量身打造，合乎孩子心理、社會、生理三方面發展所編寫出來的讀物，是給孩子看的。我為什麼要做這個？因為大家談兒童文學的時候，都沒有人從《兒童權利公約》去談，《兒童權利公約》很明確地告訴你，「未滿十八歲的叫少年兒童」，也就是說，兒童文學針對的是未滿十八歲的孩子（0-18歲）。我這裡談的《兒童權利公約》變成國際法是在一九八九年十一月二十日，聯合國通過《兒童權利公約》，一九九〇年九月二日正式成為國際法。也就是說，世界各地每一個人在十八歲以下是接受保護的，所以兒童文學在十八歲以下，也有特別為他量身打造的東西。

兒童文學所以有這個學名，也就是要給孩子看的，名字雖然是兒童文學，但是不只是談文學性，知識性的也非常重要。舉一個例來講，比如小孩子看的字典、辭典、工具書，這一些都是兒童讀物，所以小孩子看的字典、辭典，一定有筆順，還要加上圖，成人就可以不要。所以我們要理解：首先，我們不要動不動拿魯迅、周作人，拿有

的沒有的東西給他看，當然有些可能看得懂，但是不是全部的，今天
我們在教育在推廣中，是一個最大的公約。如果你是一個文學老師，
在自己家裡你當然可以拿文學性很強的給孩子讀，但是對別的孩子不
可以。

　　什麼叫兒童文學？臺灣未滿十四歲，他的行為不會被處分，頂多
到少年感化院去。十四歲到十八歲，一定會減刑，而且，絕對不會被
判死刑或者無期徒刑，也就是說，在整個國際法下，十八歲以下是要
被列入保護的。所以今天談兒童文學，從出生一直到十八歲高中畢業
這個階段，讀的東西其實應該就是所謂的兒童文學。兒童文學有兩大
門類：一個是以兒童本位；當然這是兒童文學基本的市場，我本來創
作是為兒童寫的。另一種非兒童本位。我創作的時候並不是為兒童創
作，但是小孩子看了，或是家長講給孩子聽，孩子很喜歡，所以有人
把它改寫成兒童閱讀。比如你看的《西遊記》，《西遊記》絕對不是為
孩子寫的，但是有人把它改寫成兒童版，兒童閱讀；還有《三國演
義》，《魯賓遜漂流記》，《堂吉柯德》，《格列佛遊記》，這些都是非兒
童本位，但是孩子喜歡，孩子自己也有選擇權、有主控權，父母給他
講講，孩子喜歡，就寫成兒童版。所以兒童文學基本上有兩大類。

　　有人會想要拿魯迅、周作人給孩子看，其實是站在非兒童本位，
但是是不是寫得對？就有去討論的餘地，你要去捉拿的自己的分寸，
你自己怎麼決定，那是你自己的事。

　　再來，兒童文學有五個層次：

　　第一個，嬰兒文學。嬰兒文學在大陸這幾年來叫早期教育，一般
在臺灣，尤其從前年開始，幼托整合以後，指0-3歲，我們叫嬰兒文
學，目前大陸、臺灣也開始做嬰兒文學。

　　第二個，幼兒文學，剛好是幼稚園這個階段，就是幼兒文學。

　　第三，童年文學。就是狹義的兒童文學，指小學這個階段。

第四，少年文學，指國中這個階段。

第五，青少年文學，指的是高中這個階段。

每個階段的閱讀主體是不一樣的。在大陸，我發現大家對低幼的比較不重視，你要看低幼的書，尤其是嬰兒文學，大部分是很小的，而且角會磨成圓的，比較不會傷害到，本數、開數比較小的這一類。

低幼的，大家為什麼不重視？因為比較難講，裡面沒有什麼文學性，你講一講，這是幹什麼？比如看五味太郎這些書，那些都是很典型的低幼，低幼的也有故事，但是有很多都是知識性、生活性的。在教孩子的過程中，在低幼的時候，一定要建立一個家庭的規劃，孩子才比較容易，這點也屬於兒童文學範疇。比如你孩子是幼稚園、國中還是高中，到底要讀哪一類的？基本上，幼兒文學以繪本為主。童年文學以讀童話作為最大的著作。少年文學就是小說。青少年其實跟成人文學已經沒有區別了，這已經是勉強把它做出來了。因為從培養人認知發展來講，一個人十五歲應該完成他各方面的成熟。所以國外的教育，都是到國中、高中，才比較會接受各種的競賽，因為有的人成熟比較慢，在國中、小學太多的競爭，孩子無形中被你壓下去了。

二　閱讀的理念

我手頭帶的這本書，是臺灣開始推廣讀書會閱讀的時候，華文世界第一本討論讀書會的書。因為我個人本身是研究的人，所以講任何的東西，背後一定有一點理論、一點例子、再一點概念。我也把這本書給少兒館這邊，讓一些願意進一步去理解的人，知道是怎麼一回事。

我還要介紹一點，也就是告訴你閱讀的理念。第一個，空間的開放。當然「在很久很久以前……」，這是童話的敘述方式，讀書是非常詩意的。假如說成群結黨，這叫異議分子，古代，漢朝有黨爭，明

朝也有黨爭，讀書人跟當官的各成為結黨結派，其實就是黨派，基本上就是讀書會的類型，但是這個歷代都是被禁止的。

臺灣真正有讀書會的概念，也是從九〇年才開始，所以最需要改變的是空間的開放，閱讀不是關在門房裡面的閱讀，它可以進入很重要的論述討論的空間，尤其像少兒館推廣閱讀，你要有一個論述的平臺。比如說這個月，我們介紹大家讀什麼，讀完後先寫一個一百字的意見，把它潑上去，就可以引起很多騷動，其實有時候製造騷動，就是鼓勵你需要去炒作。你說炒作也可以，可是你就是要引起注意。我以前在做事，很會做這些，其實我這個人很不喜歡交際應酬，可是為了兒童文學推廣，我真的把我自己賣出去。所以我常常講，我在一九九六年，全臺灣跟全中國都還沒有人在行銷大學的時候，我就是行銷我的研究所，我去開說明會，開始找記者，什麼問卷調查，找大家寫意見，其實這是吆喝。結果我那個時候創辦研究所的事情，整個華文地區都轟動了，連世界各地都轟動了，因為全世界沒有一個地方有叫「獨立的兒童文學研究所」，包括英國、美國都沒有，我還是全世界第一家獨立的兒童文學研究所，我反而炒得非常熱，所以我一申請，馬上通過了，因為審查都是親戚朋友，大家都不曉兒童文學是什麼東西，阿寶做了一定好，所以就把它通過。

所以，很多事情從今天角度來講，一件事做不好是行銷的責任，產品只要有七成的能力，你沒有銷好，這是行銷的問題。但是現在的包裝很簡單，現在的人包裝，就是把任何的產品包裝成文化來賣，你要告訴他說，來閱讀是一個非常有文化的人，人家一看到「文化」位階很高，就不一樣。

以前任何的文化當作商品在賣，然沒有人願意。為什麼去買一個非常貴的物件，你為什麼要買？因為你買了一個名牌，你戴在身上，人家看到你的衣服，「這是穿什麼衣服的人哦」，可是你要知道，萬一

你是阿狗，你穿什麼還是阿狗。

有一部小說，說一個人為了參加宴會，跟人家借珠寶，珠寶借的是假的，她一輩子幾十年就為了還這個，最後知道是假的，她嘔死了。所以有時候裝也裝不出來。所以開始做閱讀的時候，開始要裝得很認真，裝久了，真的很認真。所以一定要裝一裝。有時候搖頭晃腦，有時要讀一些古詩「春江水暖鴨先知」、「一片冰心在玉壺」，你把大家搞得暈頭轉向，你很有學問，所以這個年頭要唬唬人，假設我講得有些唬你，你就當作亂講。

空間開放真的不一樣，閱讀也不是只有關在裡面。現在臺灣有一大堆人，他們閱讀旅行到世界各國。我最近讀的一本，是美國的童書作家，四十八歲才跟先生離婚，離婚以後到世界各地去旅行，結果她發現，為什麼我看到的跟美國報導不一樣，國家有國家的利益，有許多事情不可思議，所以視野要開放。

人書讀多了，人家說不讀書，也要看電視，不看電視，也要……反正一大堆，你看多了，不要說看電視沒學問，看多了，還真是很有學問，起碼他可以頭頭是道告訴你，某一臺播什麼，劇情什麼樣。所以閱讀就開闊你的視野。

每一個人，真的讓你第一手接觸的經驗幾乎非常少，我們所接觸的都是二手的經驗，我從別人的書，我讀到的就是別人的經驗，轉化成為我的，所以這是視野的展開，非常重要。我常常鼓勵我的學生，年輕的時候一定要多出去走走，年少不輕狂，枉為少年。

再者，對象開放。你要知道，中國歷代以來，從民國之前，真正的讀書會，知識分子只是占全部人口的百分之二十左右，百分之八十都是沒有機會讀書的人，百分之二十的人統治百分之八十的人。現在世界各國國家一定要教育，所以透過教育，才是真正促成全民的轉變，所以閱讀的對象不一樣。

　　以前只有官方才可以讀書，中產階級出現以後，不是只有做官的才可以讀書，有錢人也可以讀書。兒童文學出現，是在歐洲中產階級出現以後，認為我的孩子要讀書，所以才有兒童文學出現，兒童文學是中產階級搞出來的，現在各階級都有，你不要認為哪個作品好不好？沒有，今天每一個作家起碼都是大學畢業，只是每一個作家選擇的閱讀對象不一樣。

　　以前我們知識界常常有知識的傲慢。我讀大學的時候，我們很看不起席慕容的詩，也看不起瓊瑤的書，教授上課就罵，「席慕容寫的什麼詩，一看每句都懂」，似乎你最好寫成人家看不懂的才算好詩。還有瓊瑤寫的什麼東西啊？可是你有沒有發現，最紅的一定是席慕容，而且席慕容最近晚年來，都到蒙古，都從事她家鄉的建設，我買了她的一些作品，很感人，她以前是大學的美術教授。

　　瓊瑤已經七十七歲了，精力無窮，她絕對是臺灣的奇蹟，不管是寫作、電影、電視，最近她還在告大陸某一個電視臺抄襲她的東西，我認為她未免太小氣了，這個年頭不都是抄來抄去嗎？看不開，對象不一樣。

　　當今社會，我們稱為知識經濟的時代，你只有通過知識，才有辦法翻身。這麼好的機會，你不去閱讀，也怪不了誰，閱讀絕對不是只有讀書本，大自然也可以閱讀。

　　你有沒有聽過一首歌「讀你千萬遍也不厭倦」，讀他的女朋友，讀他的愛人，讀千萬遍也不厭倦。所以我們今天早上跟他們說，你們就是跟小朋友從流行歌開始，你看方文山、林夕寫的這些詞，孩子都會唱，張惠妹的歌，他們都會唱，你為什麼不跟他們一起唱，你以為那些就很沒有水準啊？你讀的那些就很有水準啊？

　　我平時常常講，推廣閱讀，就是要拐拐騙騙，先把他騙到，把他誆進來以後，我就把最好的草放在那邊讓他吃，他吃了當然知道味

道，你不要動不動拿什麼名著，《戰爭與和平》，他哪看得懂？

我常常講一個笑話，孩子假如吃一些垃圾食品，既不營養，又不衛生的東西，吃下去很容易消化，對不對？假如你給他吃一些太營養的，消化不了，可能成長就有問題。我舉我自己家的例子，老大出生的時候，想要給他最好的，就買 S26 的牛奶，那個時候臺灣最好的牛奶 S26，價格最貴，結果孩子一吃每天拉肚子，找醫師，醫生問你吃什麼？我說 S26，醫生說隨便吃就可以了，換個奶粉吃就好了。所以，每一個人命不一樣。

像各位做閱讀推廣，你要記住，不要太相信那些亂七八糟的專家，我在大陸看到一堆，什麼《虎媽戰歌》，什麼《好媽媽勝過好老師》。胡說八道，首先，你根本不尊重老師，這一點是很不好的觀念，可能會有特例，但是特例不要講這些。

我印象很深刻，有個故事，有一個小朋友回來做功課，有不懂的問他爸爸，他爸爸是一個大學教授，科學家，結果他跟孩子講，「我不懂，你明天問老師」，結果爸爸打電話給他的老師，說明天我兒子會問你什麼問題，他當然知道老師不懂，你看一個科學家的孩子一定懂得很厲害，告訴老師，明天我兒子問你的時候，你來告訴他，你要建立老師在孩子心目中的權威，這個觀念很重要，你不要背後說老師很糟糕，有這樣的父母，孩子當然跟你差不多。

有時候聽到家長說，說臺灣的教育因為不合適，所以送孩子去美國。告訴你，有幾個人能夠把孩子送到美國去？沒有。所以講那些特殊的，實在是行不通。真正的老師、真正的媽媽，一定要相信自己，不要太相信專家，專家有時把他這一輩子做不到的，隨便講給別人聽，讓別人相信。

我這裡告訴大家，閱讀到底怎麼一回事，閱讀讓自己越開放，越多元，越充實，而不是看到最後是笨死的，最怕越看越笨，什麼誰的

講法，誰的講法只是提供作為你的參考，而不一定完全是正確的。

再告訴你們一個閱讀發展理論。

三　Chall 的閱讀發展階段

從學術上來講，這個是目前比較公認的，美國哈佛大學閱讀心理學專家 Jeanne Chall（1921-1999）。閱讀理論基本上分成六個階段，零至十八歲。

第一個階段，從出生到六歲，前閱讀時期。

第二個階段，六歲到七歲。

第三個階段，七歲到八歲。

第四個階段，九歲到十四歲。

第五個階段：十四歲到十八歲。

十八歲以後不管了。因為十八歲以後，閱讀的能力沒有學完成，表示這個人是閱讀障礙，那是交給另外一個人處理。

目前國際閱讀的測試叫 PIRLS，是在小學四年級。第二個是 PISA，國中十五歲。這個是按照閱讀發展理論兩個最關鍵的時期來測試。第一個階段的測試，你到底有沒有學會閱讀？PISA 就看你已經會不會用閱讀當作學習的工具。

閱讀有三個階段：第一個階段，零至六歲，我們教的重點，讓他喜歡閱讀，愛上閱讀，所以不要過度摧殘，孩子的歲月漫漫長長，你要讓他很快樂地看書，而不要教他太多的東西，到學校去，他根本不適應學校的生活，所以不必要。

第二個階段，學會閱讀。

第三個階段，閱讀當作他一個學習的工具。這是閱讀的三大階段。談這個理論，就讓你知道，其實每個階段有對閱讀的要求，我們

不是一味壓榨孩子，一味讓他學太多的東西。

所以我常常告訴各位，你不要想太多，尤其帶孩子閱讀文學性的東西，沒有什麼對不對，好不好，孩子那個階段，就是懂那些。我自己的閱讀理論，後面可能會講，這是一個閱讀理論，先告訴你，這個事你必須先要有的一些基本的認識。

我們知道，每一個人都是為孩子好，全天下的父母沒有不為孩子好的，可是為什麼孩子遭受那麼多的遭殃？也就是好不見得是對，你為什麼要為我安排我的一生？

以身作則，中國有一句話，老生常談，道理那麼簡單，就是以身作則。我一定讓你了解，當一個閱讀推廣人，你肯定是閱讀實踐人，肯定喜歡閱讀的人。

第一，你不是讀某一方面，肯定是多方面的閱讀，閱讀實踐者。而且還要了解自己的角色、身分、立場。

第二，閱讀推廣者不是老師，你不要動不動怎麼怎麼，這個才叫正確，什麼叫正確不正確？今天我們給孩子的教育，最讓我們傷心地是說，剝削孩子的成長跟學習的機會，因為你都給他單一的答案，給他標準的答案。

第三，你不是專家，你不要自以為是專家，你只是比他們早讀，你比他們有看法。

第四，你不是在指導他。今天你有沒有發現？假設在家裡，父母動不動告訴孩子怎麼怎麼做，以後孩子都不跟你講話，你講，他哼哼，因為他不哼的話，「你有意見」，我講話，你都不吭聲，所以吭一聲，應付你，他提意見，你說意見多，一個有意見的人，才是比較有動力的人，完全沒有意見的人，其實真的是完蛋。

一個推廣人不是老師，不是專家，他也不是指導者，相反，他是一個促進者。我可能在旁邊幫你吆喝，這個事情怎麼做，這本書看一

下，你有時候會說，「這本書多好，我講給你聽」，「不要講了，你告訴我這本書好就好，我回去自己看」，因為每個人都有自我實現的想法，每一個人都希望從自己學到。甚至他讀完以後，他會跟你講，「我怎麼看的跟你不一樣」，你們有討論，原來這個東西可以這樣看，他為什麼這麼看，才會發現原來背景不一樣，各方面不一樣。

中立者，你不要有意見，大量意見都是綜合評判，比較公正地呈現讓大家去評論，而不是去做仲裁。

傾聽者。傾聽者概念這幾年越來越被重視，有時我們都很喜歡說，一直說不完，其實有時聽聽別人的意見，人家不表示意見，並不是人家沒意見，因為你都沒有給他表達的機會，所以他乾脆沉默，沉默就是最大的抗議。一個班級裡，萬一大家沉默一片，可見這個老師教學非常失敗。

最近的教育裡面，臺灣叫翻轉教育，教學一定要回到孩子為重心，為什麼孩子以前上課沒興趣？因為沒有讓他講話的餘地。今天網路這麼發達，深圳算是都會區的孩子，假如這個老師比較會應用的話，下課告訴孩子，明天的上課怎麼樣，每個人回去找東西，我們找深圳的歷史，明天給一份報告不可以嗎？難道一定要老師自己找嗎？結果老師自己忙得要死，這一種是笨死了，結果孩子只是接受你給我的觀念。今天有這麼好的工具，你為什麼不擅用？

孩子的教育，兩個重點，一個是教會他學會學習，二個學會生活。我們老師都很辛苦，好像經過不是從我嘴巴講出來，就好像不懂。所以我常常一句名言告訴我的學生，甚至同事，「太認真的老師，其實是教育災難的開始」。

尤其一些老師上課到下課都不下課，這一種事，你有沒有想到？一個國民的素養為什麼沒有？下課的時候是學生的權力，你今天為了滿足個人，十分鐘都還不下課，你還講了很多，剛開始學生很感謝

你，以後都不感謝你。假設很重要，不得不講，你為什麼不上課一開始就講重要的東西，為什麼要拖到最後？

我們演講的人，你學會控制時間，這是不用懷疑的，你不會控制時間，根本就是有問題的。包括學生考論文一樣，十分鐘你就要講完，你講不完，就表示你的組合能力有問題。我要給你一小時，你就一小時講完。像你們以後的集訓，一個三百字的故事讓你講五分鐘，等一下三百字的故事讓你講十分鐘，你就要加油添醋，你就是要有這個能力。

媒介，有時朋友在一起，互相傳達各種不同的資訊，比如你喜歡讀藝術的，你喜歡讀音樂的，我們可以交換最近讀哪些書？非常好。有時讀書除了你自己推廣之外，你們本身固定地交換資訊，大家才會知道有些沒有的東西。

引路者，有的人真的實在是遇不到好老師，有的人真的不好意思問別人。我有時候講學生，「你們有時候笨死了，問老師，兩分鐘都可以問完的，你為什麼壓抑了半年還不敢問，還要老師問你，你才翻書，在哪裡？」有時候遇到這些學生很氣，怎麼笨到這種程度，最後發現，真的是笨蛋一大堆，這個是我們教育有問題。有問題，趕快問別人，你問不懂的也可以，你不要問來問去問同學，同學有什麼好問的？大呆問小呆一樣呆，對不對？頂多互相吐口水，沒有用。有時候人之所以被人家叫作笨，不是沒道理的。

解讀者，一些作品背後有一些歷史的事實，還有一些典故，沒有人跟他講，他真的就是不懂。所以推廣人角色就是這樣，用一句不好聽的話，很不像自己，但是也很像自己，當你全部放開了，就是很自然的一個，當你太強勢，太過主導，讀書會推廣也就推廣不起來。

你喜歡讀童話，每一次叫人家讀童話，你會發現十幾個學生，每個人喜歡的不一樣，你總是要滿足大家的需要，有時候借助他們讀，

再去告訴別人，其實那一種文類非常好，你要改變他的口味，這個不是用強制，你以為別人無知，這個也不讀，那個也不讀，你以為你讀，就有知啊！不一定。

了解孩子，這一點最重要。大家認為孩子讀課外讀物，一定會影響功課，怎麼可能啊？我告訴你們，程度低的也不會想讀課外讀物，學習好的人，因為他有休閒時間，他閱讀就是休閒，今天假設閱讀休閒，你讓他寫筆記，當然不喜歡，這種現象，我不讀，總沒事吧，我讀的話，還要寫心得，我不讀，就可以用心玩。

我常常認為，我們對兒童不理解，我以前也常常認為孩子怎樣怎樣，後來才了解。比如我孩子國中的時候，很喜歡玩組合各種模型，考試不好的時候，我當垃圾丟掉，摔掉，孩子哭得要死，其實後來想想，那個是孩子的一個休閒活動。他們長大以後，把他們童年做的保留一些典藏下來，每個人的休閒活動都不一樣，所以了解孩子，其實真的是很重要。你不要以為，只有讀書才可以。我常常問人家，假設你養孩子，養一個大小 S，還是周杰倫，還是像我？像我，頂多當一個三流的大學教授，養一個周杰倫，收入多少！你看大小 S，他們的老公多有錢啊！我意思說，行行狀元，他們可能讀書不好，可是他有另一種才能，你以為小 S 三八，沒錯，可是三八就是她的呈現方式，人家就是各種應變能力。

這一次過來的時候，我們買一塊吳寶春的麵包來，吳寶春，我為什麼買？因為吳寶春在臺灣也是一個奇蹟，他是做麵包師傅。他小學、國中的時候，成績很爛，調皮搗蛋，都不讀書，所以國中畢業的時候，只有去當麵包師傅，他說反正我不讀書，不認識字，去當師傅，一定很好，結果嚐盡苦頭。因為師傅告訴你，麵包加多少，他不會寫，用各種記號，常常忘掉，被師傅罵得臭頭。後來當兵的時候，才有人教他閱讀，那個時候已經長大的，才知道真的要懂，才學會閱

讀。回來就去當麵包師傅。當麵包師傅的時候，他就很努力，發現臺灣的麵包從日本學來的，所以開始讀日文，研讀日文的麵包書，做出很好的麵包。後來要參加法國的世界麵包大賽，又讀法文。

所以當推廣人，你要有能力撩撥起孩子願意主動學習的動機，你想一想，你曾經有過三更半夜不睡覺，被老師罵，被媽媽罵，「不要再看書，趕快睡覺」，而且你看的書，跟考試一點無關，你那個精神到哪裡去了？我們要的就是那個精神。你有辦法讓孩子這樣，孩子讀書的時候，你拉他回來，他不回來，有時候看你怎麼去做，了解孩子真的很重要。

我最近看吳季剛他媽媽寫的，吳季剛就是幫歐巴馬老婆設計總統就職服裝的臺灣設計師。他從小就很喜歡洋娃娃。在美國讀小學的時候，那些女孩子一天到晚拿洋娃娃給他補，壞掉多不會做，請他做，假如你一直要求他的功課，他功課就是不好，但是很會做手工。當然父母很了解他，讓他讀這種學校，後來才會變成有名的服裝設計師，他在高中還沒有畢業，在網路上賣東西，所以行行出狀元。

周杰倫也是一樣，周杰倫大學考不上，你想周杰倫的學科有多爛，音樂系的學科成績是很低的，他都考不上，還好他沒考上，他考上一定是被摧毀殆盡。你看他現在變成華人世界裡面的天王，你看他拽得要死，那個樣子真是臭屁得要死，而且跟方文山搭配，是天衣無縫的兩個，兩個以前都是讀書不好，方文山高職畢業，也沒有讀大學的。

如今要有特殊才能，我們要看孩子亮點的那個部分，不要一直看他不行的。書讀不會又怎麼樣？只是成績比較差而已，要給孩子有信心，讓他去發揮所長。有些人像姚明，就是要從事籃球這方面的事情，他自然就能起得來，所以教育的過程中，其實對孩子造成最大的傷害，就是讓孩子沒有信心，信心被你打擊掉，尤其是弱勢族群的教育。

四　兒童的閱讀與興趣

　　孩子的閱讀興趣，跟我們非常不一樣，不相信問孩子。剛才孩子在看「喜羊羊」，在座很多人：「哼，為什麼要看『喜羊羊』，那麼爛？」真的爛到哪裡嗎？也沒有啊！可能文學性比較不高，可是他那麼小，怎麼要那麼強的文學性？慢慢看，看久了，「喔，原來這個不夠好，宮崎駿的比較好」，他開始比較孩子就是讓他這樣成長過來，所以父母是最重要的。

　　父母，有能力的大人絕對是關鍵，比如一天到晚讓他看「喜羊羊」，看到不想看，為什麼只有這樣？那個時候適逢其時，拿出宮崎駿，拿出什麼給他看，他眼睛一亮，「媽，你為什麼那麼可惡，為什麼不早點告訴我這一種，到現在才告訴我？」可是問題就是，這時候給他，他才會親身地體驗，因為前面給他，他一定很反感，父母要干涉我，所以讓他滿足完就好了，那也是孩子的一個經驗。童年之所以可貴，孩子的成長，經驗是很可貴的，這個經驗絕對累積他以後對一個事情看法而有不同。

　　就兒童閱讀來說，孩子喜歡的是：驚奇的、動物的、對話的。至於暗示的、積極的、含蓄的，孩子都沒有人喜歡。我明明在聽你講故事，還要問我說：「你從這個故事學到什麼？」所以就有這個笑話。一個代課老師到班級去，就問小朋友：「你們要乖一點，等一下我講故事給你們聽」，孩子說：「不要」，為什麼？因為講完故事就要說：「小朋友，你從這個故事學到什麼？」當然這是笑話，孩子喜歡的一定是有變化，比較幽默，有情節的，或者什麼之類的。

　　在兒童讀物可讀性的問題方面，你寫得太艱深，孩子看不懂，可讀，包括一個句子有多少個字？常用字多少？音節多少？都有人做過研究，但是兒童文學現在都不研究這些，他們最好講一些，文學性越

強的，都是大人看得懂的，孩子不一定看得懂，叫他看那些。而且還要要求孩子看懂的意思跟我一樣，那才對，哪有那個道理？

我講一個《幸運的漢斯》的故事，漢斯在一個農場主人家工作，工作了四、五年，他說要回去看媽媽，主人就給他一個大金塊，他就把金塊扛在肩膀，一路上，用這塊金子跟人家換馬，馬又跟人家換牛，牛又換羊，換到最後，換到一塊磨刀石。快到家裡的時候很累，滿身大汗，就在小溪旁邊洗臉，這塊磨刀石掉下去，所以他很快樂地跑回家。那你說這個故事，孩子看了跟你一樣嗎？大人看了這個故事，他一定說，這是很深的哲學，當你一無所有的時候，你才了無牽掛。可是孩子看的結果不一樣，「哈，他怎麼這麼笨？一塊金子換一匹馬，一匹馬換一頭牛，牛跟人家換成羊，怎麼這麼笨？」不一樣，所以真正好的作品，老少咸宜，看的角度不一樣。

為什麼好書可以讀一輩子，小孩子時候讀，就是這個人很傻，大的時候讀，噢，原來有這麼深的哲理！所以這個東西，你要讓他自己體會。小孩子跟他講那些，他怎麼知道一無所有，一無所有，他哭得要死。有沒有發現，他玩玻璃珠，玻璃珠被老師沒收了，他哪會不哭？他那個時候所擁有的財產就是玻璃珠。我記得我小學生的時候，玻璃珠，整個手背就是一串，我最大的成就就是我又贏了多少玻璃珠，每個階段的自我實現不一樣，所以你要了解孩子。

真正有人做過研究，孩子最喜歡的就是漫畫。因為漫畫大家以前都是很反對，我記得在大陸講的時候，看漫畫，大家有意見，他們說：「阿寶老師，你不要再講說看漫畫」，後來我就把《閱讀的力量》介紹給大陸朋友讓他出版，以後觀念大大改變過來。

今天是圖像閱讀的時代，我告訴你，很多人都不會讀圖，讀圖變成另一個學問，有時，你就很難講。我自己做過有關閱讀的一個實驗，讓我們了解孩子一定最喜歡看的是漫畫。老師就應該連拐帶騙地

騙他，卡通看完告訴他，這個卡通是從哪一本書改編過來的，你要不要看看那本書啊？我告訴你，很不一樣哦，孩子就說：「為什麼有不一樣，我一定要看」，甚至你要拐孩子看書，你把書丟在學校裡面，上課講兩句，「老師最近在看這本書，好像不錯」，就可以丟著，等到下課的時候，偷偷地丟出去，很多小學生都上去翻，老師到底在看什麼書。所以你一定要拐拐騙騙，你不要說：「這個一定要讀，不讀，你就是沒學問，不讀，你就是會笨。」哪有這種事？這個是我做的一些研究報告，這個太學術的事情，讓你知道，那是很有學問。

我最後一個建議：

第一，學童主體性要加強。你要讓孩子有自己選擇的權力，比如今天班級自己選擇讀書，你可不可以讓孩子建議，大家提幾本來討論，最後聽孩子的意見，幾本書，有孩子可以選的書。孩子選的書，一定很臭屁，很高興，你看，這是我們選的，連校長都要讀我們選的書，他感覺就會不一樣。

再者，父母要放輕鬆。當了父母，就是一文不值，東怕西怕，去買菜的時候，為幾根蔥委屈，「哎呀，可不可以給我一把蔥？」跟結婚之前，那種王子跟公主的味道，那時候，都是先上咖啡店，不然就上文創園區做一個文青或者小資的味道，結婚以後，就斤斤計較，兩根蔥也計較，孩子什麼也計較，父母要看得開，父母不是為孩子活的，你要要為自己而活，你活得快樂。

我最近常常跟一些出版界的朋友，做閱讀推廣的人，從事文化事業的人講，自己一定要保持快樂之心，假設你沒有快樂之心，你很鬱悶，你那種惡的念頭，磁場會傳達出去，我們編輯的書為什麼那麼多有問題？因為編輯的人可能都下詛咒，「又是叫我加班，加到三更半夜」，那種惡念都會傳達到書裏去。比較敏感的人會感覺到這本書裡面有惡念，當然這是笑話，可是真的是這樣！也就是說，你自己做出

版的人都不快樂，你自己做推廣人都不快樂，別人怎麼會快樂呢？你不要以為孩子笨，實際上孩子看你就知道，「媽，你今天心情不好！」就是類似這樣。

對老師來講，老師可不可以都典範一點？因為老師都是不負責，怕事，多一事不如少一事。老師在孩子眼裡的權威性多強，老師只要隨便講一句話，學生用塑膠袋把你捧起來，回去給父母。假如說一天到晚放臭屁，孩子當然很可憐。所以你要建立你的權威，比如你推薦一些你看過的好書，你也喜歡的。現在老師幾乎都不太做，怕別人講，你又注入式行銷，你又為書商什麼？唉，這個年頭什麼人都有，你要盯這些，你就不要活了，對不對？出版社出版的書，絕對有人看，你看《查理九世》不是賣得很好嗎？我甚至叫出版社整套寄過來，我給我的博士生來看，既然賣那麼好，我相信它一定有賣的理由。我們先不要一竿子打到底，說他們品質不好，我就真的叫博士生每個人看，看完叫他寫點什麼給我看一下。

我們一定要有良心，儘量往好的地方去看，不要動不動多爛多爛。像以前一講楊紅櫻，大家都批評楊紅櫻有多爛，真有那麼爛嗎？沒有啊！只是人家賣得好，你實在有一點酸葡萄，可是你有沒有想到，你要去買酸葡萄都沒有機會，酸葡萄都是在人的口裡出來的，你去果菜市場，你買不到酸葡萄，只有人才會產生酸葡萄。我意思說，我們要心存寬厚，從好的角度，這就是今天心理學告訴我們，一定要正向，只有正向才能夠解決事情。而且市場就是市場，有市場，一定有市場的理由，他可能不夠好，我們要給他鼓勵，讓他寫得更好。你不要一味指責，你就是一味地迎合，一味地爛，那我就賣給你看。

我認為尤其從事推廣人，心存寬厚，從好的角度。你孩子也是一樣，要看到孩子的亮點，不要每次看到他都是你不要的。壞孩子一定是你逼他做出來的，我壞給你看啊！所以本土創作絕對不會寂寞，還

是有人看，可能不夠好，但是不夠好，表示我們這個階段還要努力的空間。外國人進口的作品也不見得好，可能好，但是不適合我們國情。你太先進的進來，孩子也看不懂。

接下來，就要講美啦。

首先，我從美學的觀點講，美有六大類：秀美、崇高、悲壯、滑稽、怪誕、抽象。

我認為，兒童比較喜歡的美學就是滑稽美學，包括成人也喜歡滑稽。你看《泰囧》，另一部《人在囧途》，我兩部都看了，包括周星馳的《西遊》，我也看了，那個很好玩，看完快快樂樂，我看電視，不就是讓心情快樂，難道我一定要承擔國家的興亡來看這個東西嗎？當然可以，每一個人閱讀可能是消遣。不管成人孩子最喜歡的是笑話，這些都屬於滑稽美學。最近我就把我這個理論逐漸建構完成，我認為孩子喜歡的就是喜歡滑稽，滑稽搞笑只是滑稽裡面比較低層次的，但是孩子有興趣。

比如說秀美，這種是小橋流水。

這個是教堂，看起來就比較崇高。

比如項羽霸王別姬，很悲壯。

人物滑稽，大家都知道，就是卓別林。

怪誕，這個四不像。

抽象就是畢卡索。

每一種都有人欣賞，大家喜歡看什麼。從後現代以來，因為後現代對於美學的觀念，告訴你美學生活化，生活美學化，也就是藝術生活化，藝術一定要融入到你的生活裡面，生活中有藝術的感覺。就像你到文創產業區去，他們就是典型的後現代藝術，非常生活化，你都買得起。你看王羲之以前寫的書法，不是在喝酒，叫流觴曲水，有錢大官才可以在那裡喝酒，看到那一幅畫。你現在可以看到複製品，因

為複製品比原來的版本更漂亮，因為電腦可以處理得更漂亮，你幾十塊錢可以放到家裡來，今天整個美學觀念的改變，以前是貴族、有錢又有閒人賞心悅目的，窮人當然沒機會，所以這是觀念的改變。

這是一本書《醜的歷史》，滑稽其實是醜的美學，醜到一個程度，你能夠接受。我簡單講一下醜的美。

首先，一定能夠引起發笑，但是讓人家笑的不一定是滑稽，滑稽作為一個藝術形態跟美學，是美學上的一個範疇。大家談兒童文學，只會談兒童天真，只談了一種直覺的嚮往，而不是從美學的角度，我從美學把這些定位叫滑稽美學。滑稽含有醜，給人一種快感，可是不含恐懼、悲傷、痛苦、荒誕這些東西在內。比如你看到一個乞丐在風雨中跌倒，這個一點都不滑稽，因為你會可憐他。但是假如你看到主管，或者孩子看到媽媽跌倒，一定哈哈大笑，這是很滑稽的。

滑稽是文化中的一個部分，有一些民族，文化性、幽默性比較強，下面講滑稽五種特質：

第一，不含不快。不會讓你不快樂、不喜歡、很討厭，不會。你看到一個主管在風雨中跌倒，你會笑，你不會「怎麼那麼可憐，他會跌倒」，你會認為他不是主管，他是高官，高官怎麼走路不小心，會跌倒，所以好笑，不會產生不快。

第二，不含同情，你也不會同情。假如一個乞丐在暴風雨中，你會同情他，這個已經不屬於滑稽美學，已經屬於悲壯那部分。

第三，滑稽的醜是瑣碎的。你不要一個人醜到不行，你還把他拿來開玩笑，這個就是不道德的，是瑣瑣碎碎，生活上一點點。真正幽默的人，講話是拿自己當作講話開玩笑的對象，你不要拿別人當作講話開玩笑的對象，別人不一定受得了。

第四，滑稽的醜是低於他所表現出來，本來他的水準比我高，但是現在表現出來比我低，所以才顯得滑稽，這個才是最大的特點。

　　第五，在比較中產生出來。一般我們在講兒童文學的時候，是純真、是質樸、是變幻、是關心，是講這些，但是這些都沒有學術的依據。我是用美學來講表演滑稽美學，當然滑稽包括形象滑稽、言詞滑稽、動作滑稽，在言詞包括殘陋的言詞，淫褻的言詞，機智、幽默、弔詭、諷刺這些，我幫他修正過來以後，我會用這幾種：殘陋性、禁忌性、直觀性，還有遊戲性。孩子喜歡那個東西，只是很好玩，不見得有什麼意義。西方有一些無意義的，就像我們兒歌、遊戲歌，都是完全沒有意義的。比較笨拙、比較錯誤、比較多餘、比較重複、粗陋、粗俗、缺陷，這一些都比較屬於殘陋，就是殘缺不全的美。舉一個例子，我們黃春明有一個繪本叫《小駝背》，這個人個子矮，又駝背，這個形象給你感覺是很滑稽的味道。

　　說到禁忌，孩子最喜歡的，《誰嗯嗯在我頭上》，小孩子讀到有屁什麼的，都會哈哈大笑，為什麼？因為這些話都不能亂講，突然在文章裡面出現，就很好笑，所以指向這些，你也要跟他一笑置之，你也不要說：「你為什麼那麼沒水準？」孩子本來就沒什麼水準。他要從沒水準長到有水準，就需要教。

　　直觀的就比較多了，直觀是一個哲學上的名稱，也叫直覺，有感官作用，而直接獲得外物的支持，也就是說，直接的領悟跟覺察，不經過推理，孩子沒有經過推理跟經驗而獲得的知識，叫機智。我們舉的例子，謝武彰的：

> 爸爸是男的，媽媽是女的，
> 媽媽說女生很偉大，
> 爸爸說對對對，
> 媽媽很高興，幫他捶捶背。

　　所以男人最大的特色，在家裡唯命是從就好了，就不會有什麼事，一天到晚對抗，有什麼好對抗的？

　　再來說幽默，這裡一個小朋友寫的詩：

　　　爸爸說，小孩子不能談戀愛，
　　　但是戀愛是什麼？
　　　姐姐說，戀愛好甜蜜。
　　　但是甜蜜是什麼？
　　　大口大口舔著冰淇淩，哇，好甜蜜，
　　　哦，原來我也戀愛了。

　　這是小朋友的直覺，他認為甜蜜就有那種戀愛的感覺。甜蜜是戀愛的感覺之一，孩子抓住這一點就來寫。

　　林仲隆的例子《橘子》：

　　　總以為沒有兩個橘子一樣大，
　　　每次分橘子的時候，
　　　都覺得給姐姐的那個比我大，
　　　讓我自己先拿的時候，
　　　明明抓的是大的，
　　　看姐姐很滿意，
　　　又彷彿自己抓錯了，小的，
　　　跟姐姐交換過來，
　　　姐姐又變大，
　　　我的又變小了。

再來說諷刺：

> 小弟弟，我們來玩遊戲，
> 姐姐當老師你當學生，
> 小弟弟問：「小妹妹呢？」
> 小妹妹太小，她什麼也會，我看就讓她當校長算了。

　　這是孩子一個直覺，根據不會經過什麼推理，我們大人認為是諷刺性。小孩子另類的直覺觀察，給我們大人很多的啟示。一個當官的不管事，真的就是這樣，真的管事，忙到不行，一天到晚絞盡腦汁，所以勞心不就這樣。

　　遊戲性：大陸也有，你們叫作《小點點》。

　　這是一個媽媽跟孩子在玩，你看這個東西多無聊。

> 媽媽：按一下這個黃點，翻到下一頁。很棒哦。
> 再來看一下這個小黃點，太棒了！
> 我們用手輕輕地摩擦。

五　兒童的閱讀理論──瞎子摸象

　　我的閱讀理論就是瞎子摸象，瞎子摸象是佛經的一個故事，以前被人家認為是幼稚無知，今天在當代反而被認為是閱讀經典理論，尤其是對兒童來講，才是真正的一個理論。摸到哪個部位，說大象像這樣，本來就沒什麼錯，孩子從無知，從小知，一直變成大知，每個人的成長過程其實就是這樣。

1 行為心理學：巴甫洛夫

依據心理學，一種叫嘗試錯誤的學習，沒有教你，自己就會去做，做了就會找出來。行為心理學上，又有兩種講法，一種叫作古典制約，就是巴甫洛夫用狗的實驗，拿東西刺激狗，讓狗能夠找出路來。這是古典制約，原來是嘗試錯誤學習，每一個人都是透過嘗試錯誤學習，第一不會做錯，第二在修正。在教學上的應用，就把它變成第一種，叫作古典的制約。另一種叫工具制約，從斯金納又開始把它設計。這兩個心理學最大的特色，刺激反應，用在短期教小朋友最有用，行為心理學一定用這個。我用這個觀念只是告訴你說，我們的學習原來就是逐步的，一步一步，這是我的第一個觀點。

2 認知心理學：皮亞傑

皮亞傑告訴我們說，他是從生物的規則發展而來，個體的組織環境跟適應環境是不可分的活動，他為了解釋他的認知系統，他用了四個心理學的概念：基模、同化、調整和平衡。這四個講法有點像王陽明所講的良知、良能，他告訴你，人絕對不是單純的刺激跟反應，人還是有他自己的主導權，也有自主能力，只是我們在過程中一直給他磨滅掉，這是認知心理學的觀點。

3 杜威的做中學

目前的體驗學習都是從杜威的觀念中而來。

4 文學理論的接受理論

西方的文學理論曾經經過三次不同的轉變：第一個，是以作者為主，作品都是以作者為主，作者怎麼講怎麼講。

其次以文本。

現在以讀者為主。他告訴你，一個作品有三十個讀者去看，有三十種不同的解讀方式，那麼三十種不同的解讀方式，無所謂對不對，只是代表這個解讀的人背後的客觀環境跟主觀環境影響到他而已，對一個兒童在成長的人，我是用瞎子摸象這些理論來建構閱讀，閱讀本身是一個摸索、一個探索，孩子才會非常快樂。這是我最近對於兒童文學的美學，以及兒童的閱讀觀念，走出一條我所講的路。

最後我的介紹，你想做一個閱讀推廣人，必須先讀這兩三本書，這兩三本書都是大陸的書，大陸的書應該賣到沒有了，因為都絕版，但是這兩本有重新再版，你可以注意看看。

另外，我再介紹一本臺灣洪蘭寫的書，洪蘭寫了十幾本的書，大陸那本《好媽媽勝過好老師》，把它重新加以編選編成一本書，編成一本《好孩子三分天注定七分靠教育》，說孩子靠教育。洪蘭最大的不一樣，他是透過腦神經科學講閱讀，腦神經科學是目前學術界最夯的一門學科，我也從不懂讀到有點懂，但是也沒有那麼懂，但有時候唬唬人也是蠻有用的，所以有時你要挑戰自己，你也可以去看一下。

今天我就先講到這裡，閱讀推廣人最後要自我成長，才是真正最大的意義，謝謝！

（此文根據課堂演講速記稿整理，未經演講嘉賓審定，感謝劉霓、張露文、李江梅、丁琳娟對此文整理工作做出的貢獻）

過度用力是繪本閱讀災難的開始

石慧

在兩岸兒童教育學界，林文寶被稱為「推動兒童閱讀第一人」。談起繪本閱讀，他覺得老師和父母常常過度用力，結果適得其反，扼殺了孩子的閱讀興趣。

九月四日，在北京師範大學舉辦的一場兩岸兒童文學專家的研討會上，一位聽眾向在場專家提問：「我應該為我的孩子選什麼樣的繪本？能否給我提供一個書單？」臺灣臺東大學人文學院院長林文寶欠了欠身，把身上的馬甲裹得緊了一些，低下頭去。他看起來不太想回答這個問題，幸好主持人巧妙地回應：「如果你經常參加我們的研討會，相信你會找到答案的。」事後，林文寶對《幼兒100》雜誌記者說，他並不喜歡給人開書單。他認為，對於3-6歲的兒童，閱讀主要是為了培養興趣，應該遵從孩子的個體興趣，讓孩子自由選書。

與林文寶相熟的人都稱他「阿寶老師」，在與他接觸的兩天裏，無論正式場合還是非正式場合，他都穿一件T恤，外面套著卡其色馬甲，言談間沒有一點架子，十分直爽。如何為孩子選書，是他如今最常被問到的，他感慨：「過度用力是教育災難的開始」。

把選繪本的自由還給孩子

提到專家為孩子開書單，林文寶十分反感，而「必讀書目」，更讓他覺得「莫名其妙」。家長照著專家開出的書單為孩子選繪本，固

然簡單省事，但這些繪本並不一定適合每個孩子的需要和興趣。「學者開書單也是一種『霸權主義』，是想占據閱讀領域的話語權。」林文寶說：「大家過度重視、過分緊張，老師又不長進，都被『專家』嚇壞了。」

曾有一位兒童閱讀推廣人問林文寶：「我女兒特別喜歡看一部暢銷科幻小說，我很擔心讀這樣的書對她沒有好處。」「你為什麼不跟孩子一起讀、一起討論？你沒有看過，就一味排斥，不是很莫名其妙嗎？」這位家長說，林文寶的一番話讓她的心態放鬆了很多。

林文寶多次公開提倡把選繪本的自由還給孩子，但兩三歲的孩子在選繪本時，免不了有老師和家長參與。成人往往急於區分一本繪本是好書還是壞書，這是過度用力的表現之一。只有聽聽孩子為什麼喜歡它，才會更了解孩子的內心。

賦予繪本過多的教育功能，也是過度用力的另一個表現。林文寶引用松居直的話，認為繪本對孩子來講是沒有意義的，老師在給孩子選繪本時，不必過多考慮教育功能，講一些故弄玄虛的話，「講繪本最主要的就是要陪孩子一起讀，能引起孩子的興趣就夠了」。法國作家埃爾維・杜萊創作的《點點點》就是一本趣味十足的繪本，孩子照著指令按一按書上的點，翻頁後就會發現點的變化，即使沒有故事，簡單的操作就能讓孩子樂開懷。林文寶給常年生活在日本的孫女看過這本繪本之後，她愛不釋手，還主動講給父母聽。林文寶說，成人或許覺得幼稚，但孩子卻玩得很開心，這比教給他多少大道理都有意義。

即使是為了解決實際問題，實現教育功能，老師也不要刻意做些不必要的指導。林文寶說，假如孩子偏食，可以拿一些有關偏食的書，讓他自己看，或是給他講。但不要指著繪本，直接對孩子說「你偏食，看，這就是偏食」。

過度用力可能扼殺閱讀興趣

　　林文寶提出了一個有趣的「瞎子摸象」理論。典故原本是講十個瞎子都只摸到大象的局部，就以偏概全，認為大象是「柱子」、「蒲扇」、「草繩」等。但林文寶認為，以孩子的認知水平，只能看到局部的世界，並不能由此就判斷孩子是錯的。閱讀也是如此，選擇適合孩子認知水平的繪本，孩子才會逐漸提升。

　　所以，林文寶並不贊同讓孩子從所謂的「經典」讀起。「在心理學上，要為孩子找到『起點行為』，就是從他喜歡並且讀得懂的地方開始，讓他讀合適的書。」林文寶說，「經典是攀越整座山之後一定會到達的景點，但孩子很難一下子讀得進去，反而可能因為無法入門而從此放棄閱讀。」

　　選繪本時，除了考慮孩子能否讀得懂，也要考慮孩子是否感興趣，這才是適度的作法。林文寶認為，從兒童心理發展的角度，在美學的多個範疇中，孩子更偏好滑稽美學，包括殘陋、幽默、機智等。「我們以前是以成人的觀點去評判，但孩子對線條、色彩的感受都跟我們不一樣。有時候，按照繪本的情節，你只是在孩子頭上按了一下，孩子就會很高興。」他提到日本的繪本名家五味太郎，認為趣味性正是其作品吸引孩子的一大法寶。

　　林文寶在自己孩子還小的時候，每天晚上都讀故事給他聽。他覺得，讀書是一種陪伴，3-6歲的孩子主要是為了培養興趣而閱讀。

　　「目前有一種過度張揚閱讀的趨勢，好像閱讀能影響一切。其實，閱讀只是孩子生活中的一部分。」林文寶表示，應該培養孩子的閱讀興趣，但有些現在不愛讀書的孩子，也許在以後的某個階段才會顯現出對閱讀的興趣，我們無須操之過急。上世紀八〇年代，臺灣開始出現繪本。林文寶說，大陸現在所經歷的，都是臺灣曾經經歷過

的。有一段時間，臺灣大肆吹捧繪本，甚至到了「天下書除了繪本都不是書」的地步。目前，臺灣一步步走了過來，這是一個自然而然的發展過程。

老師與孩子同步成才是關鍵

「杜威講過『做中學』，教學要回歸兒童，以兒童為中心，讓孩子參與到閱讀中，孩子才會喜歡閱讀。」林文寶對老師「講繪本」提出了高要求。

他以《共讀繪本的一年》一書為例，其中提到了老師給3-5歲的孩子講李歐‧李奧尼的繪本時，沒有給孩子枯燥地講述這本書包含多少學問，而是設計了一個環節，跟孩子一起寫信給作者李歐‧李奧尼，談談自己的生活。林文寶希望老師在講繪本時，能拋開主題和深層意義，著力引發孩子對身邊事物的討論和感受，以增加孩子的參與感。

多樣化的拓展閱讀方式，也可以讓閱讀更加趣味化。林文寶曾經培訓幼兒教師用「說演故事」的方式講繪本，較為專業地將繪本故事表演出來。「這只是講繪本的一種手段，而不是目的。現在有些拓展閱讀做得過度了，花裏胡哨的東西太多。」林文寶提醒道。

「老師要與孩子同步成才，這才是關鍵。現在很多老師總是說，你直接告訴我怎麼做就行了。」林文寶批評道：「我告訴你有用嗎？這是我的東西。別的老師講繪本《猜猜我有多愛你》，感情充沛，能感染孩子，可你講得一點兒感覺都沒有。」他認為老師一定要親自去做，在跟孩子的互動中發現問題，隨時檢視和修正自己。「一個長進的老師在教學過程中一定非常愉快，他會發現很多讓他興奮的『驚爆點』，否則，一直用別人的方式，他會很痛苦。」

（見《幼兒100教師版》，南京市人民教育家研究院，2015年10月，頁24-25。）

兒童閱讀與書

林文寶教授給「深圳閱讀推廣人高級研修班」的講座
時間：二〇一五年十一月二十四日
地點：臺東兒童故事屋
記錄：蔡焱（深圳少年兒童圖書館）

　　主講老師：林文寶，臺灣臺東大學榮譽教授，臺灣第一位兒童文學博士生導師，曾擔任臺東大學文學院院長、兒童文學研究所創所所長等。他常年致力於加強兩岸兒童文學界的交流，與內地多所兒童文學研究機構保持著密切聯繫，被稱為「推動兒童閱讀第一人」，更被大家親切地稱為「阿寶老師」。

　　在我印象裡面，深圳是給我印象很好的一個地方。所謂很好就是說跟我有一定的關係。我在大陸走了那麼多地方，深圳還是算蠻正常的一個地方。因為我去講過幾次所以會比較正常一點（眾笑）。尤其讓我覺得比較驚訝的地方是，你們曾經把《閱讀兒童文學的樂趣》當作讀書會的書，這才是讓我最大的感動。假如你看過那本書，對兒童文學而言才會比較像樣。當然，讀那本書是很痛苦的。包括讀《話圖》也是很辛苦的。但讀過以後，功力就會大進。這次有人對我說：「阿寶老師，我對圖畫書受益最大的就是你送我的這本《話圖》。」那些書都是我千辛萬苦背出去送人家的。而且我出來一定送當下的書。而且我也很少送我自己的書，我也儘量避免在大陸出書。這也是我的原則，當你出書以後，說話就難免像在賣書一樣。

　　我們今天是來提升我們閱讀推廣的能力，我就讓你們來提升一

下。今天我講的這八本書，如果你已經看過五本，我認為你的功力已經不錯了。如果還沒看過一本，那表示說你的發展空間很大（眾笑），還有努力的方向。人最怕的就是沒有努力的方向。

我在講閱讀的時候，會從教育觀點等各方面來講，閱讀絕對不是單一的。我先向大家介紹一些書。第一本：《曾經，閱讀救了我》（梁語喬，臺北市：寶瓶文化）。其中說到「關於閱讀，父母千萬不要做的十件事」：

第一件，千萬不要叫孩子關掉電視、電腦、IPad 去看書。因為這已經是孩子的生活和工具，是（閱讀）怎麼跟它們共存的問題。

第二件，是千萬不要逼孩子看你挑的書。不要每次看到孩子看的書都說：「那麼爛！」如果你對孩子看的書有意見，你就跟他們一起看。看完之後跟孩子討論，孩子才可能跟你討論。

　　第三件，千萬不要為了成績，禁止孩子閱讀。成績跟閱讀無關，有時閱讀是逃避。尤其對當老師的，我最氣的就是做「課業表演」、「教學觀摩」。這些都是表演，正常的教學常常是百分之六十的孩子都聽不懂。

　　第四件，千萬不要讓孩子只能讀你挑的書。大人叫孩子讀的書，孩子往往只看前三頁，後面就不讀了。有些大人說：「我的孩子看了什麼什麼書！」你確定他「看了」那些書嗎？那是翻了書，不一定讀了書！喜歡課外閱讀的孩子怎麼會課業成績不好？沒有這回事。

　　第五件，千萬不要否定孩子選的書。比如我常常問父母，你們看過「熊出沒」、「喜羊羊」、《查理九世》、《植物大戰僵屍》嗎？家長都沒有看過，聽到名字就很不以為然。我們就是要拐拐騙騙讓他們走上正途啊！你一味說「不好不好！」他們一定不理你。

　　第六件，千萬不要給孩子只看知識性的書。

　　第七件，千萬不要一本書就要配一張學習單。臺灣現在的兒童讀物的惡形惡狀就是這樣，每一本書後面都有學習單。大陸好的不學，壞的開始學到了。讀書不就是消遣娛樂嗎？孩子每天已經上了六、七節課了，假如看本課外書還要寫作業，還要寫報告，孩子可能不敢造反，但心裡一定已經差差減減了。

　　第八件，千萬不要規定孩子閱讀的數量。

　　第九件，千萬不要跟別人比閱讀。以為讀了多少本就很有學問了？尤其在低幼的時候，一本書讀幾十遍幾個月，最後惹火了爸爸媽媽，「為什麼要一直讀同一本書？」每個孩子都不一樣的。

　　第十件，千萬不要只看電子書。

　　以及「關於閱讀，老師絕對不要做的十件事」：

　　第一件，千萬不要批評學生看的書。

　　第二件，千萬不要讓自己填滿閱讀課的時間。

第三件，千萬不要讓班上只有共讀的閱讀時間。

第四件，千萬不要因為閱讀而多了很多作業。

第五件，千萬不要限制孩子的閱讀。

第六件，千萬不要把閱讀和寫作直接做連接。

第七件，千萬不要讓孩子在安靜閱讀的時間去討論。

第八件，千萬別為了借閱率而借書。

第九件，千萬不要什麼都沒教之前，就逼孩子分享閱讀。

第十件，千萬不要等讀完教科書，才讓孩子可以閱讀。

現在最走火入魔的學校是讓孩子在四年級前不能碰電腦，每個孩子到學校手機先沒收。這種學校是貴族學校，有錢人才能讀的。閱讀最要緊的是「正義、公平」。雖然我們對現有的教育體制比較有意見，可是那是對貧窮、弱勢的人群唯一還有「正義、公平」的地方。有錢的人可以選擇孩子的教育，到美國去、讀外國語學校、讀國際學校、讀華德福、讀重點學校。可是一般人怎麼辦？各位有沒有去看過大西部的那些學校，那真的就是什麼都沒有。

兒童閱讀為什麼會變得那麼重要？二十世紀中後期以後，學習型的社會開始萌芽，開始鼓勵全民閱讀。但全民閱讀是針對大人！大人不好好閱讀就開始欺壓小朋友，叫小朋友讀書。小朋友不是在接受「義務教育九年」，每天都在讀書嗎？本來小朋友想閱讀的，被大人一逼，就會變得不太想閱讀。我最近常常在笑，臺灣之前的領導人常常都會在講「我最近在看什麼書？」現在的領導人都不講讀書了，因為時間用來應付現在的事情都不得了啦，所以沒時間讀書。

　　《可汗學院的教育奇蹟》（薩爾曼・可汗，臺北市：圓神出版社）這本書介紹，世界各國都在用 YouTube 看可汗學院的每集十幾分鐘的教學視頻，臺東也有公益基金在提供類似的平臺，放出很多教學視頻給大家學習，有的學校還提供專門的自學教室。「可汗學院」在強調自學，對於家長和教師來說，學習就是如何引爆孩子的動機跟起點行為，讓他們找到興趣。我最痛恨的就是一天到晚讓孩子讀經典，在座的有沒有好好看過中國的經典四大名著，高中看的除外，有沒有好好看過？要讓孩子找到合適他們看的。比如你們曾經在成長的過程中看瓊瑤的小說，老師會罵：「怎麼看那個，沒水準。」但看瓊瑤的人現在也沒怎麼樣嘛。現在的大陸年輕人就看郭敬明、韓寒，還有小學生看九把刀，看這些書起碼能夠摒除那些陋習，很好啊！我們不要讓年輕人和我們一樣，我們不要忘了我們曾經走過的路。

　　《大數據——教育篇》（麥爾荀伯格、庫基耶，臺北市：天下文化）這本書裡，作者告訴我們，教育是非常具有差異化的，每個人都不一樣，不可能有一種讓全部人都懂的方式，未來我們可以用大數據幫每個人設計獨特的一套學習的方式。

　　《未來教育新焦點》（丹尼爾‧高曼、彼得‧聖吉，臺北市：天下文化）這兩位作者都是管理學的名作者，其中講到未來教育的焦點將是：專注自己、關懷他人。在今天來說，教育中接受知識已經不是那麼重要了，因為知識可以通過網路等各種管道來獲取，最重要的是有沒有自己學習的強烈的動機。

　　《提問與討論的教育奇蹟》（全聲洙，臺北市：木馬文化），這個觀點跟翻轉教育很相關。翻轉教育的觀點是「教學以孩子為主」，而不是以老師為主。以後孩子的學習是不能離開網路的，現在禁止孩子上網就是「笨死了」。比如，你願不願意每天讓孩子幫你記帳，讓孩子把家裡的開銷都記在會計本裡，孩子不是很有成就感嗎？我既可以參加家裡的家務活動，又能展現我的才能。你不給他們事情做，他們只好每天打電動玩具、線上遊戲。什麼樣的父母可以帶出什麼樣的孩子。包括老師上課也是一樣，為什麼不分配一些任務給孩子回去做，讓他們查一些資料，明天上課時來報告。老師如果自己去查，還說自己每天很辛苦，這樣的老師不會教孩子去做事，就是「笨到不能夠原諒」。做事一定要有方法，而不要做得很辛勞。不要替代孩子去做事。

　　《翻轉過動人生》（陶德・羅斯，臺北市：親子天下），這本書的
作者是美國哈佛大學研究教育差異性的研究者，他十八歲高中沒有讀
完就被退學，因為他是一個過動兒，十九歲結婚，後來妻子跟家人鼓
勵他去修完高中，讀社區學院，後來哈佛大學碩博士畢業。他的書裡
以切身體會告訴大家，每一個人都不一樣，姚明就是要打籃球才能出
來，周杰倫就是要從唱歌出來，你叫他們去刻苦讀書，一定毀了他
們。今天的教育應該是「如何挖掘天賦」。

　　關於「天賦」的書臺灣已經出了四本，這是目前教育的主流，告
訴我們要去發掘每一個孩子的天賦，他有可能的能力。讀書不是為了
挑戰人生，沒什麼好挑戰的，要順著自己的專長和興趣去走，難道讓
周杰倫去挑戰籃球嗎？有人常常說「要勇於接受挑戰」，這是「鬼打
架」。人生那麼短，快樂的事情那麼多，一定要學會「享樂」，我常常
告訴我的學生「一定要學會吃喝玩樂」。這才是正常的。不正常的人
什麼都不行。

　　《翻轉教育》、《翻轉教育2.0》（何琦瑜、賓靜蓀、陳雅慧等，臺北市：天下雜誌）其實是告訴你教育是以孩子為主，而不是以大人為主。這是非常不一樣的。我們在給孩子講閱讀的時候不要一直「主題是什麼」，要去聽聽孩子有什麼看法。我們要說的話應該從我們的感覺出發，而不是「主題」。我們看小說的時候，有幾個是在欣賞文章？不多。孩子一定是先看故事，而不是欣賞其中優美的文句，一定是老師佈置了作業「找出優美的文句」，孩子才會去找。每個人都是從混沌無知走出來的，我的閱讀理論就是「瞎子摸象」。教育孩子應該是「在做中學」，而不是由老師教給學生。在你的成長過程中，最沒有用的時候是最認真的時候，因為那是在應付考試，老師乾脆就不讓你用頭腦，有一百種答案九十九種都拿掉，只能剩下一種，你只要聽著老師給的答案，記下來就好了。真正讀書的時候是小學跟大學，高中要遇到好的老師才能真正學到東西。我去給老師講「如何把課外閱讀融合到課內」，全天下的人聽到「教科書」，沒有一個會喜歡的，但教科書才是真正學習的基礎，如果老師能夠把課外的讀物包含進

來，把與課堂相關的課外讀物介紹給孩子，孩子可能會願意接受這樣的課程。

　　有很多閱讀機構開出很多「必讀書目」的書單，有當總統必須要讀的「必讀書目」嗎？可以開「年度新書」書目，讓大家知道有什麼新書值得讀，這不就好了嗎？臺灣目前有兩個，一是「好書大家讀」，一是「中小學生優良課外讀物」，都是推介每年比較好的書。那就夠了。

《為未來而教》（葉丙成，臺北市：親子天下），我看到這本書很震撼，這是臺大一個電機系教數學的副教授寫的。他一個副教授還留了長頭髮，很有個性。我每次看到很有個性的人都很欣賞，人起碼要活得有點個性。最近臺灣的翻轉教育都是他在領航。他在大學給學生出的微積分的題目都是非常人文的，給你一大段文章，讓你去解答。就看老師怎麼教，會教的人會把很爛的東西教成反面教材，靈活靈現的。孩子上課為啥會睡覺？就是因為老師教的東西不精彩。而且老師還不檢討孩子為什麼在課堂上睡覺，還說學生多笨。閱讀推廣人幫孩子做課外閱讀，如果你講的精彩，才有孩子心甘情願聽。孩子每天在學校上課回來還聽你的課，肯定是媽媽逼他們的。有時媽媽也是很糟糕的。有的人一當媽媽就完全變形，以前那種輕鬆可愛的文青味道完全沒有了，變得面目可憎，非常市儈氣。

以上是一些關於閱讀和教育的基礎概念的書，做閱讀推廣的一定要看一看。

目前兩岸有個共同的毛病，大陸猛開必讀書目、把閱讀變成素質教育，這有一點匪夷所思，而且大家還振振有詞。大陸的人均 GDP 排名在全世界在一百十幾名左右吧，按理學習型的社會是在五十至三十名以內的國家才做得到，所以剛開始做一定很辛苦，大家一定要有這個認識。為了提升素質，就要開那些很高貴的書單，大陸的課綱書目裡面，要看多少課外書啊！那些還不夠嗎？還要加更多的給孩子們嗎？只要把課綱裡的書都讀了就夠了。孩子一定是在讀書的，都是被老師逼的！

還有一點很糟糕的是，大家認為閱讀一定是語文老師的事，這是我最痛恨的。閱讀是各科老師的事情，數學不是在教數學閱讀嗎？歷史不是在教歷史閱讀嗎？各科的閱讀是不一樣的，不可互相取代的。比如有一本課外讀物是談數學的，如果讓一個不熟悉數學的語文老師

去教，他教得動嗎？除了語文老師會讀課外讀物，其他老師幾乎不太讀。只要讀的，一定成為各科的名師。

還有，假如要把課外讀物納入課內，那就要有教材、教學目標、配套的方法。如果都沒有，那教的就是文學性閱讀，但文學性閱讀只是閱讀這個大海裡的一瓢而已。還必須教說明文怎麼讀、報紙怎麼讀……這些在國外都是一門課，有明確的閱讀階段，但我們兩岸都無視。

臺灣現在的閱讀已經回到課本的閱讀。以前都是一天到晚教閱讀策略，搞得如火如荼，策略對於不懂閱讀的孩子是沒什麼用的，要內化成自己的東西才有用。回到課本的閱讀是告訴你**閱讀就在課堂裡面**，老師要做的是如何把其他讀物放進來，這需要老師的能力。如果老師自己閱讀很有心得，那在課堂上不會不給孩子講閱讀。閱讀跟養孩子是最簡單的——以身作則。

作為中產階級的正常家庭一定會重視閱讀。另一個重點則是學會生活。有的家長跟我說：「我的孩子除了讀書別的都不會，怎麼辦？」我說你要趕快帶他們出去玩。你以為讀書就會讓孩子出人頭地？那種時代已經過去了。現在只會讀書的話，讀得越多就會越笨。大不了像我一樣當個教授，我已經是個很好的教授了，比我差的大有人在。這個年頭的專家太多，都在給你講一些你聽不懂的話，你就會以為他們很有學問。

假設你還想在閱讀上往前進步，要看看以下這八本書。

一、《打造兒童閱讀環境》。

二、《說來聽聽　兒童、閱讀與討論》。

這兩本都有大陸版。在臺灣已經出了二十年了，翻譯這兩本書的人馬上要退休了，聽說馬上要來讀兒文所的博士，人家讀書是樂趣嘛！

作者錢伯斯，很有名的，他出了五本小說：《在我墳上起舞》、《少年盟約》等。他最重要的是在講閱讀循環：

第一是「選書」，總要有很多書讓孩子選，因為每個孩子喜歡的書不一樣。有人喜歡貓狗動物，有人喜歡植物。如果哪個老師以為把自己喜歡的書放在那裡孩子一定喜歡讀，那一定錯了。一定要有各種的書給孩子選。

第二是「閱讀」，就是讓孩子自己去拿起書來讀，那是多不容易的事啊！如果有人一天到晚都在讀書，他會想怎麼會有人不喜歡讀書？我不是除了讀書都沒事幹嗎？首先是要讓孩子注意到書架上有

書，然後他會到書架上找書，再來決定是不是要看，還是放回去，這中間的每一個過程，如果你細細思考，其中並不是那麼簡單的。

接著是「回應」，這個又更重要了，孩子看了什麼書，當媽媽的一定要拐騙孩子，你不能給孩子說這本書多重要，你一定要看！你可以給你老公讀一下，介紹給老公說這本書怎麼樣，說一兩句就可以了，然後把書放回去。你就走開，好像忘了這本書。孩子就會想，我媽媽今天到底在搞什麼，就會拿那本書去看。只要你別教訓孩子說：「這本書你不看一定會後悔一輩子！」他就會偷偷地拿來看。然後孩子也許會跟你說：「媽！你那本書我看完了！」他可能會講給你聽。這時你不能說：「不要吵，我在煮飯你沒看到啊？」那你就前功盡棄了。

當老師也一樣，你讀到一本書覺得很好，不跟學生講會憋不住。孩子會啊，他會給你講他讀了什麼書，你能不能說：「老師現在很忙，現在沒有辦法聽你講。你可不可以回去寫出來，明天交給老師看？」這就是又把孩子拐到另一個層面上，讓他去寫。寫完你覺得很好，你就幫他投稿，才有後續的。今天老師教到一個盲點，就是沒有跟著孩子成長，到了某個階段就沒有了。

另一個，我們要養成家裡的閱讀習慣，要有固定的閱讀時間。比如每天晚上吃完飯，讀十五到二十分鐘。讓家裡的老公、孩子各自閱讀，誰都不要去干涉別人。班級裡也是一樣，臺灣很流行的「晨讀十分鐘」，要有這樣的儀式感。有人問：「我老公就是不讀書，怎麼辦？」我就跟她說：「你這種老公也要！」你可以跟他討論：為了孩子，你這十五分鐘裝都要裝出來。每天拿著書十五分鐘，一個禮拜他一定會發瘋，慢慢他就會讀。給他一些圖畫書讀，他慢慢就進去了。閱讀需要時間，為了孩子他一定會讀。後來有人又跟我說：「我老公像瘋子一樣，老婆我們什麼時候又去買書呀？」以前回家根本不知道幹什麼，回家腳一蹺，看電視，比如有的家長要看「晚間八點檔」，

她跟孩子說：「孩子，去讀書，媽媽要看電視。」結果每次演到廣告時，孩子在房間裡面叫：「媽，演到哪裡了？」他根本沒有在讀書。所以這時候媽媽就是不能看電視。現在又變成了滑手機，但也同樣，在讀書的時間，誰都不能玩手機。不是說以身作則嗎？那你要「以身做賊」那就沒辦法了。

所以，閱讀循環最後是「有協助能力的大人」：如果小讀者能夠有一位值得信任的大人為他提供各種協助，分享他的閱讀經驗，那麼他將可以輕易地排除各項橫亙在他眼前的閱讀障礙。這個是最重要的。

三、《朗讀手冊》。

作者崔利斯原來是在報社，後來變成了親子教育專家，專家都是努力出來的，沒有誰天生就是專家。

他告訴你，身邊一定要有書籍，書架或雜誌架，床邊要有床頭燈，睡覺的時候可以看書看到睡著。我建議在孩子還小的時候，要養成床邊閱讀的習慣，孩子躺在床上睡覺之前，你唸書給他聽，唸到睡著就把書掩起來，明天繼續念。很多華人第一次看到《哈利波特》都覺得很驚訝，為什麼那麼大本？我們都習慣三分鐘一個故事，所以我們短視、沒見識。但人家的孩子就知道童書可能是媽媽慢慢給我唸幾個月一年才唸得完。生活教育自然就在其中，孩子就學會了等待。共同閱讀和床邊閱讀一定要堅持，前幾次可能會很難過，孩子突然發現媽媽怎麼會對我這麼好，一定叫著：「再講再講」，家長就不耐煩了。我印象最深的是我當初去重慶演講，當當網的王悅也在場，後來她又遇到我，跟我說：「阿寶老師你知道嗎？我聽了你的話回去唸書給孩子聽，可剛開始都是我先睡著，可是我堅持下去，就做到了。」沒時間都是騙人的，安排時間是一門學問，我別的不專長，就很會利用時間。我也不比別人聰明，我看書的速度也很慢，只要把零碎的時間加起來，比如看電視的時候，廣告來了我就可以看書啊！這個切換要很快。有的人預熱就要半小時，我早上起來五分鐘就可以進入工作狀態。

「從歐普拉身上學到的五點啟示」，歐普拉是美國一個傳奇的主持人，如果不是很愛閱讀，她的讀書俱樂部是不會成功的。她的節目裡一本書介紹出來，就可以在美國一下賣三、五十萬本，她不是只選當下的書，她選的都是她認可的好的書，而且都是自己去買書，不是別人捐贈的。拿人書手就短，所以圖書館就要儘量自己買。要組成一個檢定小組去買書。

「讀書俱樂部比自己讀書效果要好太多了。」美國都有閱讀課，

但既然是課就比較乏味嘛。「我們有較多的討論並減少寫作要求，應該有更開放的討論，而不是只提出一些對錯的問題。」孩子的答案對不對要讓他自己去體驗，他自己發現的會更有成就感。大人指責就會傷害他。「如果你想改變他人，養成較佳的閱讀習慣，最好先改變社區或家裡的藏書內容。」藏書的內容不能很單薄，不能只有一個種類。那一定會患營養不良症。一定要廣泛地閱讀。

四、《閱讀的力量》。

當年我費盡心機去講都沒有人聽，讓小孩子去看漫畫有什麼不可以的呢？這本書出來以後就好多了，是及時雨。讓大家知道看浪漫小說或其他任何書，都沒有什麼不可以！誰年輕的時候沒有看過少女浪漫羅曼史的書？沒有男女朋友的時候看看自我安慰一下不是挺好嗎？

這本書最重要的是在講「自主學習」，「自主學習是非正式且不評分的形式，提供學生一個新的閱讀層面——成為一種育樂。」我們讀書不要太正式，課外就要有課外的樣子。

「自主學習可能不會使學生的閱讀技巧立即改變，但可以導致學生對圖書館、自發性閱讀、指定閱讀、及閱讀的重要性等態度產生正面的轉變」。

　　講到這裡，我還要介紹一本書，《閱讀的十個幸福》，大陸版叫《宛如一部小說》，裡面說人有不閱讀的權力。誰說一定要閱讀啊？很多人不閱讀都沒有死掉，還活得好好的，這本書是一個法國的高中老師佩納克拐騙他的學生，給學生說你不愛讀書也沒啥，不讀就算了。學生聽了很高興啊！如果你給學生說：「你不認真！不長進！不讀書會被社會淘汰！」那學生也不會再聽你講話了。教孩子不要太正經八百的，老師和父母都是一樣，太正經八百誰會理你呢，生活都那麼辛苦了。

　　「自主學習對學生最重要的是字彙的累積，其重要性甚至超過他們基本的教科書，或日常口語所學的字彙。」大家都有這種經驗，有時候三更半夜都不睡覺，做自己想做的事，媽媽來敲過幾次門，「好了，我要睡了！」為什麼？沒人逼你，因為你自己喜歡啊！我們當父母老師的，要有能力撩撥到孩子的這個起點，那就夠了，那時就能輕鬆地當老師，所以孟子說因材施教。如果每天只知道盯著孩子的作業一個字一個字幫他改，當然一點成就都沒有。每個人要過得快樂是很重要的。

　　為什麼「自主學習」會失敗，第一個，「教師只監督學生，而未一同閱讀。」孩子讀的書你不一定每本都讀，但你一定要讀一些他們讀過的書，有時坐下來跟他們討論，可能的話，每個禮拜撥出一個晚上半小時，陪他們看。孩子會想：「媽媽只是監督我，你看不到我就做別的，可以玩線上遊戲。」

　　第二個，「教室內缺乏足夠的讀物。」沒有足夠的書當然會失敗。

　　第二章的內容「提升閱讀興趣的方法」：

- 製造親近書的機會
- 舒適與安靜
- 圖書館

- 大聲朗讀
- 樹立典範
- 提供充分的閱讀時間
- 直接的鼓勵
- 其他因素
- 輕鬆讀物：漫畫
- 輕鬆讀物：青少年羅曼史
- 輕鬆讀物：雜誌的力量
- 輕鬆讀物就夠了嗎？
- 獎賞有用嗎？

五、《閱讀兒童文學的樂趣》。

這本是重頭戲，現在這本書大陸買不到了，蒲公英童書館拿到了版權，但不知何時會出。這本書提到一些讀者接受理論，他會從讀者的觀點來看孩子。我們似乎一直都忽略孩子，讀一下這本書裡的文學研究的基本假設，我們以前認為文本的優劣可以分辨，一篇文學若不是從頭到尾經得起千錘百鍊的考驗便是劣作。

但是諾德曼的看法是：如果文學的優劣真的有天壤之別，為什麼一些文學專家對一些問題一直有分歧，價值判斷可不可以至少有一部分由孩子來決定。所以對孩子來說，不要只給他們看經典好書，要給合適他們看的書，這樣比較重要。出版社不會出那些爛到沒有人買的書，從存在主義的角度看，存有的絕對有人需要，那種浪漫小說看過一遍就會丟掉，但畢竟有人看吶！任何一本書，絕對有預設他的讀者群，如果你很高竿，你不會去碰那種書，但你怎麼知道孩子也是很高杆的那一群？有沒有想到孩子的閱讀其實是在消遣，他並沒有想從其中得到多偉大的東西。如果閱讀和學習都能這樣快樂，不是會很有信心嗎？這些觀點對於學院派來說簡直是石破天驚，這是屬於後現代的兒童文學理論。你們讀這本書的時候不知道受到怎麼樣的震撼，原來我以前是……不要緊，每個人都曾經笨過。知道自己的無知才會開始變得有知。如果一直以為自己很厲害，那永遠不會進步。

舊的事實	新的問題
研究文學的首要目的，就是要學習正確的讀法與理解——學習其他受過教育的人閱讀與理解的方法。	談及「正確的「解讀時，是否忽略了個人感受與理解的差異？應不應該將個別差異納入考量？
研究文學的第二目的，就是學習欣賞真實與內涵的美感，並因此學會分辨文學與藝術劣作的能力——進而培養知識分子的敏銳。	所有知識分子的品味都相同嗎？若都相同，這樣的情況好嗎？這種一致性是否會限制個人發揮潛能的自由？減低多樣化的豐富性？

　　這本書真的非常經典，孩子是處在不斷成長的過程中，他們沒有定型，這個階段看一看，也許明天觀點就不一樣了。所以不要講他們的對錯，今天教育的觀點也沒有什麼對錯，而是合適不合適，每個人都很不一樣。

　　六、《書，兒童與成人》。

　　七、《歡欣歲月》。

　　這兩本書臺灣二十幾年前就出版了。大陸這兩年也出了。這兩本算是最早期兒童文學最正派的理論，觀念會隨時代不同而有所改變。這兩本書特別好看，特別容易看，看了一定很有成就感。當然，如果裡面講的書你都不知道，連《魯濱遜漂流記》都沒看過，那就沒辦法了。所以要去看那些書。

　　「大人之所以會犯下如此的錯誤，是因為我們早已忘卻了要追求

夢境的熱情和能力。」我舉個例子，要是給小孩子一百塊，他一定會折成紙飛機來射，各位應該不會做這種事了吧。可見你們的童年都消失掉了。好不容易，你們要來做童書閱讀，太棒了，你可以重溫童年。重溫童年一定要從自己入手，不要相信專家，也不要相信我，只要把我介紹的書好好讀一下就好了。

　　閱讀就一定要給孩子樂趣，要給他們看有趣的書，沒趣的東西打死他們都不看。有趣的東西他們偷雞摸狗都要看。快樂的父母和好的老師一定要把孩子騙到入迷，這才是厲害。我們的孩子現在都被一些歌星牽著走，我看到像你們這樣的年齡的人還會去追星我真的很感動，表示你還有些可愛的地方。假如一直追就表示你一直沒有長大。沒有長大有兩種表現，一種是幼稚無知，一種是有童心，這兩種很不一樣。

　　「兒童在懷著趣味中閱讀的一切，會成為他日後讀書、研究的基礎和背景。更重要的是那種樂趣，會激起兒童禁不住要讀書的動機。」

八、《好孩子：三分天注定，七分靠教育》。洪蘭講閱讀都是從腦神經科學來講，我也很願意大家去了解一下腦神經科學。

尹建莉是華德福系統的老師，她出過一本書，《好媽媽勝過好老師》，我們知道老師跟父母絕對不一樣，老師有老師的角色，父母有父母的角色，不能互相替代，也許有好媽媽勝過好老師，但那是特例。這是社會責任的問題。

　　這本書給我最大的觸動就是大腦神經的連接，在我們大腦裡，沒有哪一塊區域是負責閱讀的，閱讀是學習建構出來的。從理論上來說，閱讀的發展是零至十八歲，十八歲就要完成，但隨時開始閱讀都沒有問題，只是要重新把腦神經連接在一起，比較辛苦。我們今天的教育最怕的就是誤入歧途。我們腦細胞的重量占全身的百分之二，但要消耗全身能源的百分之二十，所以用不到的神經元連接就會自動被剪掉，如果你的某個連接常常沒有被用到，就會自動萎縮。所以我們的幼稚園教育，生活教育、音樂美術什麼都要學，什麼都要用到，神經元連接就會保留下來，形成完整的脈絡。有人為什麼比較聰明，因為大腦的神經元網路連接很好。如果只剩下音樂細胞，除非他是超級天才，不然成不了音樂家，音樂絕對不是只有彈奏的技巧，還必須有相關的人文各方面的素養。孩子在國中以前要普遍地去嘗試，但不要一直鑽進去。孩子要到國中以後，才慢慢知道他的專長在哪裡。

　　這裡還涉及洪蘭的兩本書《讓孩子的大腦動起來》、《歡樂學習理所當然》。

比如我兒子小時候，下課都去畫圖，冬天回到家，師母就熬了一大鍋綠豆湯，吃點心是孩子很大的快樂。把點心吃完，才意興闌珊或興致勃勃地去畫圖，他就很高興。夏天就弄冰鎮的冷飲給他們喝，他也很高興。所以我們要對孩子投其所好。

我們對孩子的閱讀一定要指導，但很難講是什麼指導，閱讀的策略與方法固然重要，但閱讀指導的絕不是只有技巧。技巧沒那麼重要，只要是人都可以慢慢摸索出來的，現在學校的語文課講的大多是技巧，找出主題、找出關鍵詞、老師只講這些就是老師的問題。用成績去壓他們就會學得很痛苦。

閱讀要從兒童文學作品切入，如果太注重素質和格調，常常選一些莫名其妙的文章給他們看，比如很多專家編一些偉大的作品給孩子看，孩子會願意看嗎？讓孩子自己去選他們會選那些書嗎？一百個裡也沒有兩個。我們要把閱讀當成一種生活方式，當成娛樂，不要拉得那麼高。

親子共讀，不只是單篇短文的共讀，更要邁向長篇且長時間的共讀。《聯合國兒童權利公約》裡規定，兒童是零至十八歲，未滿十八歲的都是少年兒童，兒童文學也包括了零至十八歲的各個階段，嬰兒文學、幼兒文學、少年文學、青少年文學等，對低幼的是繪本，但是大陸現在的兒童閱讀好像除了繪本以外都不是書。所以閱讀推廣人有責任慢慢把這個狀況扭轉。比如詩歌教學，這是文學教育最基礎的，大一點的孩子要教他們看小說，都必須有。

親子共讀就是床邊共讀，前面講過，每天有固定的時間讀書就好，其他時間也要安排其他活動，一天到晚讀書小孩子也會發瘋，小孩也有小孩的生活。「正常」是最重要的。

執行的原則也很簡單，第一就是以身作則，如果你喜歡單一主題的閱讀，小孩也會跟你一樣偏食。不要以為喜歡書就是對的，也有人

越讀書越笨，變成了書呆子。為什麼閱讀從書開始，因為這是最容易做的。去旅行閱讀當然好，但要有錢有時間。假如沒事幹，到馬路上坐著，看看來來往往的人，也是一種樂趣，也是閱讀芸芸眾生呀！

認清對象，要認清孩子的程度，知道他們喜歡什麼書，要從他們喜歡讀的書開始才有用。孩子是雞鴨鵝，你要把他當成龍鳳來養，沒有用，每個人的天命不一樣，不要強求。

我們相信孩子是上天給父母的恩寵，以孩子的心、以孩子的情、以寬廣的愛去教育孩子，就是我們回饋上天禮物的最好表現。

父母、老師如果懂得經驗自己和經驗環境，是啟發孩子良好性格的動力，也是教育孩子最好的方式。父母還是教育孩子最重要的因素。

最後再補充幾本書：

這本書的主題：

　　創造力＝知識 x（聯想＋想像）

作文的本質，最簡單的公式：

　　作文＝思維 x（詞彙量＋閱讀量）

　　這本書是大陸出的，他把作文課當作小說來寫，所以我就買來看。我問過大陸的很多培訓學校都不知道這本書，可見都很封閉。我們做什麼事，背後一定要有研發跟資料，沒有這些一定擴展不出來，不能只抱著自己的老一套到處講。世界隨時都在變化。

《學‧思‧達》這本書的作者也是臺灣研究翻轉教育的主要人物，他在臺北成功中學的課完全開放給任何人聽。這本書裡記錄的他的成長也是蠻精彩的。他提出來的「學思達」：

「學」就是要學生學會自己閱讀；

「思」就是思考、討論、分析、歸納；

「達」就是寫作、表達，是用很多不一樣的方式來表達。

孔子的教育觀是：有教無類、因材施教。教育不就是這樣嗎？但到現在都還是做不到。這是教育的理想，「有教無類」是對弱勢群體唯一有的「公平正義」的教育機會。我們閱讀推廣人在深圳做的只是一點補充，對孩子來說起不到決定性的改變。但大西部的那些孩子根本就什麼都沒有，完全靠他們的老師。我們現在的「教」都是有錢的才有「教」，沒錢的還是很難。因材施教還涉及每個人的差異的問題，每個人真的很不一樣，我們以前太重視英語、數學、自然，以前的體育和音樂都被老師挪去上別的，現在倒是不敢不上了，觀念已經慢慢改變了。姚明就是要打籃球的，當他這方面有成就之後，其他的也會跟著上來。只要給他機會，他就會自我學習，就起來了。

教育孩子就是要給他們信心，有了動力，他們會自己學。這才是最重要的。我們只是幫助孩子學習，孩子的學習是自己學習成長，而不是我們教會他們。

《馬斯洛人本哲學》。這是馬斯洛的需求理論。一個人的「匱乏」如果得不到滿足的話，其他什麼事都沒辦法做。比如你根本沒有得到尊重，一點尊嚴都沒有，別的也就談不上了。只有韓信才可能忍受，但韓信的成長也是變態的，他忍了「胯下之辱」，化為了他的力量，但自尊受損，一直讓他忿忿不平，最後還是造反被殺了。雖然忍

了下來，但人還是沒有走到正向。

　　還有「歸屬跟愛」，如果連這個都沒有，孩子怎麼可能做成什麼事。我們今天的教育常常都把這些忽略掉了，孩子不讀書一定有他們的理由，一方面可能家裡根本沒錢、沒桌子、沒燈，什麼都沒有，甚至有的連三餐都沒地方吃。所以臺灣現在對一些留守兒童，都讓他們吃了晚餐才回家。但有些人對這些不愛讀書的孩子不理解，說你們有機會讀書還不讀，其實是孩子人性最基本的需求沒有得到滿足。所以當老師和閱讀推廣人都要理解這些，做閱讀才會有意義。

　　所謂「自我實現」就是自我成長，這就是我們要幫助孩子找到的，我一直在強調。

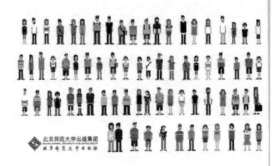

　　《多元智能的理論與實踐》。加德納認為有八種多元智能，每一個孩子沒有一個是十全十美的，當然也有天才中的天才，每一樣都很好，像臺大醫科，每一個孩子都考滿分進去的，但這種孩子太少了。那種人選擇當醫生只是因為可以過安逸的生活。他們可能音樂也很好，比如羅大佑就是醫科畢業，不做醫生去當歌手的，但微乎其微，大部分人會選醫生不會選擇音樂。

　　最終我要告訴你們，要學會學習，每個人都要學會各種學習的方式，尤其是自學的方式。在這個網路的時代，也可以利用網路，在網路上問別人問題，不要擔心別人笑你問的問題很笨，也許有人看到你問的問題，會感謝你，因為他擔心被別人笑，所以不敢問。孔子入太廟每事必問，他不懂就問，問了才會懂。所以今天的學習是學會學習，而不是學知識。

　　第二是學會生活，現在的人每天都匆匆忙忙地，不知道在幹什麼。我們做閱讀的如果也匆匆忙忙，你的磁場大家都能感覺得到的。比如編輯如果一邊編一邊罵，好像在下詛咒在書裡面，讀書的人也許會感覺到呢！如果你讀書或帶領別人讀書都不快樂，怎麼可能帶給別人積極的東西，人就是要先學會生活，讓自己正常，才能去引導別人。

兒童文學與閱讀

壹　前言

　　一九九五年聯合國訂四月二十三日為世界讀書日以來，越來越多國家加入慶祝這個節日，把讀書變成一場熱鬧的嘉年華式的歡樂節慶。於是讀書、閱讀成為流行與趨勢與時尚，也因此引發了新一代的知識革命。

　　在高科技的時代，人類最古老拙樸的溝通形式──文學和書本，重新成為聚光燈的焦點。

　　身處知識經濟時代，面對全球化的浪潮，每個人即使不是知識分子，也將成為知識工作者。面對不確定的未來時，終身學習能力成為最大的保障。

　　於是乎閱讀成為教育的靈魂，閱讀即是未來。

　　個人長期投入兒童文學的學術研究，以及相關的推廣活動，如參與臺灣的「好書大家讀」、「中小學生優良課外讀物」、讀書會等。甚至小學教科書的編寫與審查，其目的是使兒童文學能真正落實到實際的日常生活層次面。也就是說兒童文學的必然結果，應該就是閱讀。

　　但持續觀察以來，原本單純的閱讀，似乎被複雜化，各界人士背後都有強烈的目的或使命感，無論教育行政當局、學校、父母、老師，以及所謂的閱讀推廣人，似乎都是一群過度認真的人。其實，過度認真，正是教育災難的開始。

　　以下擬從兒童文學、兒童與閱讀等三方面入手，試圖釐清三者之

間的關係，進而使兒童真正進入快樂的閱讀。

貳　兒童文學的意義

　　兒童文學是一個流動的概念，其產生是肇始於教育兒童的需要，而其動力則來自於工業革命與中產階段興起。

　　當然，兒童的被發現，以及兒童觀的演進，更是與兒童教育、兒童文學息息相關。以下略述重要關鍵詞。

一　意義

　　有關兒童文學的定義，可說界說紛紜，引用林良在《純真的境界》一書中，引錄兩段英國人編印百科全書：

《世界百科全書》，在「給孩子的文學」的條目下卻說：「為了引起兒童閱讀興趣而撰寫的文學作品，可以說是一種新的文學門類。」（頁28）

《世界之書》百科全書（*The World Book Encyclopedia*）特別收入一個「兒童文學」辭條，開頭的第一句話就說：「跟固有的文學比起來，兒童文學是一種晚起的新文類。」（頁40）

　　個人認為：「兒童文學」一詞，就文法結構而言，是屬於組合關係的詞組，也稱「附加關係」或「主從

關係」。其間「文學」是詞組中的主體詞，稱為「端詞」;「兒童」是附加上去的，稱之為「加詞」。它最簡單而又明確的解釋是：兒童的文學。

但由於文法結構的限制，它只是由兩個名詞組合而成的專有名詞，其文意並不周延，且由於對「兒童」、「文學」有各種不同的解釋，於是有了各種不同的組合的定義。但至少從文法結構而言，它的主體是文學;又就修辭的角度來說，兒童文學之與成人文學不同，即是在於主要閱讀對象的不同。

其實，各種界定劃分都只是為了便於解說，難有十分清楚的分界。然而，就研究與教學的立場而言，兒童文學一方面要有兒童的特色，同時也要有可讀性的文學化。因此，我們認為兒童文學在本質上乃是在「遊戲的情趣」之追求，在實效上則是在於才能的啟發，而其終極目的則是在於人文的素養。是以，這種屬於兒童的文學作品，乃是經過一種的設計;這種設計，不論在心理上、生理上與社會上等方面而言，皆是適合於兒童的需要。

目前，通行的說法，「兒童文學」、「兒童讀物」、「童書」，則是屬於互通的同義詞。但就學門而言，則包括創作、鑑賞、整理、研究、討論、出版、傳播與教學。

二　兒童中心

有關兒童被發現，以「兒童中心」的教育主張，可參見林玉体《一方活水——學前教育思想的發展》一書。

所謂兒童被發現，即是兒童的特殊性受到承認。

兒童文學之所以能自立門戶，是因為它有特定的服務對象。一般說來，是以零歲至十八歲為讀者對象的文學。這是它的特點與特殊性

之關鍵所在。兒童文學最大的特殊性在於：它的生產者（創作、出版、批評）是最有主控權的成年人；而消費者（購書、閱讀、接受）則是被照顧的兒童。因此，從某種意義上來說，一部兒童文學發展史，就是成人「兒童觀」的演變史。兒童文學的發現來自兒童的發現，兒童的發現直接與人的發現緊密相連，而人類對自身的發現，則是一段漫長的探索歷程。

　　儘管自古以來就有兒童的教育問題，可是把兒童當作完整個體看待的觀念，卻直到二十世紀初期才逐漸形成。在此之前，兒童被視為「小大人」，他們沒有自己的天地，只是成人社會的附屬品。二十世紀以後，由於發展心理學蓬勃發展，以及教育理念的演進，各界對兒童的獨特性才加以肯定，認為從發展的觀點看，兒童不是小大人，而是有他們自己的權利、需要、興趣和能力的個人，聯合國於一九五九年通過「兒童權利宣言」，可說正式這種潮流的具體反應。

　　在一段很長的時間中，童年並沒有什麼特性。根據歷史學家的研究，歐洲各國十六世紀以前，根本就沒有「童年」這個觀念，在那個年代，小孩子只是具體而微的成人，正因為「兒童」這觀念是逐漸產生的，所以對於兒童文學有意識的創作，在十六世紀以前也就成為不可能的事了。

　　從「童年」這觀念的認清到兒童文學的受到重視，其間約有二百年的時間。大概在十八世紀末以後，小孩子才不再是大人的縮影。在教育家眼裡，小孩子是獨立存在的，兒童需要一種特殊文學的觀念也因而產生，於是兒童文學的創作，才開始以兒童的興趣及教育並重。

　　兒童的特殊性受到承認，當首推十七世紀捷克教育家夸米紐斯（Johann Amos Comenius, 1592-1670），他最主要的貢獻就是把孩子看

成一個個體。而英人洛克（John Locke, 1632-1704）也認為教育必須配合孩子的天分和個人的興趣。其後盧梭（Jean Jacques Rousseau, 1712-1778）在《愛彌兒》中首揭兒童教育的基本主張。在《愛彌兒》一書中才能找到以孩子特別的本性為出發點的教育原則。在很明確的目的下，不論求取知識方面、禮貌教育或品德教育方面，大家開始為兒童寫作。盧梭掀起了兒童研究的狂潮，兒童也拜盧梭、洛克之賜，開始從傳統權威中掙脫出來。此後，「自然兒童」的呼聲響徹雲霄；而後裴斯塔落齊（Johann Heinrich Pestalozzi, 1746-1827）更步其後塵，將「教育愛」用在兒童身上；又福祿貝爾（Friedrich Wilhelm August Froebel, 1782-1852）更身體力行，致力於學前教育；二十世紀以來，蒙特梭利（Dottoressa Maria Montessori, 1870-1952 ）以醫學和生理學眼光來探究兒童心靈的奧祕，提倡「獨立教育」，並創辦「兒童之家」；而杜威（John Dewey, 1859-1952）則是進步主義運動的推動者；又皮亞傑（Jean Piaget, 1896-1980）更以認知心理學的層次來開墾兒童心智上的沃土。他們都將教育的重點建立在兒童身上，是「兒童中心」學說的反映。

夸米紐斯

臺北市　五南圖書出版公司
1990 年 10 月

洛克

北京市　教育科學出版社
1999年9月

盧梭

臺北市　五南圖書出版公司
1989年12月

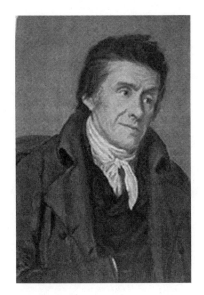

裴斯塔落齊

臺北市　五南圖書出版公司
1991年7月

福祿貝爾

北京市　人民教育出版社
1991年11月

蒙特梭利　　　　　　　　　　臺北市　五南圖書出版公司
　　　　　　　　　　　　　　　1992年10月

杜威　　　　　　　　　　　　臺北市　五南圖書出版公司
　　　　　　　　　　　　　　　1990年6月

皮亞傑　　　　　　　　北京市　　商務印書館
　　　　　　　　　　　1980年

　　所謂「兒童中心」的教育主張，指的不是一套有系統、有統整性
的理論，甚至在於許多重大的議題上，也有不同的觀點。但是在尊重
兒童的獨立自由性則是一致的。在這種新觀念的主導下，「注重啟
發」、「摒棄教育」及「兒童本位」便成為二十世紀以來兒童教育思想
的主流。傳統教育以「小大人」為目的的兒童讀物已不符合新的兒童
教育觀念，因為它們是從大人的角度來編寫的，在內容上通常只考慮
到文字的淺顯，並未顧及兒童的興趣與需要。真正的兒童讀物應該是
以兒童為考慮中心，它的目的是在幫助兒童的發展。因此，如何創作
一些可以抓住兒童的好奇心、幽默感和挫折感的文學作品，正是現代
兒童文學作家所要努力的。申言之，兒童文學要站在兒童的立場，從
兒童的心理、生理與社會的觀點，再用兒童能理解的語言來創作。兒
童文學在形式上和內容上，都是受到限制的，當一個作家在為兒童寫
作時，必須意識到：兒童特有的感覺、兒童特有的理論思考、兒童特
有的心理反應，以及兒童特有的價值觀等。換言之，現在的兒童文學
要以兒童發展（心理、生理與社會）為考慮基礎。這是我們在談論現

代兒童文學時所必須的基本認識。

　　所謂「兒童中心」的教育主張，就是尊重的獨立自主性。

三　兒童與兒童權利公約

　　至於兒童的定義，依照我國《兒童福利法》的規定，兒童是指未滿十二歲的人；而依照《少年福利法》的規定，少年是指十二歲以上未滿十八歲的人。而二○○三年五月二十八日公布實施的《兒童及少年福利法》第二條：

　　　本法所稱兒童及少年，指未滿十八歲之人；所稱兒童，指未滿十二歲之人；所謂少年，指十二歲以上未滿十八歲之人。

參照聯合國《兒童權利公約》的定義，兒童是指十八歲以下的人。

　　因此，兒童的年齡可以視情況作較大範圍的延伸及解釋，而本文則採用聯合國《兒童權利公約》的定義。

台北市　天下雜誌公司
2012 年 11 月

　　談到兒童，勢必談到聯合國《兒童權利公約》，而談到兒童權利，則會說到波蘭的雅努什‧柯札克（Janusz Korczak，1878年或1879年7月-1942年8月）。柯札克生於俄羅斯帝國時期，波蘭會議王國華沙，死於特雷布林卡集中營，是兒童文學作家、人道主義者、小兒科醫生及兒童教育家。

　　柯札克在早期就關注與培養兒童相關的事務，並受到「新教育」理論和實踐的影響，他強調與兒童對話的重要性。

　　他出版過與培養兒童教學有關的書籍，並與兒童一起工作的過程獲得了一手經驗，他強調解放兒童，尊重兒童的權利。柯札克培養孩子的看法對二次世界大戰後兒童立法方面產生了深遠的影響。波蘭為一九五九年發表的《兒童權利宣言》做了許多準備工作，並起草了《兒童權利公約》文件框架。為了向柯札克致敬，聯合國將一九七九年訂為「國際兒童年」，一九八九年聯合國大會發表的《兒童權利公約》內容，便深受柯札克的影響，世人稱他為兒童權利之父。

　　以下列出兒童權利發展小檔案：

　　　1923年國際聯盟起草「兒童權利宣言」。
　　　1924. 9. 26國際聯盟通過「日內瓦兒童權利宣言」。
　　　1948.12.10聯合國通過「世界人權宣言」。
　　　1959.11.20聯合國通過「兒童權利宣言」（U. N. Declaration of the Rights of the Child）
　　　1978年波蘭政府撰擬「兒童權利公約」草本。
　　　1979年起聯合國工作小組審查前項草案，該年並訂為「國際兒童年」。
　　　1989.11.20 聯合國通過「兒童權利公約」（U. N. Convention on the Rights of the Child），該公約於1990.9.2
　　　正式生效，成為一項國際法。

四　兩大門類與五個層次

華文世界首開兒童文學層次者，當屬王泉根，王氏於一九八六年《浙江師範大學學報》（兒童文學研究專輯）中刊登〈論少年兒童年齡特徵的差異性與多層次的兒童文學分類〉一文，文中談到把兒童分為三個層次的文學（幼年文學、童年文學、少年文學）。而後作者又在「三個層次」的基礎上，發展為「三個層次」與「兩大門類」，提出了「兒童文學的新界說」。這一觀點分別刊載於《百科知識》（1989年第4期）、《新華文摘》（1989年第4期）、新加坡《文學》半年刊（1990年總號第26期），及作者出版的《中國現代作家兒童文學精選上》（1989年7月）、《中國兒童文學現象研究》（1992年10月）兩書。王氏從年齡界定三個層次；從兒童接受主體的審美趣味的自我選擇，規範了「兒童本位」與「非兒童本位」的兩大本位，進而建立了他所謂的兒童文學新界說，他的新兒童文學界說用圖表簡示如下：

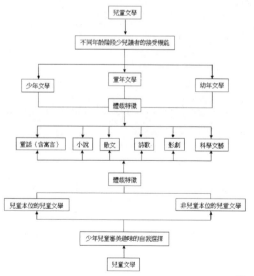

長沙市　湖南少年兒童出版社
1992 年 10 月
見《中國兒童文學現象研究》，頁11

　　兒童文學的三個層次與兩大門類，是王泉根的創見。這個論述始於二十世紀八〇年代後期，形成於九〇年代初期。但由於時代局限，以及概念的流變。以今日而言，宜稱之為兩大門類與五個層次。

　　青少年文學，美國稱之為 Young Adult Literature，在中國、臺灣則屬存而不論的板塊。究其原因，與政經發展有關，尤其是教育制度更是關鍵所在。就義務教育而言，歐美國家有十二年，在中國、臺灣則是九年。所謂義務教育，即有強制與保護的意旨，而所謂的「青少年文學」，亦順理成章。

　　至於嬰兒文學的分化，遠因或與對低幼兒的研究及重視教育有關。所謂讀寫萌發，即是指對低幼讀寫。讀寫萌發的概念緣起於紐西蘭的克蕾（M. Clay），克蕾於一九六六年紐西蘭的奧克蘭大學（University of Auckland）所作的博士論文「萌發的閱讀行為」（Emergent Reading Behavio），第一次使用了「讀寫萌發」（emergent literacy），於是有了讀寫萌發的研究。從一九九〇年代起，臺灣地區亦有讀寫萌發概念進行有關幼兒讀物發展的研究。

　　至於它的近因，則是緣於英國的 Bookstart 的運動。

　　一九九二年，由英國公益組織「圖書信託基金」（Booktrust）發起的 Bookstart 運動，是全世界第一項專門為嬰幼兒量身打造的大規模贈書活動；顧名思義，Bookstart 一字結合書籍（Book）及開始（Start）兩項意涵，透過免費贈書給育有嬰幼兒的家庭為手段，提倡鼓吹嬰幼兒即早接觸書籍，擁有快樂溫馨的早期閱讀經驗。

　　一九九二年的英國，擔任國中校長的 Wendy Cooling 被邀請參加一所小學的開學典禮。大部分的孩子都拿著老師之前發的繪本閱讀，但卻有一個五歲的孩子看起來相當困惑地聞著書、啃著書。看到這個情況的 Wendy Cooling 感到相當吃驚；她意識到即便是在英國這樣先進的國家中，在入學前完全未接觸過書的孩子仍舊是存在的。同年，

Wendy Cooling 成為英國 Book Trust 基金會童書部門負責人，開始著手進行 Bookstart。由英國 Book Trust 基金會、伯明罕大學教育系、伯明罕醫療機構及圖書館合作，在伯明罕地區進行試辦計畫。最初的計畫為免費贈書給三百個七至九個月的嬰兒。Bookstart 以「Share books with your baby」為口號，由健康訪問員（health visitor）七至九個月健診時，將閱讀禮袋送至家長手中，同時並說明親子共讀的重要性及介紹附近的圖書館。

　　一九九二至一九九七年，Bookstart 在英國順利地拓展，但卻苦於經費不足。一九九八至二〇〇〇年，英國的連鎖超市 Sainsbury's 贊助六百萬英鎊，有百分之九十二的嬰兒因此受惠。二〇〇一年 Bookstart 又再度面臨經費危機，教育機關、民間基金會等相繼捐贈，二十五間童書出版社也以低價提供書籍，因而 Bookstart 尚能繼續進行。二〇〇四年七月英國政府宣布編列 Bookstart 預算，並擴大實施。對象為英國四歲以下兒童。二〇〇五年開始，中央政府機關之 Sure Start Unit 對閱讀禮袋的費用及 Bookstart 的營運經費提供了支援。

　　臺灣地區最早實施 Bookstart 運動是在二〇〇三年於臺中縣沙鹿鎮深波圖書館。二〇〇五年十一月，信誼基金會成為 Bookstart 國際聯盟一員，二〇〇六年臺中縣與臺北市一同採用信誼基金會之「Bookstart 閱讀起步走」，其他縣市也陸續跟信誼基金會合作推行。高雄市則於二〇〇七年與愛智出版社合作推行「早讀運動」。而教育部亦於二〇〇九年在臺灣地區二十五縣市推行「0～3歲幼童閱讀起步」活動，希望藉由這項活動，讓孩子可以從小接觸閱讀，讓家長願意為孩子閱讀，為培養下一代良好的閱讀習慣奠定良好基礎。

又臺灣於二○一三年推動幼托整合，幼兒園收滿兩歲以上，六歲以下。

於是所謂嬰幼兒（或稱嬰兒）文學，似乎順理成章的在臺灣成形。

其實，有關青少年文學、嬰兒文學，洪文瓊於一九九二年六月〈兒童文學的「存有」問題與兒童的「界域」問題〉一文中（見《中華民國學會會訊》第8卷第3期，頁4-5）已有論述。

因此，所謂的五個層次是：嬰兒文學、幼兒文學、童年文學、少年文學與青少年文學。

其層次與年齡、教育體制列表如下：

層次	年齡	學制
嬰兒文學	0-2	托嬰
幼兒文學	3-5	幼兒園
童年文學	6-12	小學
少年文學	13-15	國中
青少年文學	16-18	高中

五層次年齡從零歲到十八歲，亦符合聯合國《兒童權利公約》的規範。

最後將兩大門類與五層次列表如下：

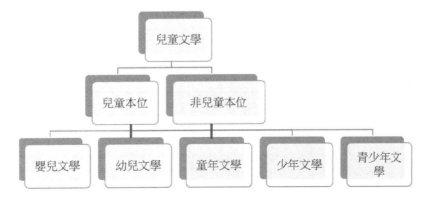

參　兒童閱讀的興趣與可讀性

傅林統於《兒童文學的思想與技巧》一書中，認為在兒童文學研究中，有三個早已存在，而且可能繼續存在的課題。這三個課題是：

一、了解兒童喜歡怎樣的書。

二、了解怎樣的書才能幫助兒童成長。

三、研究怎樣表現才能扣住兒童的心。（頁29-38）

這三個課題一言以蔽之，即是與兒童的閱讀與閱讀興趣有關，以下從閱讀的意義、閱讀興趣與可讀性等三方面說明之。

一般人會把閱讀視同「看」資料（如：文字符號、圖表數據），有人甚至將閱讀的意涵擴及洞悉別人的心思，和對視覺圖像及物體的理解。從學術研究的角度看，閱讀是一般歷程。歷程指連續操作得到某些成果。柯華葳將其歷程分為三項重要成分：認字、理解與自我監督。（詳見《教出閱讀力》，頁49-63）

今將閱讀成分間的關係列圖如下：

（見《中文閱讀障礙》，頁40）

　　而王瓊珠在《故事結構教學與分享閱讀》一書，則將閱讀成分分析如下：

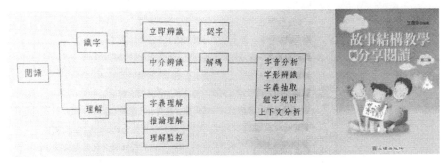

（頁9）

　　任何一種學習都需要建立在既有的知識上，閱讀亦是如此，教導閱讀更是如此。閱讀的基礎是聽力詞彙（或稱心理詞彙），是一出生在環境中學習得的詞彙。不論是識字或是理解，都需要以既有的詞彙為基礎，因此聽覺理解是閱讀理解的基礎。我們知道閱讀是最實際的能力，它是所有學習的基礎。因為有閱讀能力的人，才有自己學習的能力。所謂的閱讀能力，是指能尋找所需的資料，判斷資料是否合乎期許，然後透過閱讀來學習。在知識經濟的世代，一切的競爭與價值都從知識為主，而一切知識的基礎都自閱讀開始。因此，世界各國，莫不大力推動閱讀，更強調由「兒童」做起。為什麼推動閱讀由兒童，甚至幼兒做起，柯華葳認為：

1. 閱讀習慣需要培養。

2. 閱讀能力需要慢慢學習而成，愈早接觸閱讀以及愈有機會接觸閱讀，能力就愈早形成。

3. 閱讀不只是為獲得知識，它也提供休閒、思考與內省的樂趣。愈早開始閱讀，愈能體會閱讀帶來的各種樂趣。（見《教出閱讀力》，頁19）

二　兒童閱讀的樂趣

孫邦正在〈兒童的閱讀興趣問題〉一文中，（見1965年4月小學生版《兒童讀物研究》，頁31-40）認為若要養成兒童喜歡閱讀的習慣，必須兒童的讀物切合兒童的閱讀興趣。我們沒有辦法強迫兒童去讀他不喜歡的書。因此，父母、老師以及兒童出版工作者，必須了解兒童的閱讀興趣。

孫氏在文中主要論及蓋次、鄧恩與艾偉三人的研究。當然，兒童閱讀的興趣與讀物的特質、內容的難易、兒童的年齡、性別、智力、學力等，具有密切的關係。然而，有關與讀物特質之兒童閱讀興趣之研究，似乎仍缺乏宏觀。較重要者仍以早期為主：

艾　偉　《國語問題》　臺北市國立編譯館　1955年5月　臺一版。

葉可玉　〈臺灣省兒童閱讀興趣發展之調查研究〉　《政大學報》16　1963年　頁305-361。

許義宗　《兒童閱讀研究》　臺北市師專　1977年6月。

葉可玉的調查研究，主要是以文類為主。該調查取樣的範圍普及全省各國校，計二十一所國校，有三三四八名學童接受調查，依年級人數分，一年級五五五名；二年級五五六名；三年級五四四名；四年級五六一名；五年級五七〇名；六年級五六二名，男女人數幾各占半數。問卷調查如下：

兒童填答「喜歡」的讀物類別，其六類是：

三年級	1. 笑話	84.28%
	2. 謎語	72.89%
	3. 童話	67.93%
	4. 科學故事	64.58%
	5. 歷史故事	63.98%
	6. 神奇故事	63.08%
四年級	1. 笑話	76.11%
	2. 童話	70.05%
	3. 謎語	67.52%
	4. 神奇故事	60.93%

	5. 遊記	59.05%
	6. 歷史故事	58.90%
五年級	1. 笑話	74.23%
	2. 歷史故事	58.90%
	3. 童話	70.70%
	4. 神奇故事	67.91%
	5. 民間故事	64.47%
	6. 神話	60.57%
六年級	1. 笑話	73.07%
	2. 童話	72.94%
	3. 神奇故事	67.80%
	4. 歷史故事	67.73%
	5. 民間故事	65.71%
	6. 偵探小說	59.07%

（見《政大學報》第十六期，頁330-331）

兒童填答「普通」的讀物類別，其六類是：

三年級	1. 寓言	41.36%
	2. 劇本	41.11%
	3. 日記	37.88%
	4. 傳記	36.68%
	5. 詩歌	34.37%
	6. 武俠小說	34.28%
四年級	1. 日記	39.11%
	2. 傳記	37.33%

	3. 驚險故事	36.12%
	4. 劇本	34.86%
	5. 民間故事	34.53%
	6. 寓言	34.23%
五年級	1. 公民道德常識	40.07%
	2. 科學常識	39.09%
	3. 日記	39.39%
	4. 詩歌	38.77%
	5. 傳記	38.41%
	6. 寓言	35.79%
六年級	1. 科學常識	43.27%
	2. 傳記	43.27%
	3. 詩歌	41.34%
	4. 公民道德常識	41.12%
	5. 科學故事	40.57%
	6. 日記	39.75%

（見《政大學報》第十六期，頁332-333）

兒童填答「不喜歡」的讀物類別，其六類是：

三年級	1. 愛情小說	81.26%
	2. 連環圖畫	31.55%
	3. 劇本	28.87%
	4. 公民道德常識	27.14%
	5. 歷史小說	20.34%
	6. 寓言	20.16%

四年級	1. 愛情小說	79.50%
	2. 連環圖書	37.71%
	3. 武俠小說	35.33%
	4. 寓言	33.65%
	5. 劇本	26.24
	6. 驚險故事	22.81%
五年級	1. 愛情小說	84.44%
	2. 連環圖畫	38.37%
	3. 武俠小說	36.35%
	4. 劇本	29.41%
	5. 日記	22.70%
	6. 寓言	18.56%
六年級	1. 愛情小說	82.31%
	2. 武俠小說	46.40%
	3. 連環圖畫	43.82%
	4. 劇本	25.79%
	5. 日記	24.64%
	6. 偵探小說	20.11%

（見《政大學報》第十六期，頁334-335）

　　艾偉（1890-1955），從事中國語文學習之科學研究，逾三十年。綜合整理，匯為三書：《漢字問題》、《國語問題》、《中學國文教學心理學》。前兩書在撤退前已在大陸出版；目前所見是臺灣中華書局的臺版本；後一本則是於一九五四年由臺灣中華書局印行。

　　《國語問題》第二章〈兒童閱讀興趣之研究〉，其結論如下：

綜合各方面所獲結果觀之，吾人可得知如下認識：

1. 無論美國兒童對於英文或中國兒童對於國文或國語，其讀物之形式雖不同，而其閱讀興趣之趨勢則甚相似。此種興趣之濃淡，視讀物之特質為轉移。

2. 讀物之重要特質，似可分為驚異，生動，動物敘述，談話式，幽默，情節，男性，女性，兒童，成人，靜的敘述，知識灌輸（或注入式的知識報告），道德暗示等十三項。兒童所感興趣者為前九類，或前九類中之任何二、三類之聯合。兒童所不感興趣者為後四類，或後四類中任何二、三類之聯合。至前九類與後四類中之任何二、三類之聯合，能否引起興趣，則視其聯合結果何如以為定。

3. 在讀物特質中不使兒童感覺興趣者，似占少數，但在課本中屬於此類之讀物，為數特多，如遊記，常識（社會，自然，衛生三方面），應用文，甚至發明家之傳記亦在其內。國外研究中曾發見關於道德行為之敘述，兒童亦最不感興趣。

4. 小學各級兒童，對於閱讀興趣之相關甚近，其大者有至 .95 者，故各級兒童彼此之間，其興趣實相同。

5. 兒童對於韻文並不發生特殊興趣。有之，則必因其敘述或描寫極生動，或含有他種使感興趣之特質在內。故文字之任何形式，如散文、韻文，兒童視同一律，蓋此並非讀物中重要特質之故。

6. 尋常家庭生活中之經驗，兒童對之似覺淡然，惟中學生及大學生則並不如是。似人之年齡愈長，其對於家庭生活之興趣亦愈濃厚。

7. 讀物之深淺程度及其在兒童文學上優美程度與讀物之內容，（即前所謂之特質，此間由兒童決定選出者。）三者之間，

有相當關係。假如吾人將前二者合併，以其結果而與第三者求多數相關，其數在蓋次研究中惟.63，在尤伯中惟.64，此二數可稱極近。

8. 在吾人研究中，閱讀興趣與讀物難度，無甚相關。此種研究舉行於學生熟讀之後，似學生對於任何讀物，無論困難與否，或有無興趣，既經教員講授，即不得不學習純熟，因此，難度與興趣即無相關之可言。現在需要研究之問題，為讀物若有難易之分，則當學習之時，其所需之時間必有多寡之不同，此事實是否存在？又有興趣之讀物讀熟之後，是否保持較久，不易遺忘？此二問題，吾人毫無所知，尚待繼續研究。

9. 吾人對於文言教學之嘗試，在小學五、六年級全班中只有一學期，其後因故未能繼續，然據家長之報告，則謂下學期之文言教學，兒童對之，不如上學期之有興趣，似文言學習心理尚有繼續研究之必要。此種嘗試，若假手於對學習心理研究素乏經驗者，則一般的弊端又將發生。

就此九點，吾人似可得一結論，以為兒童文學之寫作，異常重要，而寫作者對於兒童心理應有認識，尤為重要。蓋寫作者如不了解兒童心理，則將不知如何引起兒童之興趣。若是，則關於許多重要知識皆無由傳達兒童。又吾國流行之低中二年級常識課本之編輯方法，就興趣言，遠不如國語，故有採取上列觀點而重行編纂之必要。至於文體之為文言或白話雖與興趣無關，而文言較難於白話，乃盡人皆知之事實，以是文言讀物之選擇，當尤較白話為重要。普遍所謂文言之難以教授者，多在讀物選擇之不當，文字本身關係反為較少。

（《國語問題》，頁22-23）

　　許義宗《兒童閱讀研究》，似乎缺少實際問卷調查，他依據的是自己從事兒童文學研究、寫作、調查多年的驗驗，文章是北市專《今日兒童》第四卷第四期〈就兒童心理的觀點談兒童讀物寫作〉（頁24-25。）

　　在艾偉、許義宗兩人的著作中，可見以讀物特質研究兒童閱讀興趣者與研究年代如下：

鄧　恩（F. W. Dum）　1921年

蓋　次（A. I. Gates）　1931年

艾　偉　1938年9月，1939年6月

許義宗　1974年10月

　　並將四位研究兒童閱讀與讀物的關係，表列如下：

類別 ＼ 作者	鄧恩	蓋次	艾偉	許義宗
驚奇（驚險）	V	V	V	V
動物	V	V	V	
對話	V	V	V	
為兒童所能了解的	V			
有詩意	V			
動作（生動）	V	V	V	V
富於想像的	V			
幽默（趣味）		V	V	V
情節（變化）		V	V	V
男性			V	
女性			V	

類別＼作者	鄧恩	蓋次	艾偉	許義宗
兒童			V	
新奇				V
同情				V
正義				V
含蓄				V
積極				V
暗示				V

又個人於一九九九年七月受文建會委託，主持一項「臺灣地區兒童閱讀與興趣調查」。為方便進行調查，研究以臺灣地區屬於三峽國民學校教師研習會國語科實驗班的小學二至六年級學童為體；由於一年級學童入學不久，語文能力恐有不足，可能難以進行問卷調查，也就不列為研究對象。這些小學依所在地都市化程度分成：1.臺北縣市，2.高雄市、臺中市、臺南市，3.其他縣市等三層別，研究採用分層叢集隨機取樣，依層別，採等機率抽樣，母體內容層的抽出率均為0.8，預計總共抽出二一〇四名學生樣本，在決定各層樣本之後，再

以班級為抽出單位，最後實際各層別所抽人數有二〇八九。最後，各層預定人數與實際上各層所抽人數列表如下：除南投縣埔里國小為災區學校，所抽中的班級（計150）無法回收外，其餘均能回收，其完成一七九四個各有效樣本。經分析與研究，並於二〇〇〇年二月出版《臺灣地區兒童閱讀興趣調查研究》一書。

母體校別、班級與學生人數分布表

層別	校數	班級數	學生數	各層預定樣本數	實際各層所抽人數
一、臺北縣市	3	199	7100	568	575
二、高雄市、臺中市、臺南市	5	196	7300	584	573
三、其他縣市	17	341	1190	952	941
總數	25	736	26300	2104	2089

（頁38）

　　問卷調查，有「學童家擁有媒體與課餘活動」、「兒童閱讀狀況」、「兒童閱讀的興趣」等三部分。其中，有關「兒童閱讀興趣」，其現象如下：

1. 閱讀書籍的形式：

   依序卡通、漫畫型態的書、文字為主的書，其中常看卡通的高達55.5%

2. 內容的類別：

   最喜歡者笑話62.4%、謎語54.7%、漫話48.1%、冒險故事48%、童話39.1%。

   選詩最喜歡者：童詩0.9%、現代詩0.3%、古典詩0.4%。

   選少男少女小說最不喜歡者的比例高達26.1%。

　　至於兒童所閱讀的讀物，選本土創作的比例高達46.2%、翻譯居次37.7%。選改寫的最少28.7%（以上詳見文建會出版《臺灣地區兒童閱讀興趣調查研究》，2000年2月，頁44-54）

從分析研究結果，我們的結論是：

1. 學童家中擁有的視聽媒體（如電視機、錄音機、錄放影機、電動遊樂器、個人電腦），可說已相當普及。
2. 學童家中訂閱報紙、雜誌的比率偏低。
3. 學童每天所擁有可自由運用的課餘時間，雖然120分鐘以上的占最多（35.5%），但只有1-30分鐘的也有22.1%。
4. 學童喜歡看課外書的比例應該說是不低，又看文字為主的閱讀雖居第三位，但文學性讀物則偏低。又真是實踐看課外書超過一小時的比例則偏低。
5. 閱讀課外書主要來源來自父母者偏高。
6. 課外書資訊管道來自老師推薦者偏低。
7. 學童閱讀場所以家中為主，且以自己一個人閱讀為主。
8. 學童最喜歡的讀物是笑話與漫畫，比例高達四成，至於最喜歡詩者（含童詩、現代詩、古典詩），合計比例不到2%。
9. 學童所閱讀的讀物，選本土創作的比例46%，翻譯37%，選改寫的有28.7%（同上，頁57）

至於，建議則是：

1. 對學童而言，主體性有待加強。
2. 對父母而言，可否放輕鬆些。
3. 對教師而言，可否稍加典範。
4. 對出版界而言，本土創作並不寂寞。
5. 對學術界而言，小說對學童的適切性值得探討。（同上，頁63-64）

　　個人認為閱讀的本質是一種互動，一種休閒和遊戲，更是一種終生的本能行為或習慣。

　　所謂的兒童閱讀，並非運動所能促成，對兒童而言，閱讀是本能，是遊戲，只要可以舞動、品嚐、觸摸、傾聽、觀察，並且感覺周遭的各種訊息，孩子們幾乎沒有任何學不會的事情。

四　中文的可讀性

　　可讀性（readability），又稱之為適讀性。

　　可讀性不等於易讀性，但二者經常被混淆。可讀性通常用來形容某種書面語言閱讀和理解的容易程度——它關乎這種語言本身的難度，而非其外觀。影響可讀性的因素包括詞句的長度，以及非常用詞的出現頻度。

　　與之相對，易讀性描述的是排印文本閱讀時的輕鬆和舒適程度。它和語言內容無關，卻與印刷或文本顯示的尺寸和外觀聯繫密切。

　　可讀性主要是在探究文章的「適合閱讀年齡」或「適合閱讀年級」，亦即是探討文章的「相對難易度」。

　　可讀性的相關學術研究，英文世界始於二十世紀二〇年代。可讀性的研究進行方向，區分為量度（measuring）及預測（predicting）兩類，前者是量的分析，常採用公式進行教材分析；後者是質的分析，則是先找出影響難度的重要因素。據估計，光是英文裡就有一百多種可讀性公式。

　　中文可讀性的相關研究與研究者有：

　　艾偉在《漢字問題》一書中，首開有關中文可讀性因素的論述。《漢字問題》集結艾偉三十年對識字教育作精密之研究。一九五五年由臺灣中華書局重新印行。

于宗先於一九六〇年，應用 fleeh 的公式發表了〈臺灣報紙可讀性之研究〉，該文是政大新聞研究所碩士論文，是最早以英文可讀性公式應用於中文可讀性分析的首例。

一九七〇年秋，楊孝濚以「中文可讀性公式」一文獲美國威斯康辛大學博士學位，他的中文相關可讀性論述有：

〈中文可讀性公式〉　《新聞學研究》8期　1971年11月　頁77-101。

〈影響中文可讀性語言因素的分析〉　《報學》第七期　1971年　頁58-67。

〈實用中文報紙可讀性公式〉　《新聞學研究》第13集　1974年5月　頁37-62。

其論述屬於介紹性的研究。結果為相對的難易值，無法推論至適讀的年級或年齡。

陳世敏相關論述有：

中文可讀性公式與芻議 1970年5月　《新聞學研究》　第五集頁204-219。

中文可讀性公式試擬 1971年11月《新聞學研究》　第八集頁181-226。

中文可讀性公式試擬　嘉新水泥公司文化基金會 1976年1月。

單行本是他的政大新聞所的碩士論文，也是他的研究成果。以下論述即以此單行本為依據，其全書目錄如下：

第一章　緒論
第二章　現有可讀性公式
第三章　中文可讀性公式的要素
第四章　中文可讀性公式
第五章　結論

　　陳世敏引用辛普森（E. Simpson）在《世界百科全書》（*The World Book Encyclopedia*）〈可讀性公式〉一節中，歸納了影響可讀性的六個因素：

　　一、句子的平均字數。
　　二、常用字的多寡。
　　三、字彙的平均音節數。
　　四、長而複雜的句子數。
　　五、抽象觀念的多寡。
　　六、人稱代名詞的使用。（頁28引）

陳世敏認為前四項又可以歸納成句子的長短和字的難易兩項因素。並確認這兩項是影響中文可讀性的兩個重要因素，並說明如下：

1 句子的長短

　　陳氏採以分析英文可讀性公式的要素，作為研判中文可讀性公式應有哪些因素的參考。就「句子的長短」，他引用傅萊（Rudolf Flesch）研究英文句子的長短跟文章難易的關係如下：

　　非常容易　　八個字以下

　　容易　　　　十一個字

　　還算容易　　十四個字

　　標準句子　　十七個字

　　還算困難　　二十一個字

　　困難　　　　二十五個字

　　非常困難　　二十九個字（頁35引）

　　傅萊的標準，並非全然不可更動，一個句子以十七的字為宜，越長的句子越不好懂，反之，則易懂。

　　中文文法結構不縝密，對短句的需要尤其殷切。因為句子一長，上下文的關係便容易弄混，所以有人主張多用句點之外，還主張應多用逗點。這是增加文章條理和增加可讀性的有效措施。

2　字的難易

　　字的難易，是以是否常用為標準，不以它的字形筆劃多少為標準。

　　較為可行之道，還是常用字，一個字如果經常被使用，比起冷僻的字眼，它大體上是比較容易的字，彭歌在《新聞文學》一書中，對「大多數人容易了解的字」，有下列的說明：

　　　　一、比較容易讀得出來的字。「勗勉」不如「訓勉」，「顫慄」
　　　　　　不如「發抖」。

　　　　二、比較容易寫得出來的字。「剛纔」不如「剛才」，「矧且」
　　　　　　不如「況且」。

　　　　三、不用不易懂的字、冷僻難字、地方色彩過濃的字，某一年
　　　　　　齡或某一職業團體裡慣用的口或術語。如非使用不可，都
　　　　　　應該給予適當的解釋。

四、是最適當的字。（見頁39-40）

除第四項外，均與常用字的性質有關。剩下的問題是，中文可讀性公式，是以哪一套常用字作標準？

華人中，最先從事漢學常用字彙研究的，是陳鶴琴。他在一九二一年開始，用兒童用書、報紙、兒童作品、古今小說及其他資料，作為分析，在五十五萬四千四百七十八個字中，發現四千二百六十一個單字，其後有持續做相關研究。其間可見重要文獻者有：

羊汝德　新聞常用字之整理著　臺北市　新聞記者公會　1960年9月。

張春興　近百年來常用字彙研究評述　《教育的應為與難為》1987年8月　頁205-271。

為易於比較各家研究異同，試引羊汝德《新聞常用字之整理》中如下：

附表一〈各家常用字研究比較表〉

研究者	研究資料	字數
陳鶴琴	報章雜誌及古今白話	4261
洪深	基本漢字	1100
平教會	平民千字本	1319
彭仁山	三民主義	2134
陳人哲	民眾文傳	2304
周祖訓	初小國語教本	2340
杜佐周　蔣成堃	商人文件與讀物	2538
王文新	初小教科書	2546

研究者	研究資料	字數
教育部	小學初級字彙	2711
杜佐周　蔣成堃	民眾文件與讀物	2774
杜佐周　蔣成堃	兒童讀物與作品	3654
王文新	初小高小教科書	3799
杜佐周　蔣成堃	民眾商人兒童文件及讀物	4117
敖弘德	普通讀物	4329
莊澤宜	綜合數家結果	5262
臺灣商務印書館	華文打字機	5372
教育部	最常用注音漢字字模表	3516
蔡樂生	常用字選	2000
國立編譯館	國民學校常用字彙	3861
中央日報	自動鑄排機常用字彙表	2376
聯合報	自動鑄排機常用字彙表	2376
世界中文報協	新聞常用字	3000

資料來源：羊汝德，《新聞常用字之整理》（臺北市：新聞記者公會出版，
　　　　1970年9月），頁132。

至於，陳世敏的中文可讀性公式如下：

Y（可讀性分數）＝0.8x_1（每句平均字數）＋x_2（難字百分比）

陳氏並有個例子且說明應用中文可讀性公式的步驟如下：

一、選樣：從一本書或一篇文章，用隨機或間隔抽樣的方法，
選出一段或數段文字，每段的字數約在二百左右，以意思
完整的地方為終結之處。如果可能的話，以一本書或一篇
文章的全部分，作為樣本，正確性更大。樣本的字數決定
以二百字左右，因為一百字太少，誤差大；三百字太多，
計算費時費事。要避免選取第一段。避免顯然極為特殊的
段落。避免文言或有詩、詞的段落。

本文選取的，是民國六十年五月二日臺北各中文日報刊載
的一則中央社專電「周外長駁斥麥高文謬論」。全文約七
千字，茲以第五段作例子：

「除此以外不可能有別的解釋了。因為撇開其修辭及虛構
的史實不談，麥氏三月廿四日所發表的演說，可以用一句
話來概括：『放棄自由中國』──不計傳統的友誼或條約
義務；不顧道德或正義，抹煞一切原則和聯合國憲章；把
中華民國攆出聯合國，將臺灣的一千四百八十萬人民交給
毛澤東割宰，把中國大陸上仍然寄望從共產暴政下解救過
來的億萬人的生路加以杜塞。

替麥氏寫稿的人很清楚，把這些建議直截了當地提出來，
公正的美國人，不論其政治如何，必將難予接納。」

二、計算總字數：字數包括標點符號在內，每一個標準符號算

一字，但書名號、私名號、括號和引號不計。破折號和刪
節號占兩個格子，仍以一個標點符號計算。本段有一百九
十一個字，加上十六個標點符號，共二百零七個字。

三、計算句數：高聲朗誦時需要停頓的地方，都算一句，也就
是有標點符號的地方是一句。引號所在之處，因不需停
頓，僅加強語氣，它的功用顯然與文本所謂的「句子」不
同，故排除在外，共得十六句。

四、計算每句平均字數（句長）：以句數除總字數，為每句平
均字數。得十二點九七字。

五、計算難字數：按照國立編譯館主編「國民學校常用字彙研
究」，列出的前二三二五字，逐字核對。不在常用字表上的
字，為難字，得六字。這一部分工作，初看繁雜，如果先
把「常用字彙表」大略先看幾遍，則對於絕對有把握的字，
自然無需查表。原則上是稍一有懷疑就查表，可防錯誤。

六、求難字百分比：以總字數除難字數，得百分之二點八九。

七、求可讀性分數：代入 $Y = 0.8x_1 + x_2$ 公式，得 $Y = 0.8 \times 12.97 + 2.89$，計十三點二六。換句話說，這篇文章的可讀
性分數是十三點二六，一般相當於受過十三點二年教育的
程度的人，可以看得懂。（頁61-63）

除外，荊溪昱有國科會專題研究計畫成果報告：

國小國語教材的課文長度、平均句長及常用字比率與年級關係
之探討計畫編號：Vsc81-0301-H-017-004
中學國文教材的適讀性（readability）研究計畫編號：Vsc82-
0301-H-017-009

　　可讀性從此有了「適讀性」的譯名，前者研究以國小六個年級的
國語課本為範圍，發展出具實用性的中文預測公式。而後者研究將公
式擴展至中學（國、高中）的國語教材。

　　劉學濂，臺灣科技大學管理技術研究所碩士論文：中文適讀度
　　的表面指標適切性之探討及適讀公式之初步建立。（1996）

　　後來，國立高雄師範大學工業科技教育學系設置中文文章適讀性
線上分析系統，其系統即採用荊溪昱「在中學國文教材適讀性
（readability）研究」所提出的公式，適讀性線上分析系統簡介：

　　國立高雄師範大學工業科技教育學系──中文文章適讀性線上
　　分析系統 http://140.127.45.25/Readability/Analyze/About.aspx

　　雖然，文本可讀性的檢測，可以為特定的讀者群體或學生年級，
提供比較文本內容在語義和語法方面的適宜程度的信息。但是可讀性
公式並不直接反映句法或語義的複雜程度，也就是說測量不出思想，
也測量不出文學風格。
　　多方面的研究顯示，各種流行的可讀性公式也沒有百分之百的精
準，而只是為閱讀文本所需的技能給出一個「不錯的粗略估計」。因
此，圖書出版人評價文本的閱讀水平時，不僅會利用可讀性公式，還
會使用「詞頻列表」。一個詞語的使用頻率也是其易用性的優良指
標。文本水平：一種基於訓練和經驗，對文本的主觀性評估，則是另
一種輔助運用公式的重要工具。
　　作家、編輯和出版人也經常作一些直覺性評價，基於經驗，對其
目標讀者群的洞見（尤其影響可讀性的相關因素），以及從大量的可
讀性調查結果的評價中推導出相當數量的原則性知識。

肆　兒童的美學

　　兒童是獨立的個體，不論在生理、心理與社會等方面，皆與成人不同。尤其是在思維方式更是與成人有異。一般說來，兒童具有兩個基本特徵：即兒童的未定化與兒童的開放性。

　　我們相信，兒童有屬於自己的美學，可是我們並不多見有關屬於兒童自己美學的論述，有之，則是泛泛之論，或流於過度艱深。以下說明之：

一　美的範疇

　　美是什麼？

　　在以前，美是屬特定族群的專屬品，後現代以來，宣示著：在生活中，到處都存在著美，所謂生活美學化，美學生活化。

　　從經驗的層次面開始。

　　我們觀賞一株色彩鮮麗，笑靨迎人的玫瑰花，我們會說：「好美呀！」因為它精緻、艷麗，令人喜歡，使我們覺得心情舒暢，而感到滿足。又如我們觀賞波濤萬頃，海天一色的海洋，其氣象之雄偉、壯闊，使我們感覺心胸開朗，精神振奮，而獲得滿足，也會脫口而出：「好美呀！」其間兩者皆屬自然物的範圍，但卻是屬於不同的美的類型。

　　再就藝術品的領域，情形就更加複雜，有所謂悲劇的美、喜劇的美、怪誕的美、抽象的美等。可知不同的藝術品會產生不同的美，不僅形式上不同於自然美，而且不屬於純淨的、積極的快感，在快感中混雜了或哀憐恐懼，或滑稽突梯、或荒誕怪異、或曖昧朦朧的成分，所以是不同的美的類型。

　　因此，美實際上具有不同的形態、樣相與性質，這種不同的形態、樣相與性質，在美學上稱之為美的範疇。

　　本文有關美的範疇，主要是以姚一葦《美的範疇論》一書為依據。

　　姚氏美的範疇之建立，是採基準與所劃分之類別，試簡述如下：

　　美（Beauty）一詞，在用法上有狹義與廣義二義。狹義的美為一般常識上的用法；而廣義的美則指藝術上，或美學上的用法。申言之，狹義的美為「一見之下美的愉悅或對普通感性之愉悅；而廣義的美來自「受訓練，尤其是天賦更多美之洞察力者」，相當於「美的卓越」（aesthetically excellent）。故前者範疇狹窄，凡含嚴肅、恐懼、怪誕與滑稽者，均不在其內；後者意義寬廣，不僅含狹義的美，更是包含一切藝術上各種不同情質之美。

　　姚氏在狹義、廣義的基礎上，設定兩個基準：美的基準（aesthetic criterion）與非美的基準（non-aesthetic criterion）。所謂美的基準，即一般人一見之下即能產生直接的、純淨的快感者。這種快感是立即的，不需要經過思索，人人皆可獲得；同時它是純淨的、不含快感以外的成分，如不含嚴肅、痛苦、荒謬、醜等不屬於快感之情緒者，相當於上述狹義的美的範圍。所謂非美的基準，具有一般人所謂的美以外的意義。它所帶給人的不是純淨的快感，在快感中含有非快感的情緒；同時它不是立即可以把握的，需要通過思考與理解，許多人可能因為它的複雜與艱澀而望之卻步，因此不是人人可以接受，約略相當於「美的卓越」。

　　在美的基準之內，並非只有一種性質之美，而是有大小、強弱之別。是以在美的基準的範圍內，由量的變化而形成兩種同性質之美，一為小的美。所謂小的美，不僅表現形體的細緻精巧，同時表現為精神的婉約柔弱，所造成的情緒反應不是上升，而是歸於寧靜妥貼，名之為秀美。一為大的美，所謂大的美，不僅形體的大，激發或刺激起

人們昂揚興奮的感情，名之為崇高。秀美與崇高既相容而又是對立的類；二者同屬於立即的與純淨的快感範圍之內，卻具有不同的快感性質。

非美的基準，因非屬純淨的快感與滿足，而是快感中摻入了諸如恐懼、痛苦、哀傷、甚至不愉快的情緒，因此不是量的變化，而是質的變化。由非美的基準所表現的質的變化，可以從兩條線索來加以說明：

（一）由悲壯到滑稽

在人類創造的藝術品中，有兩類藝術，我們無法在人以外的自然物中找到，那就是悲壯藝術與滑稽藝術。這兩類藝術是人在面對宇宙以及其所生存上之環境時的感受；或者說是人自覺或不自覺的在對抗生存的世界，與諸多與人類為敵的勢力之間的衝突中所產生的行為與反應。是以這兩類藝術所表現的是人類自身的問題，表其意志、性格、行為與遭受，表現其所作的肯定與否定，表現其宇宙觀、宗教觀或道德觀，更表現出其自身之人格價值。

自人格價值的表現言，悲壯藝術所展示的人格價值超乎一般常人之士；而滑稽藝術與此相反，即其人格價值低於常人。自人格價值而言，悲壯所顯露的是人偉大的一面。故悲壯與滑稽亦形成相容而又相對的類型。

（二）由怪誕到抽象

前面四種不同性質的美，無論其來自大自然或來自人生，均是我們習見的形式，亦即均具一般性、是我們所能看到的一種普遍型式。但是在自然中，尤其是人為藝術品中有兩類美表現為形式的扭曲或形式的解體。在自然物中如怪石崢嶸，似人似獸，形成奇異的組合；在

藝術品中，如人面獅身的雕像、千手千眼佛像、原始人類的織物，表現為不倫不類的配合或形體的扭曲或變形。姚氏將此類自然物中，如爬蟲的外皮、龜殼之類，其組合似有規則，又似無規則，表現為一種不可名狀的純形式，這類自然物或藝術品，姚氏稱之為抽象。這兩類美，皆不是我們所習慣的形式，或普遍的類型。

這兩種美均具人的精神層面的意義。怪誕的藝術實際上是作者的幻想的表現，或是願望未能實現，或是夢的境界，或是精神的異常，自覺或不自覺的流露出來。而抽象藝術也是人類精神狀態的表徵，只是它的意義更為曖昧，更為抽象。是以從怪誕到抽象是人的精神的怪異、反常到否定與拒絕，有別於一切正常型態的藝術。同時對觀賞來說，不可能產生純淨的快感，在快感中混雜了極為複雜的驚奇、荒謬、曖昧的感情與感覺。因此姚氏將它們作為兩個獨立的範疇。

最後，試將姚氏美的範疇表列如下：

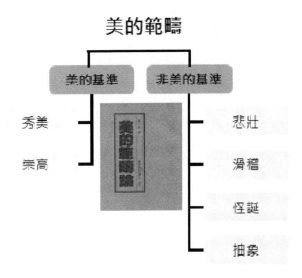

美的範疇

二 兒童審美的發展

兒童審美的發展，緣於兒童本身具有未定性與開放性的基本特徵。再加上它根源於人類自我實現的內在需要；它也是人發展自己的一個面向；它更是滿足、發展其審美需要的心理能力。然而，兒童審美能力發展與形成，是經歷一個相當長的過程，並且這個過程是由一些發展階段銜接起來的，每一個發展階段都圍繞審美能力的形成而展開其特殊的內涵。以下分別就內涵、發展階段與審美偏愛三方面說明之。

1 審美發展的基本內涵

有關審美心理過程，西方美學有稱之為「審美感受」、「審美經驗」、「美感」。而中國葉朗稱為審美感興，他認為「感興」不是簡單的、被動的感受。「感興」是一種感性的直接性（直覺），是人的精神的自由與解放，審美感興更能包容和概括審美心理的多方面的特點。（詳見《現代美學體系》第四章〈審美感興〉，頁167-250。）

審美感興作為一個完整的過程，可分三個階段：準備階段→興發階段→延續階段。在整個審美感興過程中，其「審美感興能力」包括審美態度、審美需要、審美期待、以及審美知覺、審美想像、審美領悟、審美超越等多種主體的心理能力、如果作進一步的概括，它主要包括審美態度、審美直覺感興能力和審美趣味等三方面。至於審美感興的基本特性，葉朗認為包括五個方面：無功利性、直覺性、創造性、超越性和愉悅性。（同上，詳見頁201-237。）

而所謂兒童審美感興力的生成，亦即是兒童審美態度、審美直覺感受力和審美趣味的形成。目前，個人所見有關兒童審美感興力發展階段者有：

樊美筠著　兒童的審美發展　臺北縣　愛的世界出版社　1990年8月

張奇編著　兒童審美心理發展與教育　北京市　北京師範大學　2000年11月

加德納著　齊東海等譯　藝術・心理・創造力　北京市　中國人民大學出版社　2008年10月

其間張奇一書中，並有加德納（Howard Gardner）的五個階段，試將他們三人發展階段列表如下：

專家 分期 年齡	樊美筠	加德納	張奇
0	前審美時期	嬰兒的感知	嬰兒期
1			
2			
3		符號的認識	
4	審美萌芽時期		幼兒期
5			
6			
7			
8		寫實主義 的高峰	學齡期
9			
10		寫實主義高峰 的衰退和審美 感受性的出現	
11			
12			
13	審美感興能力的 形成時期		少年期和青年初期
14		審美專注 的危機期	
15			
16			
17			
18			
19			
20			

至於，本文兒童審美感興發展階段則以樊美筠為主：

（1）前審美時期

指兒童零至三歲這一階段，也就是兒童的乳兒期與嬰兒期。這一時期的兒童在美學的特點是：還沒有與審美活動建立基本的聯繫，他們僅僅是通過符號活動為以後的審美發展提供必不可少的基礎。

這個時期的兒童，首先是生活環境的改變，從生理上的寄居生活轉變為獨立生活。胎兒的出生意味著與外部世界建立關係。其次是兒童心理能力的發展。新生兒已經有五官感覺。更值得注意的是，這個時期兒童所從事的符號活動。因為兒童的審美感興力的發展與語言的發展是分不開的，符號功能的出現，擴大了兒童適應能力的範圍。

總之，這個時期的兒童還沒有直接介入審美活動，也還沒有與審美活動建立最基本的聯繫。但是，他們與外界聯繫的日益增強，感知水平也日益提高（從生理水平提升到心理水平），他們對語言符號的逐漸掌握等等，為兒童進入審美萌芽期打下了基礎。

（2）審美萌芽時期

這個時期包括兒童的學前期和學齡初期，即四至十二歲。在前審美時期打下了生理和心理的基礎之上，這個時期年齡段的兒童審美發展的潛能開始得到發揮，已經出現了審美感興能力的萌芽，而這主要是通過兒童遊戲活動來進行的。遊戲活動成為這個時期兒童生活的主要內容，這意味著兒童開始與審美活動發生聯繫。儘管遊戲也許不能算是嚴格意義上的藝術，但它畢竟是孩子的藝術，對兒童來說，遊戲活動與審美活動是混而不安分的。首先，遊戲具有假想性，這意味著兒童不能以現實的態度來參與遊戲活動，他必須拋棄現實的聯繫，以一種新的態度，新的聯繫方式來重建自己的世界，於是會有了審美態度、審美知覺、審美想像與審美趣味等能力的萌芽。

（3）審美感興能力的形成時期

指十三至十八歲左右的時期，也是少年期與青少年期。與前兩個階段不同，審美活動這時已經進入了他們的生活，亦即審美活動與他們之間已經建立了穩定的聯繫從外面上看，令少年與青少年感興趣的不是遊戲活動，而是繪畫、音樂、電影、詩歌等藝術活動，遊戲被他們認為有失「身分」，而不屑一顧了。

這個時期的兒童，是在審美萌芽期的基礎上，隨著審美活動從遊戲活動中分化出來而逐漸形成的。

具體的說，青少年審美感興能力的形成，是以其審美態度、審美直覺感受力和審美趣味等能力的形成為標誌的。這些審美感興能力都是發生在青少年時期，所以這個時期稱為兒童審美感性能力的形成期。

三　兒童審美的偏愛

在《兒童審美心理發展與教育》第五章〈兒童的審美偏愛〉第二節〈幼兒對美術作品審美作品偏愛的實驗研究〉（見頁146-151），其實驗研究如下：

1 實驗目的與方法：

對實驗所用的美術作品做了精心的設計和製作，主要是控制相關變量的影響。實驗力圖從美術作品所表現的內容（即作品的題材）、表現風格（即作品的藝術風格）和表現形式（即作品的繪畫種類）三個方面較全面地探討幼兒對美術作品的審美偏愛特點。

實驗所選被試是大、中城市幼兒園中3.5周歲至6.5周歲的幼兒，共一百二十名。分別為4歲、5歲、6歲等三個年齡組，每個年齡組四十人，男女各半。

　　實驗前共選擇、製作了三套美術作品作為實驗材料。第一套實驗材料由六組三十六幅用寫實手法繪製的水粉畫組成，每組有六幅圖畫。整套實驗材料的表現形式相同（即都是一種格調的水粉畫），表現的風格也相同（都是採用寫實手法繪製），畫幅的面積也相同，三十六幅圖畫出自一位畫家之手。只是每組美術作品所表現的內容不同，分別是動物、人物、植物、自然風光、交通工具和生活日用品。使用這套實驗材料的實驗目的是考察幼兒在美術作品的內容或題材上的審美偏愛特點。

　　第二套實驗材料由兩幅美術作品組成。這兩幅圖畫所表現的內容相同（畫的都是「貓」，而且大小、姿勢都一樣），兩幅畫的表現形式也相同（都是水粉畫）。只是兩幅畫的藝術風格不同，一幅採用寫實的風格繪製，另一幅採用擬人誇張的風格繪製，將貓的眼睛和嘴用誇張和擬人的手法畫成微笑的神態。這兩幅圖畫的實驗目的是考察幼兒對美術作品表現風格的審美偏愛特點。

　　第三套實驗材料由六幅圖畫組成。六幅圖畫表現的內容或題材相同，即畫的都是同一種姿勢、同樣大小的貓的圖畫。但六幅圖畫的表現形式不同，分別是水墨畫、剪紙、白描畫、彩紙黏貼、素描畫和線描重彩。採用這套實驗材料的目的是考察幼兒時對美術作品表現形式的審美偏愛特點。

　　實驗過程如下，主試向每個被試分三次呈現圖畫，每次呈現一套。每呈現一套實驗材料都要求被試從中選出他最喜歡的一幅或一組，並說明選擇的原因，即喜歡的原因。主試記錄每位被試的選擇和被試對選擇原因的說明或解釋。

2 實驗的結果與分析：

　　對第一套作品的選擇是：動物最多占45%。

對第二套作品的選擇是：誇張、擬人占80%。

對第三套作品的選擇是：色彩鮮豔和豐富的圖畫，占30%。

3 對實驗結果的理論探討：

兒童對動物畫、誇張和擬人風格，以及色彩鮮豔、豐富的作品的偏愛，是相對穩定及水平，這項研究的結果已經表明：

> 幼兒對美術作品表現出一定的審美偏愛。那麼，這是一種什麼水平的審美偏愛呢？幼兒對美術作品的偏愛既有對其審美特徵的偏愛（例如對圖畫的色彩和表現風格的偏愛），也有對非審美特徵的偏愛（如對圖畫中所表現的事物的偏愛，即對可觀賞、可玩賞和熟悉的事物的偏愛）。但這時幼兒還沒有表現出對美術作品的表現形式、藝術技法、作品神運等藝術特徵的審美偏愛。也許他們還沒有對美術品藝術性審美特徵的認識和理解。他們還沒有像成人和藝術家那樣，把圖畫當成藝術品來看待。而只把它當成他所熟悉、他所喜歡的事物的再現。這樣說來，幼兒的審美偏愛還沒有把美術品的審美特徵和非審美特徵區分開來。他們的審美偏愛是非藝術鑑賞水平上的審美偏愛，是審美偏愛的初級形式。（見頁152）

四　兒童的美學

從前述兒童的閱讀、興趣、可讀性，以及兒童審美的偏愛，我們可以確認兒童美的範疇，主要是以滑稽美學為主。

姚氏「美」的範疇論，具有普世價值的意義，但就兒童而言，似乎是以「滑稽」為先，於是有對「滑稽美」多加了解的必要。

　　早在中國司馬遷《史記・滑稽列傳》,「滑稽」這個名詞就已經出現。但《史記》旨在教育感化作用,與泛指因為語言、行動作用或喜劇性表現型態的「滑稽」有所不同。至劉勰《文心雕龍・諧讔》則說「諧之諧也,辭淺會俗,皆悅笑也。」

　　「滑稽」一詞有說話流利、善辯、出口成章與悅笑等意思,湯哲聲說得更清楚,他在《中國現代滑稽文學史略》解釋:

> 　　滑稽的本意是一種盛酒器。「滑」者,泉水湧動的樣子;「稽」者,持續不斷的意思,酒從一邊流出來,又向另一邊轉注進去,不斷地向外淌。司馬遷取其流暢的喻意,將宮廷的俳優列為「滑稽」的人物,意思他們出口成章,機智巧辯,對答如流,如滑稽吐酒不已般地流暢,並在《史記》中為他們立了傳,這就是我國最早出現的評價滑稽的文章《史記・滑稽列傳》。從此,「滑稽」也就作為一種美學範疇存在於中國的文學作品中。
>
> 　　俳優本是跟在帝王後面的供帝王愉樂的角色,他的目的是使帝王笑,所以滑稽是一種笑的藝術。
>
> 　　俳優使帝王笑的基本手段是依靠語言的機智、形體的變化以造成一種非理性化的情態,讓別人在感情上得到愉樂,所以說投諸到語言和行動上的非理性化是滑稽藝術的主要手段。
>
> 　　俳優言笑的基本內容取於日常生活,他總是通過某一種司空見慣的事,某一句司空見慣的話,使它們產生新意,所以說滑稽藝術充滿著生活情趣和世俗氣息。

俳優是笑角，但是優秀的俳優則是極好的諫臣，他們都是用「說笑話」為遮掩隱喻諷諫的，所以說好的滑稽作品就有著勸戒性諷刺性和批判性。（頁1）

從解釋可見，「滑稽」一詞，在古時候所表現的意義與當今的用法，顯然有些落差。「滑稽」的原始本意，帶有講話流利、有智慧者藉由說話言語，諷諫帝王的意思。但是，現在生活用語的「滑稽」有著好笑、丑角、甚至帶著些許的鄙視意味。有點像中國戲劇上的丑角，或者是歐美的小丑的角色，不管是丑角或者是小丑，都是指他們經常使用「滑稽」的動作，製造笑果，讓觀眾開口大笑。「滑稽」的動作不外乎是透過誇張、出乎意外、扮醜、模仿等技巧轉化而成。造成「滑稽」概念的落差，其實有機可覓，或許可以從歐美的滑稽概念尋的一些蛛絲馬跡。

舉凡姚一葦、李澤厚等美學專家和大部分的翻譯作品，均把comic 和「滑稽」劃上等號，但也有例外，例如朱光潛翻譯的黑格爾《美學》是把德文 Ironie（也就是英文的 Irony）一詞譯成「滑稽」。（詳見黑格爾著，朱夢實譯的《美學》，頁91第54個註解），這是罕見的譯法，通常 Irony 都譯為「諷刺」，跟滑稽有一段差距。既然絕大部分的中文翻譯都把 comic 翻成「滑稽」，那英文的 comic 與中文的「滑稽」必定一定的相似度，關於歐美 comic，在湯哲聲的《中國現代滑稽文學史略》，有段粗略的簡介：

歐美的滑稽起源是和喜劇的產生分不開的，喜劇產生於希臘農民祭奠酒神的儀式，「喜劇」一詞在希臘詞中的本義是「狂歡之歌」，是指希臘人在葡萄收穫季節謝神時表演的狂歌狂舞，這種狂歌狂舞是以滑稽的扮相者做出「化裝的遊玩」為主要內

容的。滑稽是為了「遊玩」得更快樂、更有趣味性而服務的。中國的滑稽來自俳優們對帝王的諷諫，滑稽的目的是為了「諷諫」更具有可接受性。（頁217）

以此得知，中文原本的滑稽概念與歐美的 comic，無論在辭意上，或者歷史背景上，均相當不同。湯哲聲也把這個差距點了出來，認為歐美的 comic是為了遊玩、有趣而服務；而中國的滑稽概念跟俳優相關，有諷諫的意思，這也是最大不同。另外，湯哲聲和姚一葦都指出亞里斯多德是歐美第一個研究滑稽者，或許可以在亞里斯多德對滑稽的解釋中，獲得更多的訊息。亞里斯多德在《詩學》中，說道：

滑稽的事物，或包含謬誤，或其貌不揚，但不會給人造成痛苦或傷害。現成的例子是喜劇演員的面具，它雖然既醜又怪，卻不會讓人看了感到痛苦。（見亞里斯多德《詩學》第5章，引自陳中梅譯注版本。）

從亞里斯多德的這段話，就可看出歐美對於滑稽的立論，離不開「醜」的概念。或許，扮醜只是俳優為了取悅帝王的形式，但其最終的目的是諷諫；但歐美的滑稽概念，注重的是醜所帶來的無限歡樂，這是中國的「滑稽」一詞與歐美的「comic」一詞有基本上的差異。而「滑稽」的美學藝術詮釋就是在於這兩種背景下，應運而生。以下是《美學與美育詞典》對「滑稽」的釋意：

審美範疇之一，喜劇性的主要表現形式。是用蠢笨的、機械的或醜的外觀形式表現言行上的機智或敏捷。從類型上分，有否定性滑稽和肯定性滑稽。否定性滑稽是指以美感不協調的形式來表現自身醜的內容實質，因為構成令人發笑的滑稽。肯定性滑稽是指以醜的形式表現著美的內容的實質，以其幽默的方式抨擊醜惡事物。它的本質是美、善和機智，是以奇特的、誇張的、甚至荒誕的型態表現出來，因而顯得滑稽可笑。車爾尼雪夫斯基指出，當醜自炫為美的時候，就變成為滑稽。否定性滑稽的美學特徵是：不合目的、不合規律的事物，採取了合目的和規律的外觀。肯定性滑稽的美學特徵是：合規律、合目的的事物，採用不合目的、不合規律的外觀。

現實中的滑稽對象也反映到藝術中，不僅集中反映在喜劇藝術中，而且也反映在漫畫、相聲、文學等藝術形式中。（頁44）

　　此釋意已經將「滑稽」當為一種美學範疇，從「愚笨的」、「機械的」、「醜的」、「機智」、「敏捷」等關鍵字，可以了解此處的「滑稽」，已經融合東方的機智、流利的說話和西方醜的滑稽概念，作為滑稽的美學範疇。

　　而姚一葦將滑稽當作一個美學範疇，與《美學與美育詞典》的滑稽概念十分雷同，姚一葦在《美的範疇論》第五章〈論滑稽〉中，闡釋「滑稽」：「所謂滑稽（comic），乃指此類藝術品可以使吾人愉悅，使吾人發笑，或者說可以使吾人產生一種滑稽感。」（見頁228）姚一

葦以更簡潔的方式，說明只要此藝術品讓人愉悅，發出笑聲就會造成滑稽感的發生。

姚一葦界定的滑稽是立足於「醜」的基準下，簡言之，也就是滑稽因醜而生。而這種醜事自對比中產生，自笑之中消失。滑稽只有產生笑聲、快感，不包括任何情感的成分，若是滑稽涉及情感，滑稽感將會驟降。姚一葦也將醜與滑稽做出更詳細的探索與界定，認為滑稽為一種藝術型態，是從美學的觀點探討，並非泛論一般笑的性質，並舉出滑稽所蘊含的醜有下面五種性質。

> 滑稽的醜不含不快的性質。
> 滑稽之醜應不含同情之性質。
> 滑稽的醜係瑣碎的，而非嚴肅。
> 滑稽的醜低於吾人的精神價值水平。
> 滑稽的醜自對比中產生，自笑之中消失。（詳見頁259-261）

無論是「不含不快的性質」、「同情之性質」、「瑣碎的」、「低於吾人的精神價值水平」、「自對比中產生、笑中消失」，其實這些說法是綜合亞里斯多德（希臘語：Αριστοτέλης，Aristotélēs，西元前384年-前322年）、車爾尼雪夫斯基（俄文：Николай Гаврилович Чернышевский，英文：Nikolay Gavrilovich Chernyshevsky, 1828-1889）、柏格森（Henri Bergson, 1859-1941）等人的說法，均為表示滑稽的醜必須要是「無害的」、「輕鬆的」而不能嚴肅看待。

姚氏自滑稽形式來劃分、有滑稽的形象、滑稽的言詞與滑稽的動

作（行為）三大類（見頁228-241），試列表如下：

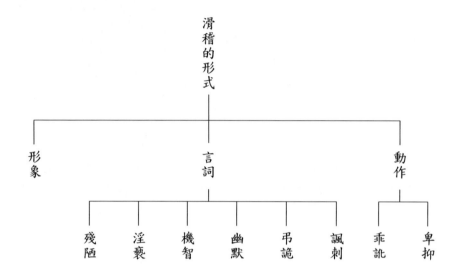

姚一葦蒐集相當多的中外文獻資料，不斷為滑稽一詞歸類、分析，他希望為滑稽美定義出一個範圍，他粗略先把滑稽依形式劃分，分為「滑稽的形象」、「滑稽的言詞」與「滑稽的動作」三類。再把「滑稽的言詞」分為殘陋的、淫褻的、機智的、幽默的、弔詭的及諷刺的等六類。

五　滑稽美學

兒童是否有自己的美學觀？或許已不用再質疑，然而真正論及兒童美學者，似乎又不多。或稱兒童的基本特徵是未特定性與開放性；或說充滿稚氣的童真，是兒童文學最顯著，也是最首要的美學特徵；或稱兒童文學的美學特徵，主要表現在純真、稚拙、歡愉、變幻、質樸等方面。以上論說雖能切中兒童性，但有關美學的開展則不足。個人則認為兒童文學的美學，即是以姚一葦的滑稽美學為主。

　　姚氏美學是以藝術的領域為主，尤其是戲劇。所以才把滑稽的形式分為滑稽的形象、滑稽的言詞與滑稽的動作三大類，而文本所論，則以言詞為主，並將其形式分成四種：殘陋性、禁忌性、直觀性與遊戲性。其間直觀性又可分為機智性、幽默性、弔詭性與諷刺性等四類。試說明如下：

（一）殘陋性

　　所謂殘陋性，是指笨拙、錯誤、多餘、重複、粗俗、缺陷等均屬之。殘陋會讓人感覺比正常人低下，這就會使人發笑。簡單來說，殘陋就是在形象、行為或動作上有缺失，而本身卻不自知，而這些行為可能會產生笨拙感，令人覺得好笑，這裡的笨拙與缺陋，其實說穿了就是「醜」，以「醜」造成滑稽感。而姚一葦覺得滑稽的醜，有不含不快、不含同情、不是嚴肅的、是低於常人的精神價值水平和自笑中消失等特點。誠如柏格森所言，僵硬會讓靈活的心靈活動凍結產生滑稽，而笨拙缺陋就是一種僵硬的行為，僵硬的行為會特別讓人印象深刻產生笑聲，就是因為僵硬會產生一種不自然感，在正常的行為中顯得格格不入，所以總會引起注意，覺得這個人真是奇怪，接著發出笑聲。

臺北市　皇冠文化出版公司
1993 年 5 月

臺北市　皇冠文化出版公司
1993 年 5 月

　　黃春明圖畫書《小駝背》與《短鼻象》皆以殘陋的形象，塑造出醜的意象，小駝背跟常人不同，有個突出像龜殼的後背，短鼻象也因為違反大象鼻子長的常理，因而造成滑稽感。

（二）禁忌性

　　禁忌性，是指大家所諱言的，如「髒話」、「情色」、「暴力」、「死亡」，在兒童文學作品當中，都被當為一種不可以提起的禁忌，如果不小心觸碰到禁忌，會引起笑聲。雖然兒童文學作品中，因為作品都經過刻意挑選，禁忌的內容很少出現，但還是可以看得見。多半人會認為這議題不能登上檯面，有粗俗、不文雅之疑，但伴隨著輕鬆的方式呈現，危險性跟著遞減，反而令人莞爾。另外一種禁忌是規範。成人總是給孩子設下許多禁忌，要他們遵守，倘若孩子看到這些禁忌被呈現，滑稽感因此產生。可見，孩子對禁忌的好奇與不敢觸碰的矛盾心理，這種緊張感會在某人觸犯禁忌後，產生笑聲。

臺北市　三之三文化事業公司　　　臺北市　三之三文化事業公司
2005 年 10 月　　　　　　　　　　　1999 年 5 月

　　《髒話》與《是誰嗯嗯在我的頭上》均以禁忌的素材為題，皆利用輕鬆有趣的情節處來，讓讀者莞爾一笑，化解禁忌的利銳與敏感。

（三）直觀性

　　直觀，是哲學名詞，亦稱直覺。是由感官作用而直接獲得外物的知識。也就是說是直接的領悟和覺察，不經過推理與經驗（或不合推理與經驗）而獲得的知識。前面所提到的純真、稚拙、歡愉、變幻、質樸等特徵皆屬直觀性。直觀性是兒童思維的特徵，它富有想像、新奇，或過分誇張，它可以改善日常的景物，使任何無情的變為有情，它有自定一套主觀的推理方式，看似無理，卻生妙意。這就是所謂的「無理而妙」，或稱之為「反常和道」。蘇東坡說：「詩以奇趣為宗，反常合道為趣」（見《詩人玉屑卷十》）。所謂「無理而妙」、「反常合道」，細看又「入人意中」新闢境域。

　　兒童的直觀，產生了童趣，而直觀的童趣，用姚一葦的論點是：機智、幽默、弔詭與諷刺。試分述如下：

1 機智性

　　機智（wit）是個非常曖昧的名詞。柏格森認為機智乃指思想的戲劇化，經常包含把對方的觀念引申到他所想的反面，亦即以子之矛，攻子之盾的意思。機智靠著出人意外與戲謔，使對方或第三者感到尷尬，故稍具傷人的程度，但是程度不大，大多是一種思想的遊戲。

臺北市　天下雜誌　　　　　臺北市　天下雜誌
2008 年 5 月　　　　　　　2008 年 7 月

　　《蘋果是我的》中的小猴子因為搶到了一顆蘋果，緊抱著蘋果開溜，卻遭到眾動物的追討，最後從懸崖中跳了下去，沒想到牠是假裝跳下去的，因此並未掉入懸崖。正當大家離開後，小猴子才偷偷跑出來，不料眾動物離開也是假裝的，迫使小猴子得把蘋果乖乖交出來。沒想到牠抱著的不只是蘋果，還有兩隻小小猴子，大家看到一陣尷尬，想說就算了。作者利用兩次的機智手法，一次是小猴子跳入懸崖，一次是懷裡不只有蘋果，還有兩隻小小猴子，讓眾動物把蘋果禮讓給猴子，也讓讀者產生笑聲。

　　《蝌蚪的諾言》講述蝌蚪與毛毛蟲戀愛的故事，牠們彼此承諾對

於彼此的愛不會改變，但是蝌蚪卻不斷的「改變」身體，毛毛蟲終於受不了，選擇離開。當毛毛蟲決定原諒蝌蚪時，牠已經蛻化成蝶，而蝌蚪也變成青蛙。但是，青蛙並不知道，蝴蝶就是牠所鍾愛的毛毛蟲，看到牠時，伸長舌頭就把牠的愛人給吞下腹。不過，青蛙並不知情，還苦苦的等待著牠的毛毛蟲。作者利用毛毛蟲與蝌蚪均是變態動物的情況，使故事造就一種意外與戲謔，產生一種哲學況味，引發耐人尋味的笑聲。

2 幽默性

　　機智純然是理智的，而幽默則理智中含有感情，它不僅不傷害到別人，且具有一種同情的性質，這是幽默與機智最大的差別。機智與幽默同樣利用「智慧」達成效果，常以邏輯推理的方式推演，打破讀者對事理固定的看法，反而感受到不同視野所帶來的新鮮，造成滑稽感。

臺北市　遠見天下文化出版公司
2006 年 12 月

臺北市　上誼文化實業公司
2005 年 10 月

　　《鱷魚怕怕　牙醫怕怕》利用鱷魚怕看牙醫，因為怕牙疼；而牙醫也怕替鱷魚看病，因為懼怕被鱷魚的大嘴給吞了，作者選擇讓兩種在生活現實中，不可能會碰在一起的角色，違背常理的相遇，造成幽默的笑聲。

　　《別讓鴿子開公車》同樣利用與《鱷魚怕怕　牙醫怕怕》一樣的手法，使得現實中不可能會被聯想一起的事物，互相連結，形成一種特別的幽默感。鴿子以喃喃自語的方式，央請別人讓牠開公車，打破現實的定律，鴿子開公車會怎麼樣？製造出新鮮感，也反映出鴿子的可愛與滑稽。

　　童詩舉例說明；

　　〈早安〉七星潭
　　　早晨遇到人要說
　　　　早安
　　　那是禮貌
　　　有一天，我遇見一個小孩
　　　　我說：早安
　　　　他說：古的毛鈴
　　　喔，原來他是美國小孩
　　　有一天，我遇見一個小孩
　　　　我說：早安
　　　　他說：古的茅根
　　　喔，原來他是個德國人
　　　有一天，我遇見一個小孩
　　　　我說：早安

　　他說：歐，海鷗，鵝在洗馬屎

喔，原來他是個日本小孩

有一天，我遇見一個小孩

　　我說：早安

　　他說：甭豬

喔，原來他是個法國小孩

有一天，我遇見一個小孩

　　我說：早安

　　她說：太陽都曬屁股了，還在早安

　　午安啦

喔，原來她是我姊姊，你猜她是哪一國人

3 弔詭性

　　弔詭（paradox）指的是似是而非或似非而是的邏輯概念。弔詭常背離一般的常識，成為一種荒唐的、自相矛盾的詭辯，故能製造滑稽感，但是在荒唐與滑稽之中往往有至理在焉。

臺北市　遠流出版事業公司
2003 年 4 月

臺北市　遠流出版事業公司
2001 年 11 月

《莎莉，洗好澡了沒？》故事是媽媽在浴室外，催促著在浴室裡面許久的莎莉，可是她卻沉浸在自己的幻想世界。圖畫書一面為現實世界媽媽的催促，另一面為紗麗的幻想世界，形成弔詭，而《莎莉，離水遠一點》同樣使用相同的手法，製造出弔詭的特殊趣味。

童詩舉例說明：

〈橘子〉林鍾隆
總以為沒有兩個一樣大的橘子。
每次分橘子的時候，
都覺得給姊姊的那個比我的大。
讓我自己先拿的時候，
明明是抓了大的，
看姊姊很滿意，
又彷彿自己是錯抓了小的。
跟姊姊交換過來，
姊姊的又變大，我的又變小了。

4 諷刺性

諷刺（sarcasm 或 satire）所指涉者意義較廣，包含規諫在內。此種語言當然是理性的，其所以不同於機智，則在於其傷人之程度甚大，被諷刺之對方甚不好受。因為它的傷人的程度甚大，故不一定是滑稽的，也可以是嚴肅的。弔詭與諷刺均利用互相指涉的手法，達到借此喻彼，指桑罵槐的效果，造成豐富多義性，讓讀者會心，達到創作的目的。

新竹市　和英文化事業公司　　新竹市　和英文化事業公司
2005 年 4 月　　　　　　　　2000 年 1 月

　　《有色人種》利用膚色的不同，暗諷種族間的歧視問題。在圖畫
書中，只利用顏色的對比，產生有趣的情節，不著痕跡的達到諷刺的
效果。《不是我的錯》敘述主角面對同學遭到欺負，卻坐視不理，說
服自己這件事不關自己的事。這是一本極具諷刺性的圖畫書，藉此諷
刺社會的冷漠與不關心。

　　童詩舉例說明：

　　〈遊戲〉詹冰
　　　「小弟弟，我們來遊戲。
　　　姊姊當老師，
　　　你當學生。」
　　　「姊姊，那麼，小妹妹呢？」
　　　「小妹妹太小了，
　　　她什麼也不會做。

我看──

讓她當校長算了。」

（四）遊戲性

遊戲性是兒童文學特殊屬性之一。喜愛遊戲是兒童的天性，也是他們的第二生命。對兒童來說，遊戲是工作、學習，也是生命的表現；遊戲是兒童獲取經驗、學習與實際操作的手段。申言之，從「遊戲中學習」是最有效的學習方式，因為其中具有創意、歡笑、美感與人性。是以有人說遊戲是孩子的功課，遊戲對孩子來說是一個充滿魔力和想像的場所，孩子能在其中完全的釋放，從而成就自己。所謂「文化始於遊戲之中」，絕非空談與無稽之言。而無意義（nonsense）更是遊戲性的極致。無意義（nonsense），指的是沒有任何道德訓示，純粹是詩歌的文字和音韻遊戲。而無意義的文字遊戲是為了讓孩子訓練學習語言的使用，在 *Nonsens for Children* 中，也有提到相同的觀點，它是如此說：「無意義的另一個好處，是允許孩童把語言的聲音和意義當作是一場遊戲，能幫助孩童對語言的掌握。」這個觀點其實與滑稽的觀點，完全吻合，滑稽在中國出現在《滑稽列傳》，俳優使用滑稽的方式規諫帝王，因為帝王貴為一國之尊，若直接諫言可能會引起反效果，招惹殺身之禍，所以只好藉著娛樂帝王之時，務諫言之實，這樣的效果能達到最好。而以無意義的方式訓練孩童的語言能力，也是如出一轍的方式，孩童不喜歡制式無聊的學習，若能在遊戲當中，獲得學習之實，何樂而不為。

臺北市　臺灣麥克公司　　　　臺北市　上誼文化實業公司
2011 年 5 月　　　　　　　　　2011 年 5 月

　　《高麗菜弟弟》利用各種動物吃掉高麗菜會變成什麼樣子為創作想法，誇張的想像，沒有任何道理可言，造成讀者摸不著頭緒而發笑的效果。另外，在《小黃點》圖畫書中，作者使用文字指示讀者，若依照圖畫書中的指令行事，各種顏色的圓點，將會在翻頁時，有了各種狀態的變化，使得讀者產生回饋報酬的錯覺，因而產生笑聲的有趣圖畫書。

　　童詩舉例說明：

　　〈小胖小〉潘人木
　　小胖小，
　　包水餃。
　　水餃包不緊，
　　就去學挖筍。
　　挖筍挖不出，

就去學餵豬。

餵豬餵不肥，

就去採草莓。

草莓採不到，

就去學吹號，

吹號吹不響，

就去學演講。

演講沒人聽，

走下臺，

關了燈，

乖乖回去做學生。

伍　閱讀理論

本節主要討論與閱讀相關的一些論述。

一　Chall 的閱讀發展理論

Jeanne Chall（1921-1999），是美國哈佛大學一位著名的閱讀心理學家。她認為閱讀發展階段是以零歲到成人的閱讀之間，閱讀行為在每個階段會產生不同的特徵，根據各階段的特殊性，將閱讀發展分為零到五，共六個階段：

階段別	閱讀期	閱讀期	年級	行為描述
階段0	出生到6歲	前閱讀期 Prereading		1. 約略知道書寫長什麼樣，哪些是（或像是）書寫。 2. 認得常見的標誌、符號、包裝名稱。 3. 會認幾個常常唸的故事書中出現的字。 4. 會把書拿正，邊唸邊用手指字。 5. 看圖書故事或補充故事內容。 6. 會一頁一頁翻書。
階段一	6到7歲	識字期 Initial Reading, or Decoding	1-2年級	1. 學習字母與字音之間的對應關係。 2. 閱讀時半記半猜。 3. 認字的錯誤從字形相似但字義不合上下文，到字形、字義都接近原來的字。
階段二	7到8歲	流暢期 Confirmation, Fluency,	2-3年級	1. 更確認所讀的故事。 2. 閱讀的流暢性增加。 3. 為閱讀困難是否有改善的重要契

階段別	閱讀期	閱讀期	年級	行為描述
		Ungluing from Print		機。 4.為建立閱讀的流暢性，大量閱讀許多熟知的故事是必要的。
階段三	9 到 14 歲	閱讀新知期 Reading for Learning the New	三A： 4-6	1.以閱讀方式來吸收新知。 2.先備知識和字彙有限，閱讀的內容屬於論述清楚、觀點單一。 3.剛開始以聽講方式吸收訊息的能力比以閱讀方式吸收訊息的能力則優於前者，到後期以閱讀方式吸收訊息的能力則優於前者。 4.字彙和先備知識增長的重要時刻。 5.學習如何有效閱讀訊息。
			三B： 7-8 （9）	
階段四	14到18 歲	多元觀點期 Multiple Viewpoints	國高中	1.閱讀的內容長度和複雜度增加。 2.閱讀的內容觀點多樣化。
階段五	18歲以上	建構和重建期 Construction and Reconstruction	大學	1.選擇性閱讀 2.即使是大學生也不一定達到階段五。 3.讀者不是被動接受作者的觀點，他會藉由分析、判斷以形成看法。

整理自 Chall, Jeanne. 1983. *Stages of Reading Development*. New York: McGraw Hill. pp. 10-24。

　　Chall 的理論可分為三個階段：愛上學習、學會學習與透過閱讀學習。

Chall 的理論有幾點特色值得注意：

（1）閱讀發展從零歲開始。打破以往閱讀準備度的說法，她並不認為閱讀是上學以後才開始的，也就是說，即便為上學接受正式的閱讀教學，孩子在無意中仍然可能學會一些書本和文字的概念，這種說法基本上呼應了讀寫萌發的主張。

（2）閱讀發展是終身的。閱讀發展即使到了成人階段仍然不斷成長，此外，也並非所有的個體都能發展至階段六。

（3）發展階段對教學或評量皆具指標性的引導作用。

（見《故事結構與分享閱讀》，頁8。）

二　與閱讀相關的國際評量

知識經濟的到來，引發了全世界的教育改革。如何實現對人才培養品質的有效監控，以引導教育有效的健康發展，已成為目前世界各國關注教育的焦點問題。評量一所學校的教學狀況、評量一名學生的基本素養，其價值導向是什麼，其評量標準又是什麼？以及透過什麼方式、方法、手段，才能科學有效地進行評量與監控，這些都是世界各國教育研究者在新世紀所面臨的共同課題，於是有了國際性的評量測試，本文試說明與閱讀相關的評量測試如下：

1 PIRLS

全球學生閱讀能力進展研究（Progress in International Reading Literacy Study, PIRLS），由「國際教育成就評鑑學會」（Interna-tional Association for the Evaluation of Educational Achievement, IEA）主辦，

研究的目的旨在探討小學四年級學童（九歲到十歲）的學業成就，兒童在家庭和學校中學習語文閱讀的經驗，並找出獲取語文閱讀能力的因素。

國際教育成就評鑑協會自二〇〇一年開始，每隔五年針對四年級學生，進行各家地區閱讀素養能力國際性評量，臺灣從二〇〇六年與四十四個國家或地區一起參加PIRLS，二〇一一年測驗是第二次參與。

PIRLS 所使用的測驗文章皆先排除文化可能造成的影響，經 IEA 閱讀和課程專家小組評估，對四年級學生是否具有可讀性及適當性後，再由各個國家或地區的 NRCs 確認來決定，評估的標準有四：

（1）題目及主題對四年級學生是否適當；
（2）在性別、種族、倫理、宗教上是否公平或是夠敏感；
（3）語言學屬性的種類以及層次；
（4）訊息的稠密度。（見《PIRLS2011報告——臺灣四年級學生閱讀素養》，頁8）

以下試引錄港、臺參加兩次評量重點如下：

香港參加二〇〇一年的報告書《兒童閱讀能力進展——香港與國際比較》摘要：

閱讀理論
閱讀能力指學生能理解及運用語言的能力，從各種文章建構意義。他們能透過閱讀學習，參與社會活動，和享受閱讀的樂趣。兒童約9歲以前是發展閱讀能力的第一階段，開始學會閱讀（learn to read）；而9歲之後是兒童發展閱讀能力的第二階段，從閱讀中學習（read to learn）；而13歲以上的青少年以功

能　　　　　　　　　　　　　　　　　　　　　　　性

閱讀為主，因應不同需要閱讀不同
類型文章。

閱讀的目的，包括個人興趣、休閒
娛樂、獲得社會資訊及從閱讀中獲
得知識等。對年輕的讀者來說，閱
讀的主要目的是個人興趣、娛樂及
從閱讀中學習。研究大致把閱讀目
的分為兩大類：（1）尋找並運用資
料，（2）文學經驗的獲得。

閱讀理解的能力可分為四個層次：
（1）尋找明顯訊息；（2）直接推論；（3）綜合並解釋篇章；
（4）評價篇章內容及語言形式。（頁 Xiii）

臺灣參加二〇一一年報告書《PIRLS　2001報告——臺灣四年級
PIRLS 學生閱讀素養》報告摘要：

國際教育成就評鑑協會（IEA）自
2001年開始，每隔五年針對四年級
學生，進行個國家或地區閱讀素養
能力國際性評量。臺灣從2006年與
44個國家或地區一起參加 PIRLS，
2011年測驗是第二次參加，因此有
2006年至2011年趨勢資訊。

PIRLS 評量學生閱讀素養包括閱讀
表現、對閱讀的態度和習慣以及造

成此閱讀表現的環境因素。PIRLS 評量項目包括：

閱讀測驗：閱讀理解測驗主要是藉由兩種文體的閱讀材料——故事體與說明文——來檢視閱讀理解歷程。閱讀歷程包括「直接理解歷程」和「詮釋理解歷程」兩部分，「直接理解歷程」又分為直接提取以及直接推論；「詮釋理解歷程」則分別為詮釋整合以及比較評估。

五種環境條件問卷，分別由學生、家長、學校、教師、國家或地區的研究主持人填寫，用來了解基本人口資料、學生閱讀態度，以及學生的閱讀環境、教師閱讀教學、學校閱讀教育政策、整體閱讀課程安排等。（頁1）

2 PISA

PISA 是「國際學生能力評量計畫」（the Programme for International Student Assessment, PISA），PISA 主要對即將完成義務教育的十五歲學生進行評估，測試學生是否已經掌握了參與社會所需要的知識與技能。測量類別有閱讀、數學與科學。就閱讀而言，是在評量是否已能具備從閱讀來學習的能力，PISA 是由 OECD（Organisation for Economic Co-operation and Development）主導的國際測試，從二〇〇〇年開始，每三年一次。PISA 評量素養的架構指導評量的發展，以閱讀素養而言，PISA 閱讀素養評量建基於三個主要特徵：文本（texts）、歷程（aspects）和情境（situations）。試將其架構的主要特徵引錄如下：

其二〇〇九年閱讀素養架構的主要特徵如下：

文本 學生必須閱讀何種文本？	媒介 文本呈現的形式為何？	紙本 數位
	環境 讀者是否能改變數位文本？	作者為主（讀者為接收者） 訊息本位（讀者可做改變）
	文本形式 如何呈現文本？	連續文本（句子） 非連續文本（列表，如此圖） 混合文本（合併） 多重文本（一個以上的來源）
	文本類型 文本的修辭結構為何？	描述性（回答「什麼」） 技術性（回答「何時」） 說明性（回答「如何」） 議論性（回答「為什麼」） 指引性（提供教學） 互易性（交換訊息）
歷程 讀者閱讀文本的目的和方法為何？	擷取與檢索文本資訊 統整與解釋閱讀內容 省思與評鑑檢視文本與關聯個人經驗	
情境 就作者的觀點，文本的意欲用途為何？	個人：滿足個人興趣 公共：與廣泛社會有關 教育：用於教學 職業：與工作世界有關	

（見《臺灣 PISA　2009結果報告》，頁23）

三　閱讀理論

兒童是獨立的個體。

兒童需要時間來成長、學習和發展，把兒童區別於成人來對待，不是歧視他們而是認識到他們的特殊狀態。所有的兒童相對於成人來說都有特殊的需要，如智力上的、社會性上的、情緒的。兒童有別於成人的學習、思考和感受。

相同的，兒童的閱讀更需要時間與累積。

個人認為兒童的閱讀理論在於「瞎子摸象」。「瞎子摸象」給人的刻板印象是幼稚無知、以偏概全。然而，從後現代的微觀視之，似乎是經典的閱讀理論。其間更契合兒童心理、生理與社會等方面的發展與需求。

瞎子摸象，大概起源於印度，可能是耆那教或佛教，有時也歸於蘇菲派和印度教。目前所見似乎皆出之於佛經。如《百喻經》、《菩薩處胎經》、《大波涅槃經》、《義足經》、《六度集經·鏡面王經》、《長阿含經·第四分·世記經·龍鳥品第五》等。今取《六度集經》：轉錄

如下：

《六度集經・卷八・明度無極章第六・八九・鏡面王經》：

臣奉王命，引彼瞽入，將之象所，牽手示之。中有持象足者，持尾者，持尾本者，持腹者，持脇者，持背者，持耳者，持頭者，持牙者，持鼻者。瞽人於象所爭之紛紛，各謂己真彼非，使者牽還，將詣王所。王問之曰：汝曹見象乎？對言：我曹俱見。王曰：象何類乎？

持足者對言：明王，象如漆筩。

持尾者言，如掃箒。

持尾本者言，如杖。

持腹者言：如鼓。

持脇者言，如壁。

持背者言，如高坑。

持耳者言，如簸箕。

持頭者言，如魁。

持牙者言，如角。

持象鼻者對言：明王，象如大索。

復於王前共訟曰：大王，象真如我言。（微縮資料，〔吳〕釋康釋會譯，宋元間遞刊梵夾本配補明南藏本天龍山刊本及明寫本，出版年不明。）

北京市　北京師範大學出版社
2010 年 9 月

臺北市　臺灣英文雜誌社公司
1994 年 6 月

　　以下試從心理學、教育學與文學理論等方面，申論「瞎子摸象」
的經典性。

一　心理學

　　學習是當代心理學中最重要的主題之一。由於研究方法不同，是
以學習理論亦有差異，本文擬從行為心理學與認知發展心理學為例。

（一）行為心理學
　　　　——嘗試錯誤學習（Trial-and-error learning）

　　指學習的一種方式。在學習之初，個體對學習環境，缺乏適當反
應，只是以一般反應應付新的情境。惟經多次活動後，有的反應有效，
獲滿意結果而保留，有的反應無效果〈錯誤〉而放棄。如此，繼續練
習多次之後，正確有效之反應逐漸增加，錯誤無效之反應逐漸減少，
最後終能學習到只有正確而無錯誤反應的地步。本詞也稱探索與成功

（fumble-and-succuss）、漸進與校正（approximation-and-correction）、
嘗試學習（trial learning）。嘗試錯誤學習在行為心理學的學習理論，
稱之為制約學習。制約學習有兩種：

　　一種稱為古典制約（classical conditioning）；古典制約實驗方法
原係俄國生理學家巴甫洛夫（I. P. Pavlov, 1849-1936），為研究狗的消
化作用所設計，故而也稱巴氏制約法（Pavlocian conditioning）。另一
種稱為工具制約（instrumental conditioning）；工具制約實驗方法最早
是美國心理學家桑代克（E. L. Thorndike, 1974-1949），為研究貓的學
習而設計的，後經史金納（B. F. Skinner, 1904-1990）改進，稱為操作
制約（operant conditioning）。本詞譯為制約學習時，係指個體經制約
作用所產生的行為改變，代表兩類學習。此兩類學習的共同特徵是，
本來不能引起個體某種特定反應的刺激，經制約作用之後，即能引起
某特定之反應。因此，制約學習也稱為刺激反應學習（stimulus-
response learning），或稱聯想式學習（associative learning）。稱兩種制
約作用為兩種制約學習時，其原文是一樣的，分別是古典制約學習
（classical conditioning）與工具制約學習（instumnental condition-
ing）或操作制約學習（operant conditioning）兩類。

　　以上三人皆屬行為心理學者。其理論皆在刺激→反應公式。而
桑代克、史金納是以機能為主導的理論。兩人反映了達爾文主義對學
習的影響，亦即是強調學習與適應環境之間的關係，而史金納則是激
進行為主義者，至於巴甫洛夫的理論則以聯想為主導。

巴甫洛夫　　　　　　　　北京市　北京大學出版社
　　　　　　　　　　　　2015 年 5 月

桑代克　　　　　　　　　北京市　北京大學出版社
　　　　　　　　　　　　2010 年 11 月

史金納　　　　　　　北京市　華夏出版社　　臺北市　張老師文化事業公司
　　　　　　　　　　1989 年 10 月　　　　　1992 年 7 月

羅倫‧史蕾特　臺北市　張老師文化事業公司
2006 年 5 月

（二）認知心理學——皮亞傑

　　皮亞傑（Jean Piaget, 1896-1980）依據生物的發展規律，認為個體組織環境和適應環境，是不可分開的活動，通過對軟體動物的觀察和研究，他認識到動物的發展和演變，直接受到它與環境的交互作用所影響。這些軟體動物，無時不對它所漂流到的新環境進行組織，以

求適應。在這樣不斷的組織適應中，它自己也就發生演變。同樣，皮亞傑推論，一切人類的認知的活動，也不外是它對知覺環境作出組織與適應的活動。

為了要系統解釋認知組織和適應，皮亞傑創造了四個心理學概念：

1. 機略（圖式）（schemas）：將知識形象化，成為一個概念模型。機略是人類用以對環境作理智的適應和組織的認知結構，亦即是人類發展過程中用以適應和改變環境的心智結構。

2. 同化（assimilating）：將新知識和舊有知識類比，並作出關聯。

3. 調適（順化）（accommodating）：將舊知識的概念模型改變調適，以容納新的內容。

4. 平衡（equilibrium）：是同化與調適活動的平衡，是認知發展過程中的一環。

皮亞傑認為「刺激—反應」公式不足解釋認知學習過程。它認為遺傳是決定個人智力機能不變素（functional invariants）的本質。也就是說，遺傳決定了同化和調適的本質。因此，遺傳對個人的認知發展有很大的影響。但是，認知發展是個人的稟賦和實際生活經驗的結果，是以活動和經驗是促進認知發達的必要條件。而動機是同化和調節活動的內在的、自發的動力。這種動力不斷推動著認知能力的發展。

皮亞傑認為在認知發展過程中，人不是反應刺激的機械，而是主觀選擇刺激，並作反應的主宰者。所以皮亞傑著重人在學習中的主宰作用。

皮亞傑

《認知心理與通識教育》
香港　香港中文大學出版社
2009 年第二版

二　教育學——杜威（由做中學）

杜威（John Dewey, 1859-1952）最重要的兩個教育思想：連續性以及由做中學（Learning by doing）。

教育的連續性是指，一個人如果念完一個教育階段，或是他唸完了數學第一冊，卻不想在繼續唸下去，這代表教育是失敗的。沒有連續性，成功的教育是一直延續下去的，就是現在所謂的終身教育。

做中學是經驗主義、行為主義、進步主義的產物。

「由做中學」或「從經驗中學習」（learning from experiences）是在強調經驗的重要。經驗包含了主動與被動兩個要素。就主動方面來說，經驗是一種嘗試或實驗；就被動方面來說，經驗就是從事行為的結果。

當我們去經驗某種事務的時候，就包含了這兩個過程。又經驗有「嘗試錯誤式的學習」與「思考式的經驗」之分。而經驗的重點在於經過思考使其成為有意義的經驗。

因此杜威認為，創造充分的條件讓學習者去「經驗」是教育的關鍵：所謂經驗，本來是一件「主動而又被動的」（active-passive）事情，杜威把經驗當作主體和對象、有機體和環境之間的相互作用。他主張以這種進步的（progressive）教育方法使學習者從活動中學習，經驗本身就是指學習主體與被認識的客體間互動的過程。但他又說經驗的價值怎樣，全視我們能否知覺經驗所引出的關係，或前因後果的關聯。

三　文學理論──接受理論

從西方現代文學批評史脈絡，可發現文學解讀經歷三個明顯的階段，即作者中心論到文本中心論，乃至讀者中心論。所謂讀者中心者，是說文本是無聲的存在者，直到有讀者開始閱讀的那一剎那，文本才活起來。走向讀者意味著美學領域研究重點的一個根本性轉移，意味著方法論的一個重大變革，也意味著文學研究在文學與社會、美學與歷史之間長期被人為分割造成的鴻溝上架起一座橋樑。讀者中心論也意味著讀者是文學活動中最重要的元素，亦即重現讀者的主體性。

以讀者為中心的接受理論（或稱接受美學〔Receptional Aesthetic〕）在一九六〇的德國興起，重要的代表人物有漢斯・羅伯特・姚斯（Hans Robert Jauss, 1921-1997）和沃爾夫岡・伊瑟爾（Wolfgang Iser, 1926-2007）。

漢斯・羅伯特・姚斯　　　　　北京市　作家出版社
　　　　　　　　　　　　　　1992 年 2 月

沃爾夫岡・伊瑟爾　　　　　　北京市　中國社會科學出版社
　　　　　　　　　　　　　　1991 年 7 月

　　姚斯以「接受研究」為主軸；伊瑟以「反應研究」為重心。

　　漢斯・羅伯特・姚斯，德國康士坦茨大學法國文學教授。在一九
六七年，姚斯在就職典禮上發表〈文學史作為向文學理論的挑戰〉一
文後，他的系列論文開始談論著文學史研究這個中心議題，接受美學
的理論就在這些研究中產生。

沃爾夫岡‧伊瑟爾是接受美學的創始人，德國康士坦次大學教授，美國加州大學客座教授。重要著作有《隱含的讀者：從班揚到貝克特的散文小說的交流模式》（1974）、《閱讀活動：審美反應理論》（1978）。伊瑟爾強調文學作品中的文本所運用的語言，存有許多的「空白」與「不確定性」，造成文本的「召喚結構」。以此，「召喚結構」吸引讀者閱讀作品。閱讀的過程當中，讀者開始填補文本的空白與不確定性，加入創作文本的活動行列。另外，伊瑟爾也提出「隱含讀者」的概念，認為作者於創作的過程中，心中已有預設的「隱含讀者」存在，藉以揣測讀者的行為。

接受美學改寫文學史的撰寫方式，文學史不再只是作者與文本的歷史，而是將讀者納入文學史的角色，讀者在於本身的背景與時代的差異，作家與作品在文學史上的座標與定位也會跟著轉變。再則，文學史若缺少每個時代讀者的接受，文學史根本不存在，這就是接受美學基本的概念與想法。

龍協濤對於文學解讀理論出現三個發展階段，認為絕非偶然之事，而是有軌可尋，他認為文學解讀理論的改變是和社會的的脈絡與人類思考方式有著莫大的關係。

第一，由封閉的靜態考察，走向開放的動態建構。

作者中心論，研究作品像審視貝殼那樣，一定要追索、想像、還原出曾經生活其中的那個生命主體是什麼樣子。這種孤立地研究作家及其創作而忽視藝術特殊本質及其功能的傾向，自然是封閉的、靜態的研究。

作品中心論，即把文本當作自足的形成物，都是基於文學就是文學自身的認識，解讀就是自足對作品文本內涵的詮釋。兩者都認為文學作品有一個先在的意義，作者中心論從作品之外去尋求意義——作家的意圖；而作品中心論則從封閉的作品中，肢解作品，尋求意義。

　　直到讀者中心論，突出接受主體為最重要的因素，把讀者視為文學進程中的基本環節，接受美學理論本身是開放性的，它從文本與讀者的關係中來建構自己的體系，能夠廣泛適應有著不同民族文化和社會環境的國家吸收、改造和補充，從而在那生根、開花和結果。

　　第二，如果把文學解讀看成是一項系統工程，由作者中心論、文本中心論發展到讀者中心論，則是由「無我之境」到「有我之境」。

　　舉凡作者中心論與文本中心論的解讀，研究者必須做足大量的資料蒐集、觀察、以及研究。凡此種種都是被作者和文本牽著鼻子走，力圖客觀地再現作品的歷史原貌，挖掘作者寄寓於作品之中的本意，這樣就造成一個大寫的讀者——「我」的主體性失落。而以讀者為中心的接受美學理論，將「無我之境」到「有我之境」，才算是真正確立文學解讀的主體性位置。

　　第三，從思維方式講，由科學的事實認識轉向藝術的價值判斷；由習慣的順向思維變為逆向的反觀式思維；由回顧式思維轉為前瞻式思維。

　　文學解讀轉到以讀者為中心，實際上是由物（書）的問題轉化為人（讀者）的問題，對文學觀念的變革不是局部的，而是全局的，從而導致對傳統的研究方法的根本揚棄。以讀者為中心，即以人為中心，高揚審美中人的主體性地位，這既是現代社會專制式微、民主擴大的潮流帶來思維方式變革的反映，又是新的歷史條件下人文主義思潮回歸在文學創作和鑑賞中的標誌。（以上詳見龍協濤《文學解讀與美的再創造》，頁11-20）

《文學解讀與美的再創造》
臺北市　時報文化出版公司

陸　兒童閱讀的教與學

　　臺灣地區的兒童閱讀最招人詬病的是：城鄉差距、閱讀興趣、動機不高。而官方與學校更是受指責的對象，基本上我們缺乏遠見與主體性，官方只要成果，於是學校像是培訓、量化標準化的技能訓練場所，而非教養、成長的場域。也就是說教育是競技場，而讀書不過是一場又一場的爭奪戰，追求的是競爭力。

　　就閱讀的教與學而言，兩岸有共同的誤區：

　　1. 對兒童文學認識不足。有過度強調文學性（如童話、小說、繪本）閱讀，而忽略知識的閱讀。其實，所謂兒童文學，是專屬為兒童書寫的閱讀文本，其立足點是在合乎兒童在心理、生理與社會等方面需求，無論是文學性、知識性皆以兒童本位的合適文本。一味過度深化（如成人文本），其實是變相的抹殺學生閱讀興趣。

2. 課內、課外不分。閱讀就目前課綱而言，是屬於課外閱讀。雖然，有些縣市有閱讀課，卻無教學目標、教材與教學法等相關配套，於是乎時常流於形式化。

3. 認為閱讀是語文老師的事。其實閱讀是全體教師的事。其實各學科都有課外讀物，而各種學科，又有不同的閱讀方式。因此，才需要有閱讀課，教授各種不同文類的閱讀方式。所以，閱讀不只是語文老師，應該全體教師的事。

以下略述兒童閱讀相關的教與學。

一　閱讀教學模式

《突破閱讀困難——理念與實務》第二章〈閱讀教學模式〉中，介紹了幾種不同的學學模式（詳見頁27-47），試轉述如下：

1　直接教學模式

直接教學模式（Direct Instruction，簡稱 DI）是一九六六至一九六九年間由伊利諾州（State of Illinois）一位經驗豐富的幼稚園教師 Siegfried Engelman 發展出初步的教學模式，後來又先後跟任教於伊利諾大學（University of Illionis）的 Bereiter 教授、Becker 教授一起合作，將整套教學模式發展得更完整。

理論基礎與教學理念：

直接教學模式係根據行為主義的教學理論，強調有效教學的原

則；所謂「有效教學」是能夠讓學生在最短時間內精熟並保留所學習的技能。他們主張學習來自於多次、正確的練習，隨機的學習探索如果沒有做好，學生反而會一頭霧水，還容易種下錯誤的概念。近年來，認知負荷（cognitive load）理論也支持直接教學模式的若干主張，由該理論所延伸的教學原則之一是「提供範例」（worked examples），範例可降低初學者的認知負荷，使其有限的工作記憶用於特定的學習目標之上，而不會被其他無關細節分散心力。

2 認知策略教學模式

直接教學模式是先將閱讀技巧分解成數個小技巧，然後由教師以按部就班、循序漸進的方式讓學生精熟所有的小技能，期望學生將小技能整合運用於閱讀活動之中，認知策略教學（cognitive strategy instruction）則是強調教會讀者如何閱讀，並將策略用在真實的閱讀情境中才是最重要的。因為閱讀是一項「弱結構」的任務（less-structured tasks），不像一些事情只要運用固定的步驟便能應付；因此，即便直接教導讓學生精熟個別小技巧，他們也未必能將技能整合運用。閱讀策略教學就如同讓學生學會如何釣魚，而不是直接餵學生魚吃，之後他們才可能獨立閱讀，不必事事仰賴老師。

理論基礎與教學理念：

策略包含幾個屬性：（1）有步驟程序（procedural）；（2）有目的性（purposeful），即使用者會檢核目標是什麼？目標與現狀之間有多少落差？（3）使學習者要有意願（willful）；（4）需要投入的時間和心力（effortful）；（5）可增進學習效果（facilitative），以及（6）對很多學科學習都是重要的（essential）方法。易言之，學習者若能依據任務性質選對策略是可以增進學習成效的，但使用者與否的主動權操之在學習者手上，教學者無法強迫學生非用不可。雖然諸多研究已經

指出，認知策略教學有助於提升學生識字和閱讀理解。

對認知策略教學的建議，其步驟可細分為：

A. 測試

B. 承諾

C. 示範

D. 複述

E. 基礎練習

F. 精進練習

G. 提升動機

H. 維持與類化（詳見頁33-34）

3 全語言教學模式

基本上，全語言教學的興起是對與技能為主體的語文教育之反動。一九八〇年代，許多英語語系學校將語文課程的目標放在語言訓練，老師會讓學生做很多語音、拼字、字彙、文法和閱讀理解的習作練習；但諷刺的是，學生真正花在閱讀和寫作的時間反而變少，甚至興趣缺缺。於是，開始有學者提出新的主張，希望語文教育不要被切割成細小、無意義的技能練習，如此一來只會抹殺學生的學習熱情，反而無法讓他們了解語言的全貌，或是使用語言來溝通。

理論基礎與教學理念：

從全語言教學的理論基礎來看，不難推論其教學主張。歸納全語言教學的主張是「所有讀寫教育均須是真實而有意義的，必須與學生的興趣、生活及所在的社區緊密關聯。因此，聽、說、讀、寫都應注意溝通與使用的場合，此即全語言「全」字的真義。

4 三種閱讀模式之比較

在說明了三種閱讀模式後，我們可以了解，這些教學模式主張「教哪些內容（課程）」、「怎樣教最有效（教法）」和「要教誰（對象）」。基本上，不論是哪一種教學模式，都將識字（解碼）和理解視為閱讀的重要成分，但是各家各派如何打造學生的閱讀能力，卻有不同路徑。

「直接教學模式」從解碼開始，將熟悉字母和字音的應對原則，而字詞教學是學會閱讀的入門磚，先學細部（指解碼），後學整體（指理解），教學模式是呼應由下而上（bottom-up）的閱讀理論。

「全語言教學模式」從聽讀故事開始，先整體再細部，教學模式是呼應由上而下（up-down）的閱讀理論。

「認知策略教學模式」則不是直接處理閱讀成分，而是研究學習字詞和閱讀的有效方法，此教學模式主要是讓讀者擁有問題解決能力，它是由訊息處理理論衍生而來。

在比較不同的教學模式時，必須區分「策略」和「技能」（skill）兩者的差異。所謂「策略」是有意識的思考歷程，需要耗掉比較多的認知資源；而「技能」則近似自動化歷程，所需的認知資源相當少。在閱讀過程中，能力好的讀者會用到很多閱讀「技能」，而不是需要很費腦力的「策略」，因為如果隨時都要斟酌每個細節如何處理，將會使閱讀變得十分吃力。

三種教學模式雖然都關心學童的閱讀，但是似乎在適用對象方面各有些許不同：

「直接教學模式」最初關注的對象是低成就、社經地位較弱勢的學生。

「認知策略教學模式」則是基於對優秀學習者的觀察，研究者希望藉由策略教學，讓生手向專家的方法看齊。

　　「全語言教學模式」的主張其一部分與幼兒讀寫萌發（emergent literacy）之研究有關，他們的觀察發現，幼兒語言發展是整體的，並非透過分割技能的練習而來，家庭和學校若能布置豐富的語文學習情境，將有助於幼兒從自然環境中學到讀寫的基本概念。

　　除了上述三大教學模式外，近來也有主張平衡閱讀教學，如《有效的讀寫教學：平衡取向教學》（Michael Pressley 著，曾世杰譯，心理出版社股份有限公司，2010年3月），平衡閱讀教學是指融合字母拼讀法教學和全語言教學的教學取向，以學習者的需要為基礎，在全語言的哲學和豐富的學習脈絡中，融合字母拼讀法的技巧教學、閱讀理解教學的策略和全語言教學的多元活動，因應學生的個別需要而進行技巧指導。

　　許多老師們認為在他們閱讀時，最能幫助他們了解的閱讀策略有下列典型的清單：

1. 重新閱讀（這一定是最常被提及的策略）。
2. 畫重點（畫底線、畫圈、用螢光筆、貼上便條）。
3. 寫出來（把意見或問題寫在空白的地方）。
4. 瀏覽（事先閱讀、略讀、掃描一下、先讀最後一段、先讀每一段的前幾行、讀開場的幾段、預測）。
5. 連結（運用過去的經驗和既有的知識，來協助了解想法和找出字彙）。
6. 監測（調整速度、暫停和思考、輕聲閱讀、大聲朗讀、跟自己說話）

二　艾登・錢伯斯的閱讀循環

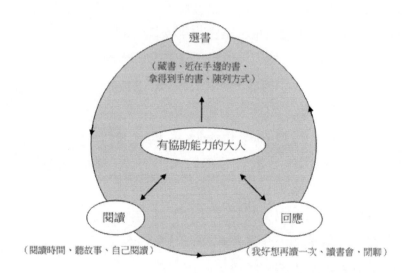

（見《打造兒童閱讀環境》，頁16。）

閱讀循環的相關環節：

1. 選書
2. 閱讀
3. 回應
4. 有協助能力的大人

1 選書

選書正是閱讀活動的開始，我們每一次的閱讀，都是從我們手邊的各項圖書資料中所做的選擇，像是書籍、雜誌、報紙、商業文件、政府出版品、垃圾郵件、廣告、度假手冊等等。即使只是單純地走在街上，也處處充斥著要我們去閱讀的「環境出版品」，像是路標、海報、店家的特賣訊息，甚至街角的塗鴉等。我們得從這一團混亂的鉛字中，去選擇我們需要的資訊，一旦找到需要或是有興趣的資料，我們將會很樂意再繼續深入研讀。

閱讀的第一步是，我們身邊得要有一批藏書，而這些藏書需含括我們感興趣的種類。

因此，鼓勵閱讀的首要任務，就是學習如何選擇並建立一批豐富的藏書，同時把孩子視為成熟而可信任的讀者，指導他們如何有效地閱讀，並隨時提供必要的協助。

2 閱讀

對於學習剛起步的孩子而言，我們最能幫助他們的方式，就是依循著孩子在閱讀循環中的進展，隨時去肯定他們完成的每一個步驟。

孩子能去注意到書架上的藏書，是一個步驟；

能在架上選出一本他想讀的書，是另一個步驟；

決定手上的書正是他想看的書，或再放回架上去，又是一個步驟；

終於，他打算坐下來好好閱讀這一本書了，這也是一個步驟。

還有一點關於閱讀的重要概念，就是閱讀是需要時間的。

除了時間以外，閱讀還需要一個能讓人專心而不被打擾的場所，比方說周遭若是有其他令人分心的活動在進行著，像是電視機附近，就很難讓人靜下心來閱讀。

3 回應

某種感覺像是喜歡、厭煩、刺激、有趣、愉悅等，這些閱讀心得，正是讀者最大的樂趣所在。其中，有兩種回應對幫助孩子成為一位思考型的讀者，是非常重要的經驗。

第一種回應是在讀完一本喜歡的書之後，期待能再經歷相同的閱讀樂趣。

第二種回應則是在讀完一本喜歡的書之後，迫不及待地想和人談論自己的閱讀心得。

以身為資深讀者兼任教師的經驗是：其間的關鍵，就是在於和孩子討論書籍的，是什麼樣的人。

4 有協助能力的大人

如果小讀者能夠有一位值得信任的大人為他提供各種協助，分享他的閱讀經驗，那麼他將可以輕易地排除各項橫亙在他眼前的閱讀障礙。

三　兒童閱讀指導應有的認識

　　我們必須了解閱讀並非單純的技能，它仍有認知與情意的層面；閱讀也並非只有理解，在理解的前備知識是識字；閱讀更不是只有策略的套用，它需要了解孩子的起點行為。

　　引申的說，兒童閱讀能力的發展，是以兩方面因素互動的結果：一方面是兒童所處身的文化、社會、生活等外在因素；另一方面是閱讀活動的本質與兒童認知發展的特點等內在因素。總之，影響兒童閱讀能力的四種因素：家庭、學校、教學與學生，四者是息息相關。

　　又從學習的三個維度看閱讀，優質的閱讀這三個維度必須始終被顧及到。

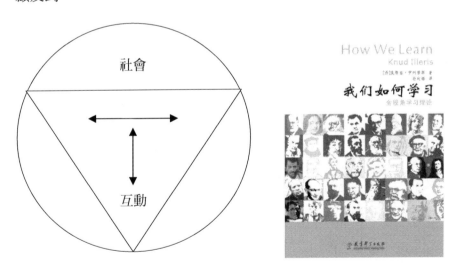

（見《我們如何學習》，頁26。）

　　又影響閱讀理解的變項，可分為三大類：讀者、文本與環境。讀者變項是指與讀者能力和背景知識相關的因素；本文變項指的是文章組織、架構、可讀性、用語的清晰度、陳述內容的趣味性等；至於環

境變項，包括教師的教學方式、閱讀的風氣、書籍量和其普及性、家庭文化裡對讀寫的態度、父母是否積極參與孩子的閱讀活動。綜而言之，影響閱讀理解的因素包括讀者文本及環境三項變項，讀者和文本是最直接影響閱讀的兩項因素，而環境變項是間接因素，三者的互動關係如下圖：

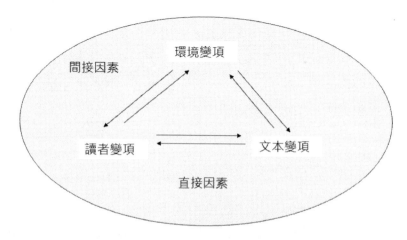

（見《故事結構教學與分享閱讀》，頁15。）

又閱讀涉及：會不會讀、願不願讀與能不能讀，引申的說，真正的閱讀與動機、記憶與專注力都息息相關。

且針對各種不同教育需求的學生，會有不同的閱讀課程：如發展性閱讀課程、矯治性閱讀課程、補救性閱讀課程與治療性閱讀課程。（見《突破閱讀困難──理念與實務》，頁50-52。）

因此，個人認為對兒童閱讀應有下列三項基本認識：

1. 重視閱讀與指導。兒童在成長與學習過程中，共三大任務，即是閱讀、閱讀、再閱讀。而閱讀亦當有學習與方法。
2. 從兒童文學作品切入，其間又以繪本為先。我們沒有辦法強迫

　　兒童閱讀他不喜歡的書。只有「樂趣」的兒童文學作品，才容
　　易激發兒童禁不住要閱讀的動機。
3. 親子共讀。不只是單篇短文的共讀，更要邁向長篇且長時間的
　　共讀。

　　至於執行原則，在於「以身做則」與「認清對象」。只要師長能
有閱讀習慣，並能提供閱讀環境，自然會有喜歡閱讀的兒童。同時，
更當認清兒童閱讀需求；我們要明白成人感受的閱讀樂趣在性質上是
跟兒童有所區別。

　　父母、教師如果懂得經驗自己和經驗環境，是啟發孩子良好性格
的動力。

　　最後，我願意介紹下列八本有關閱讀的書，作為你「認知」閱讀
的入門書。

柒　結語

　　寫給孩子看的書，應當不是為了教訓孩子；而只是為了引起他們的注意力和好奇心。

　　閱讀是一種滿足，滿足好奇的心。

　　閱讀是一種習慣，缺少的時候才知道不方便。

　　閱讀是一種關係的建立，這關係需要慢慢經營培養。

　　只要可以舞動、品嚐、傾聽、觀察，並見感覺周遭的各種訊息，孩子門幾乎沒有任何學不會的事情。

　　個人認為閱讀的本質是一種互動，一種休閒和遊戲，是一種瞎子摸象式的探索與嘗試，更是一種終生的本能行為或習慣。

　　而所謂的兒童閱讀，並非運動所能促成。

　　閱讀是一輩子的事，是父母送給孩子一生受用的禮物。

　　孩子是上天賜給父母的恩寵，以孩子的心、孩子的情、寬廣的愛去教養孩子，就是回饋上天禮物的最好表現。

　　是以所謂的兒童閱讀，即是在於閱讀環境的營造。在營造中以身作則，在營造中重視主體性與自主性。於是，所謂兒童閱讀自能有文化傳承的共同記憶。

　　朱自強在上個世紀末，認為二十一世紀中國的兒童文學觀：解放兒童的文學；同時也是教育成人的文學。（見《中國兒童文學與現代化進程》，頁414-429。）

　　面對兒童與教育，有三位哲人值得我們再三品味。

1　孔子

　　孔子，名丘，字仲尼，春秋末期魯國人，生於周靈王二十一年（西元前551年），死於周敬王四十一年（西元前479年），享年七十三歲。

　　孔子是中國開創私人講學的第一位教育家，後世稱為至聖先師。就教育的觀點來說，最值得稱道的：

　　　因材施教；
　　　有教無類。

　　兩句話道盡教育的真諦。

2 馬斯洛

亞伯拉罕・哈羅德・馬斯洛（英語：Abraham Harold Maslow，1908年4月1日-1970年6月8日），美國心理學家，以需求層次理論最為著名，認為必須滿足人類天生的需求，最後才能達到自我實現。馬斯洛曾於布蘭戴斯大學、布魯克林學院、新學院與哥倫比亞大學擔任心理學教授，強調心理學的關注重點在人的正面特質。

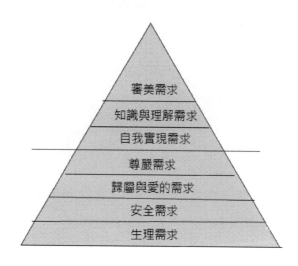

馬斯洛需求理論

西安市　陝西師範大學出版社
2010 年 6 月

3　加德納

加德納（Howard Gardner, 1943-），一九六一年進哈佛大學心理系，一九七一年或博士學位後，曾任哈佛大學「零點項目」計畫負責人二十八年。是當今最有影響力的發展心理學家和教育家，多元智能理論創始人，是推動美國教育改革的首席科學家。

他的多元智能理論，為教育打開了天窗。

北京市　中國人民大學出版社
2008 年 3 月

　　另外有一首陌生又熟悉的教養箴言，隨處可見，卻沒有告訴我們它是出自於 Dorothy Law Nolte（1924-2005），她是個親子教育者，家庭諮詢師，以 Children Learn What They Live 一詩著名，原先這首詩書寫於一九五四年，貼在她家的冰箱上，然後才被印成海報，被大家看見，變成教養的經典。一九七六年曾被 Canfield, J. & Wells, H. C. 收錄於 *100 ways to enhance self-concept in the classroom: A handbook for teachers and patents* 一書中。一九九八年，正式收錄於 Dorothy Law Nolte 自己的著作，*Children Learn What They Live: Parenting to Inspire Values* 一書中。原本教養箴言共有十九條（見 http://www.empowermentresources. com/info2/childrenlearn-long_version.html），後來也同意十二條的節縮版本（http://www.empowermentresources.com/info2/childrenlearn.html）。

 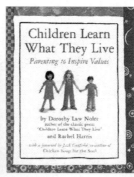 

海口市　南海出版社
2008 年 10 月

十九條完整版本：

《孩子從生活中學到什麼》（*Children Learn What They Live*）
　　1 如果一個孩子生活在批評之中，他學會了譴責。
　　2 如果一個孩子生活在敵意之中，他學會了爭鬥。

3 如果一個孩子生活在恐懼之中，他學會了憂慮。

4 如果一個孩子生活在憐憫之中，他學會了為自己感到難過。

5 如果一個孩子生活在嘲笑之中，孩子學會害羞。

6 如果一個孩子生活在嫉妒之中，他就學會什麼是嫉妒。

7 如果一個孩子生活在恥辱之中，孩子學會內疚。

8 如果一個孩子生活在鼓勵之中，他學會了自信。

9 如果一個孩子生活在寬容之中，他學會了耐心。

10 如果一個孩子生活在讚揚之中，他學會了感激。

11 如果一個孩子生活在接受之中，他學會了愛。

12 如果一個孩子生活在批准之中，他學會喜歡自己。

13 如果一個孩子生活在認可之中，他學習去擁有目標。

14 如果一個孩子生活在分享之中，他就學會關於慷慨。

15 如果一個孩子生活在誠實之中，他就學會真理是什麼。

16 如果一個孩子生活在公平，他就學會正義是什麼。

17 如果一個孩子生活在仁慈與體貼之中，他就學會尊敬是什麼。

18 如果一個孩子生活在安全之中，他學會信任自己和周圍的人。

19 如果一個孩子生活在友愛之中，他知道世界是美好的生活。

十二條節縮版本：

《孩子從生活中學到什麼》（*Children Learn What They Live*）

1 如果一個孩子生活在批評之中，他學會了譴責。

2 如果一個孩子生活在敵意之中，他學會了爭鬥。

3 如果一個孩子生活在嘲笑之中，孩子學會害羞。

4 如果一個孩子生活在恥辱之中，孩子學會內疚。

5 如果一個孩子生活在鼓勵之中，他學會了自信。

6 如果一個孩子生活在寬容之中，他學會了耐心。

7 如果一個孩子生活在讚揚之中，他學會了感激。

8 如果一個孩子生活在接受之中，他學會了愛。

9 如果一個孩子生活在批准之中，他學會喜歡自己。

10 如果一個孩子生活在誠實之中，他就學會真理是什麼。

11 如果一個孩子生活在安全之中，他學會信任自己和周圍的人。

12 如果一個孩子生活在友愛之中，他知道世界是美好的生活。

（參考資料：http://www.rootsofaction.com/children-learn-what-they-live-lessons-from-dorothy-law-nolte/）

其實，我認為教育主旨在於：

學會學習

學會生活

童年只有一個，過度的催生、催熟，都只是在消費兒童。

閱讀可以為自己開闢另一個世界，無拘無束地在書中徜徉。

面對閱讀、知識與權力、共利與共生，面對學習型的社會，如何推展終身學習，重建閱讀理念，重返閱讀的本質，亦即希望閱讀的關係從知識、權利的桎梏中解放，閱讀成為一種互動，一種休閒與遊戲，這是我們所該慎思之處，亦即是所謂閱讀運動或讀書會宜加深思之處，我們盼望：

讀書，是終身的本能行為。

面對紛爭不斷，是非莫明的時代與社會，我一直相信：

人能弘道；非道弘人。

如何弘人，或許兒童文學正是教育成人的文學，這是一種的人文關懷。

童年不再，但童年可以重現。事實上，童年，不是年齡，是一種心態。

孩子氣，亦與歲月無關，倒是一種智慧的表現。

只有重新做孩子，但持孩子氣，才可能遠離一切煩憂，從小小香包裡，也能找到快樂天堂。

黃明堅有篇〈保持孩子氣〉，清新有趣，將其重點轉錄如下：

球鞋——做個體育系學生，
100%棉——如嬰兒般，
卡通——沒有不可能的事，
故事書——你一定要看，
零食——突然變得富有。（詳見《輕輕鬆鬆過日子》，頁90-115）

於是乎我們似乎又見如蓮花般的童顏，
於是我們笑拜兒童作師尊，
直觀、無間、自得、盡情。
保持孩子氣，重現童年。

參考書目

一　中文

（一）

D. Escarpit著　黃雪霞譯　《歐洲青少年文學暨兒童文學》　臺北市　遠流出版公司　1989年9月

Jennifer Birckmayer、Anne Kennedy、Anne Stonehouse　葉嘉青編譯　《從搖籃曲到幼兒文學──零歲到三歲的孩子與故事》　臺北市　心理出版社　2010年3月

孔起英　《兒童審美心理研究》　南京市　江蘇教育出版社　2004年12月

王泉根　《中國兒童文學現象研究》　長沙市　湖南少年兒童出版社　1992年10月

王瓊珠、陳淑麗主編　《突破閱讀困難理念與實務》　臺北市　心理出版社　2010年3月

王瓊珠編著　《故事結構教學與分享閱讀》（第二版）　臺北市　2010年8月

司琦著　《兒童讀物研究》　臺北市　臺灣商務印書館　1993年6月修訂版

朱自強　《中國兒童文學與現代化進程》　杭州市　浙江少年兒童出版社　2000年12月

羊汝德　《新聞常用字之整理》　臺北市　臺北市新聞記者公會　1960年1月

艾　偉　《國語問題》　臺北市　國立編譯館　1955年4月臺一版

克奴茲・伊列雷斯著　孫玫璐譯　《我們如何學習》　北京市　教育
　　科學出版社　2010年6月

林　良　《純真的境界》　臺北市　國語日報社　2011年10月

林文寶　《兒童文學故事體寫作論》　臺北市　財團法人毛毛蟲兒童
　　哲學基金會　1994年1月

林文寶等著　《兒童讀物》　新北市　空中大學　2013年1月

林文寶等著　《兒童文學》　臺北市　五南圖書出版公司　1996年9月

林文寶等著　《插畫與繪本》　新北市　空中大學　2013年8月

林玉体　《一方活水──學前教育思想的發展》　臺北市　信誼基金
　　出版社　1990年9月

姚一葦　《美的範疇論》　臺北市　臺灣開明書局　1980年9月

柯華葳　《培養Super小讀者》　臺北市　天下雜誌公司　2009年3月

柯華葳　《教出閱讀力》　臺北市　天下雜誌　2006年11月

柯華葳主編　《中文閱讀障礙》　臺北市　心理出版社　2010年9月

洪文瓊　《兒童文學見思集》　臺北市　傳文文化公司　1994年3月

張奇編著　《兒童審美心理發展與教育》　北京市　北京師範大學
　　2000年11月

許義宗　《兒童閱讀研究》　臺北市　市師專　1977年6月

陳世敏　《中文可讀性公式試擬》　臺北市　嘉新水泥公司文化基金
　　會　1976年1月

黃明堅　《輕輕鬆鬆過日子》　臺北市　皇冠文學　1995年9月

楊實誠　《兒童文學美學》　太原市　山西教育出版社　1994年12月

葉朗主編　《現代美學體系》　臺北市　書林出版公司　1993年10月

臺灣PISA國家研究中心主編　《臺灣PISA　2009結果報告》　臺北
　　市　心理出版社

齊若山等著　《閱讀──新一代知識革命》　臺北市　天下雜誌公司
　　2003年1月

樊美筠　《兒童的審美發展》　臺北縣　愛的世界出版社　1990年8月

蔣德仁編著　《PISA國際學生能力評量計畫概論》　臺北市　五南圖
　　　書出版公司　2013年11月

謝錫全等著　《兒童閱讀進力進展──香港與國際比較》　香港　香
　　　港大學出版社　2005年

（二）

邱子寧　〈試說「青少年文學」〉　《國文天地》第18卷第7期　2002
　　　年12月　頁4-9

孫邦正　〈兒童的閱讀興趣問題〉　《兒童讀物研究》　小學生雜
　　　誌、畫刊社　1965年4月　頁31-40

張春興　〈近百年來常用字彙研究評述〉　《教育的應為與難為》
　　　臺灣東華書局　1994年12月二版二刷　頁205-271

二　外文

Chall, Jeanne. 1983. *Stages of Reading Development*. New York: McGraw
　　　Hill. pp. 10-24

兒童、閱讀與教育

對於祖慶老師《整本書共讀的意義與價值——與臺灣林文寶先生商榷》一文，我並無特別意見。只能說或許我有言不盡意，抑或許聽者有失斷章取義之嫌，真是抱歉之至。其實，在論及「過度之力」時，我應該說用心而不是用力；至於共讀，我意指學生那堂課不是在共讀一本書，而真正是課外閱讀，那麼又何必規定共讀一本書呢？其實真正反對共讀的是米勒，他在《書語者》中反對全班共讀一本書，認為這是傳統做法，個人認為傳統做法並非不可取。

閱讀推廣之初，誤區之一即是課內、課外不分。當然，我也不認同「班級讀書會」這個「名不正，言不順」的用詞。兒童閱讀發展至今，所謂班級讀書會似乎應該已成過去了吧！如今，藉此機會說明我對閱讀的相關諸事，亦是快事一件。以下擬用三個關鍵字來說明兒童、閱讀與教育之間的種種相關之事。

壹　兒童文學

第一個關鍵字是兒童文學。

兒童文學是為兒童量身打造的精神食糧。我們期許給兒童一個屬於他們的童年。兒童文學是一個流動的概念，其產生是肇始於教育兒童的需要，而其動力則來自於工業革命與中產階級的興起。

當然，兒童的被發現，以及兒童觀的演進，更是與兒童教育、兒童文學息息相關。

一　定義

　　有關兒童文學的定義，可說界說紛紜，林良在《純真的境界》一書中，引錄兩段英國人編印的百科全書：《世界百科全書》，在「給孩子的文學」的條目下闡釋——「為了引起兒童閱讀興趣而撰寫的文學作品，可以說是一種新的文學門類。」《世界之書》百科全書特別收入一個「兒童文學」詞條——「跟固有的文學比起來，兒童文學是一種晚起的新文類。」

　　個人認為：「兒童文學」一詞，就文法結構而言，是屬於組合關係的片語，也稱「附加關係」或「主從關係」。其間「文學」是片語中的主體詞，稱為「端詞」；「兒童」是附加上去的，稱之為「加詞」。它最簡單而又明確的解釋是：兒童的文學。

　　但由於文法結構的限制，它只是由兩個名詞組合而成的專有名詞，其文意並不周延，且由於對「兒童」、「文學」有各種不同的解釋，於是有了各種不同的組合的定義。但至少從文法結構而言，它的主體是文學；又就修辭的角度來說，兒童文學之所以與成人文學不同，即是在於主要閱讀對象的不同。

　　其實，各種界定劃分都只是為了便於解說，難有十分清楚的分界。然而，就研究與教學的立場而言，兒童文學一方面要有兒童的特色，同時也要有可讀性的文學化。因此，兒童文學在本質上乃是在「遊戲的情趣」之追求，在實效上則是在於才能的啟發，而其終極目的則是在於人文的素養。是以，這種屬於兒童的文學作品，乃是經過一種設計；這種設計，不論在心理上、生理上與社會上等方面而言，皆是適合於兒童的需要的。

　　目前，通行的說法，「兒童文學」、「兒童讀物」、「童書」，則是屬於互通的同義詞。但就學門而言，則包括創作、鑒賞、整理、研究、

討論、出版、傳播與教學。

二 兩大門類與五個層次

　　國內首開兒童文學層次者，當屬王泉根。王氏於一九八六年《浙江師範大學學報》（兒童文學研究專輯）中刊登《論少年兒童年齡特徵的差異性與多層次的兒童文學分類》一文，文中談到把兒童分為三個層次的文學（幼年文學、童年文學、少年文學）。而後作者又在「三個層次」的基礎上，發展為「三個層次」與兩大門類，提出「兒童文學的新界說」。王氏從年齡界定三個層次；從兒童接受主體的審美趣味的自我選擇，規範了「兒童本位」與「非兒童本位」的兩大本位，用圖表簡示如下：

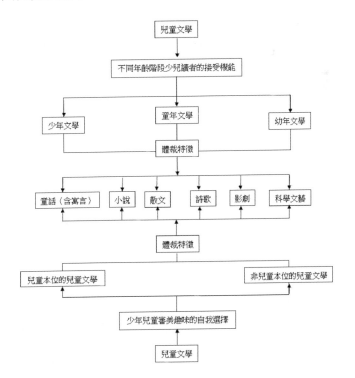

　　兒童文學的三個層次與兩大門類，是王泉根的創見。這個論述始
於二十世紀八〇年代後期，形成於九〇年代初期。但由於時代局限，
以及概念的流變，以今日而言，我們宜稱之為兩大門類與五個層次。

　　青少年文學，美國稱之為 "Young Adult Literature"，在國內則屬
存而不論的板塊。究其原因，與政治經濟發展有關，尤其是教育制度
更是關鍵所在。就義務教育而言，歐美國家有十二年，國內則是九
年。所謂義務教育，即有強制與保護的意旨，而所謂的「青少年文
學」，亦順理成章。

　　至於嬰兒文學的分化，遠因或與對低幼兒童的研究及重視教育有
關。所謂讀寫萌發，即是指低幼年齡段的讀寫。其概念緣起於紐西蘭
的克蕾（M. Clay），克蕾於一九六六年紐西蘭的奧克蘭大學（University
of Auckland）所作的博士論文《萌發的閱讀行為》，第一次使用了「讀
寫萌發」（emergent literacy），於是有了讀寫萌發的研究。從二十世紀
九〇年代起，臺灣亦有由讀寫萌發概念進行有關幼兒讀物發展的相關
研究。

貳　閱讀

　　語文教材離不開聽、說、讀、寫。所謂「讀」是指讀書，是教學
的主軸。臺灣小學課程歷經十來次的修訂，但一直是以說話、讀書、
作文、寫字為基本，直至一九九三年二月公佈的「新標準」，最大的
改變是：增加了「課外閱讀」一項。其後，二〇〇三年教材架構則改
為：注音符號、聆聽說話、識字與寫字、閱讀與寫作。　總之，所謂
閱讀，或課外閱讀除上述現象，各縣、市學校似乎皆以教師自主、學
校本位或空白課程等方式補充之，可是卻不見可行的教學目標、課程
與教學法。以下就有關閱讀說明一、二：

一　閱讀的成分分析

　　瞭解閱讀成分對於教學或評價皆有指引功能。關於閱讀成分的說法龐雜，多數研究者主張將閱讀成分分為識字與理解兩大部分。

　　美國哈佛大學著名的閱讀心理學家夏爾（Chall，1996）認為從幼小的孩子到成人的閱讀之間，閱讀行為在每個階段會產生不同的特徵，根據各階段的特殊性，可將閱讀發展分零至五，共六個階段（零至六歲的前閱讀期、六至七歲的識字期、七至九歲的閱讀流暢期、九至十四歲的閱讀新知期、十四至十八歲的多元觀點期、十八歲以上的建構和重建期）。

　　夏爾承認自己提出的理論乃是嫁接於皮亞傑的認知理論，與其有異曲同工之妙。她也主張「閱讀是一種問題解決的形式，讀者在調適或同化的歷程中，適應環境的要求」，後一個閱讀發展階段乃奠基於前一個階段，但並不表示一定要前者發展完備才能進入下一個階段。閱讀或學習障礙兒童在階段一和二有相當大的困難。對於有閱讀困難的孩子，我們要及早提供協助，否則拖到階段三以後，會讓孩子在各方面的學習都受到拖累，以致於原本只是識字困難，到後來連認知發展都落後了。總體而言，夏爾的理論，可分為三個大階段：愛上閱讀、學會閱讀與閱讀中學習。

二　閱讀教學模式

　　閱讀該怎樣教？一般可包括三個問題：教哪些內容（課程），怎樣教最有效（教法），要教誰（物件）。

　　而關於閱讀教學有許多主張：有主張技能導向，強調從認識字詞的基本功著手；有主張從學習策略著眼，強調培養高層次的思考能力，

以因應多變的文本內容和任務要求；還有以意義獲得和享受閱讀為指導原則的教學，主張以讀者為中心。以下介紹三種閱讀教學模式：

（一）直接教學模式

直接教學模式（Direct Instruction，簡稱 DI）是一九六六至一九六九年間由美國伊利諾州一位經驗豐富的幼稚園教師發展出初步的實踐模型，後來又先後跟任教於伊利諾大學的博瑞特（Bereiter）及貝克（Becker）兩位教授一起合作，將整套教學模式完善整。

直接教學模式依據行為主義的教學理論，強調有效教學的原則。他們主張學習來自於多次、正確的練習，隨機的學習探索如果沒有做好，學生反而會一頭霧水，還容易種下錯誤的概念。近年來，認知負荷（cognitive load）理論也支援直接教學模式的若干主張，由該理論所延伸的教學原則之一是「提供範例」，範例可降低初學者的認知負荷，使其有限的工作記憶用於特定的學習目標之上，而不會被其他無關細節分散心力。

（二）認知策略教學模式

直接教學模式是先將閱讀技巧分解成數個小技巧，然後由教師以按部就班、循序漸進的方式讓學生精熟所有的小技能，期望學生將小技能整合運用於閱讀活動之中。認知策略教學（cognitive strategy instruction）則強調教會讀者如何閱讀，並將策略用在真實的閱讀情境中才是最重要的。因為閱讀是一項「弱結構」的任務，不像一些事情只要運用固定的步驟便能應付（Rosenshine & Meister, 1997）。因此，即便直接教導讓學生精熟個別小技巧，他們也未必能將技能整合運用。閱讀策略教學就如同讓學生學會如何釣魚，而不是直接餵學生魚吃，之後他們才可能獨立閱讀，不必事事仰賴教師。

　　策略包含幾個屬性：1. 有步驟程式；2. 有目的性，即使用者會檢核目標是什麼，目標與現狀之間有多少落差；3. 使學習者有意願；4. 需要投入的時間和心力；5. 可增進學習效果；6. 對很多學科學習都是重要的方法。簡言之，學習者若能依據任務性質選對策略是可以增進學習成效的，但使用與否的主動權操之在學習者手上，教學者無法強迫學生非用不可。不過，諸多研究已經指出，認知策略教學有助於提升學生識字和閱讀理解。對認知策略教學的建議，其步驟亦可細分為：測試—承諾—示範—複述—基礎練習—精進練習—提升動機—維持與類化。

（三）全語言教學模式

　　基本上，全語言教學的興起是對以技能為主體的語文教育之反動。二十世紀八〇年代，許多英語語系學校將母語課程的目標放在語言訓練，教師會讓學生做很多語音、拼字、詞彙、文法和閱讀理解的習作練習；但諷刺的是，學生真正花在閱讀和寫作的時間反而變少，甚至興趣缺失。於是，開始有學者提出新的主張，希望語文教育不要被切割成細小、無意義的技能練習，如此一來只會抹煞學生的學習熱情，反而無法讓他們瞭解語言的全貌，或是使用語言來溝通。

　　從全語言教學的理論基礎來看，不難推論其教學主張。歸納全語言教學的主張是「所有讀寫教育均須是真實而有意義的，必須與學生的興趣、生活及所在的社區緊密關聯。因此，聽、說、讀、寫都應注意溝通與使用的場合，此即全語言『全』字的真義」。

　　基本上，不論是哪一種教學模式，都將識字（解碼）和理解視為閱讀的重要成分，但是各家各派如何打造學生的閱讀能力，卻有不同路徑。

　　直接教學模式從解碼開始，將熟悉字母和字音作為原則。字詞教

學，是為學會閱讀的入門磚，先學細部（解碼），後學整體（理解），教學模式是呼應由下而上的閱讀理論。反之，全語言教學模式從聽讀故事開始，先整體再細部，教學模式是呼應由上而下的閱讀理論。認知策略教學模式則不是直接處理閱讀成分，而是研究學習字詞和閱讀的有效方法，此教學模式主要是讓讀者擁有問題解決能力，它是由資訊處理理論衍生而來。

在比較不同的教學模式時，必須區分「策略」和「技能」兩者的差異。所謂「策略」是有意識的思考歷程，需要消耗比較多的認知資源；而「技能」則近似自動化歷程，所需的認知資源相當少。在閱讀過程中，能力好的讀者會用到很多閱讀技能，而不是需要很費腦力的策略，因為如果隨時都要斟酌每個細節的處理，將使閱讀變得十分吃力。

三種教學模式雖然都關心兒童的閱讀，但是似乎在適用物件方面各有些許不同：直接教學模式最初關注的物件是低成就較弱勢的學生；認知策略教學模式則是基於對優秀學習者的觀察，研究者希望借由策略教學，讓生手向專家的方法看齊；全語言教學模式的主張與幼兒讀寫萌發之研究有關，他們的觀察發現，幼兒語言發展是整體的，並非透過分割技能的練習而來，家庭和學校若能佈置豐富的語文學習情境，將有助於幼兒從自然環境中學到讀寫的基本概念。

除了上述三大教學模式，近來也有學者主張平衡閱讀教學「融合字母拼讀法教學和全語言教學的教學取向，以學習者的需要為基礎，在全語言的哲學和豐富的學習脈絡中，融合字母拼讀法的技巧教學、閱讀理解教學的策略和全語言教學的多元活動，因應學生的個別需要而進行技巧指導」。

而伴隨「以學習為中心」、「學習共同體」、「翻轉課堂」等新理念的湧現，閱讀概念本身也有了新的變化。這種新閱讀的概念，或稱之

為全閱讀、大閱讀，其變化是由文學轉向認知及思維，是學科融合，也是跨領域的學習與閱讀，因此閱讀不只是語文教師的事，更是全學科教師的事。

參　課程

　　課程是學校用以教導學生，達成教育目標的學習內容。依各國學者對此學習內容範圍廣、狹的不同，可有不同的界定。而本文課程是指課程標準規範下的學習學科，如語文、數學等。

　　依課程標準規定，閱讀是語文學習的重點之一，並非獨立或一門學科。但由於時代趨勢所需，海峽兩岸皆重視閱讀，用盡各種方式促使閱讀成為一個課程，皆在自主時段中列有閱讀課，一般是以語文教師兼任，而臺灣甚至設有閱讀教師。以下試以臺灣兒童閱讀發展為例略作剖析。

　　臺灣教育部推動閱讀，歷程簡述如下——在考察過日本的閱讀推廣活動後，臺灣將二〇〇〇年定為「兒童閱讀年」，開始進行兒童閱讀年計畫，接著在二〇〇一至二〇〇三年，推動「兒童閱讀運動實施計畫」；在隨後的二〇〇四至二〇〇八年，臺灣針對弱勢地區小學推出「焦點300——小學兒童閱讀計畫」，二〇〇七年轉為「悅讀101」活動，改變過去只針對弱勢地區的輔助，而轉為全面性的閱讀政策推動。這次轉變與二〇〇六年臺灣首次參加「PIRLS（國際閱讀素養測試）」成績不如人意有關。糟糕的成績，讓教育部重新審視閱讀內涵，熱鬧的活動背後，真的能提升學生的閱讀素養嗎？盡是非專業的「課外」活動，足以應付未來對「閱讀能力」的要求與挑戰嗎？

　　於是二〇〇七年，成為臺灣閱讀運動的轉捩點。此後多年來，由學者專家、一線語文教師、政策制定機構掀起的「第二波閱讀行

動」，關注到了不同的方向與重點，在猶豫與嘗試間拉鋸、緩步前行。

綜觀臺灣的閱讀教學，雖有閱讀課，但似乎缺乏實際課程的意義，一般是以教學者為主，既談不上學科，也缺乏計畫，更無目標；有的只是經驗，或是研究假設。

閱讀在官方的主導下，有閱讀師資培訓——「區域人才培育中心研究計畫」、「縣、市小學圖書館閱讀推動教師實施計畫」兩大團隊。前者後來回歸課文本位閱讀，後者則主要以圖書館利用、閱讀素養、資訊素養為三大主題，有完整的教學綱要，並有教學設計及專題網站，其重點在於圖書資訊利用，目前有許多學校採用其教材。

中國大陸的閱讀教學，則可謂是百花齊放。我曾應張祖慶名師智慧空間站之邀於「名師好課堂」做了一場「也談閱讀課程」的講座。在此期間，我考查閱讀教學與閱讀課堂的相關論述，亦不見有成型的閱讀課程架構，其間有兩本專著具有特色：《閱讀、發展、求知——小學生發展性閱讀教育研究》、《拔萃課堂教學模式》。

前者是上海閔行區漕河涇小學於一九九六年下半年，展開為期四年的「小學生發展性閱讀研究」課題的研究與實踐。此研究「將語文工具性閱讀轉向課程結構性閱讀，封閉式閱讀轉向素養發展型閱讀，在幫助學生習得知識的同時，發展其多方向的能力」（見于漪序。）這是我一直強調的大閱讀，閱讀不只是語文教師的事，因為各學科皆需閱讀。《拔萃課程教學模式》一書，於二〇一六年出版，同一年十一月二十九至三十日舉行成果發表會，我有幸受邀。書中所言是跨領域的教學與學習的模式。其領域有：品德與修養領域、語言與交往領域、科學與創新領域、健康與運動領域、藝術與審美領域。這是很前衛的課程設計，且其理論依據，亦不背離課綱。

綜上所述，國內的閱讀教學似乎未能走向大閱讀的概念，目前是

百家爭鳴，頗見個別功力，其失則是過度用力。其用力處在於做細做大，所謂細是過度深入與細緻，深入與細緻本身並無不好，只是有悖課綱需求，對學生而言，會有力不從心，又失去自主學習的意義之問題，至於大則是無限上綱。

我們瞭解每個學童都是獨一無二的個體，且是有機的、發展的，我們有責任幫助孩子找到自己的天賦，這種打破均一、鼓勵多元有五大行動方式：保護「不一樣」，為偏才、怪才找路；停止用考試評量孩子的潛能；打造「學習的無障礙空間」；跟隨孩子，打造個別化學習；相信自己、相信孩子。（詳見《明日教育》，親子天下公司，2016年10月）

目前，學校最受指責的是：學校像個培訓、量化、標準化的技能訓練場所，而非教養、成長的場域。我們需要明白閱讀並非單純的技能，也並非只有理解，理解的前備知識是識字。

如果我們在設計教育系統時，將標準化和一致性凌駕於學生個人、想像力和創造之上，那麼實行之後，標準化和一致性果然侵蝕了學生的個性、想像力和創造力，也就沒有什麼好驚訝的。

面對挑戰，我們可以有三個選擇：可以在體制內尋求改變，可以設法施壓要求教育系統改變，或積極參與體制外改革。轉型的關鍵也不是追求一致性，而是要適應個性的需求，發現每個孩子的天賦。我們需要營造的教學環境是能讓孩子產生學習欲望，並自然發現自己真正的熱情。

我相信就小學語文教學而言，無論字詞、篇章教學，還是群文閱讀、整本書閱讀皆有其可貴性與適應性，而其最可行的途徑是回歸課綱，亦即是回到正式課堂的教學。如何將聽、說、讀、寫有效引入課堂，這是教師的功力，功在於備課，備課則呈現在教學設計，而其設計的關鍵是是否將「鴛鴦繡了從教看，肯將金針度與人」。

　　回歸課綱，其效用有三：一者教育者放心；二者家長與教師安心；三者孩子收心。課程本身是複雜且專業的，但以課綱為框架，再輔以學校本位、教師自主的許可權或許可能因此推進個人獨特教學藝術的生成。

　　教育是育人，不可能複製量產。在因材施教理念之下，無所謂最好的方法或教材，最傳統或最新的科技，皆有其適用性，重要的是有效。

　　孟子曾言：「大匠誨人，必以規矩；學者亦必以規矩」、「梓匠輪輿，能與人規矩，不能使人巧。」教師也是人，過度用力，損人不利己，亦不接地氣與生活。個人認為為孩子找到起點，啟動動機、相信孩子與給予信心，這是務實不浮華的不二法門。「人能弘道，非道弘人」，我們也期待一個「眾聲喧嘩，多元共生」的普世教育樂園。

　　（原刊載於《福建教育》2018年2月第6期，總號1152，頁22-25。）

文學研究叢書·兒童文學叢刊 0809013

兒童文學與閱讀（二）

作　　者　林文寶
責任編輯　廖宜家
特約校稿　林秋芬

發 行 人　陳滿銘
總 經 理　梁錦興
總 編 輯　陳滿銘
副總編輯　張晏瑞
編 輯 所　萬卷樓圖書股份有限公司
排　　版　林曉敏
印　　刷　百通科技股份有限公司
封面設計　百通科技股份有限公司

發　　行　萬卷樓圖書股份有限公司
　　　　　臺北市羅斯福路二段 41 號 6 樓之 3
　　　　　電話 (02)23216565
　　　　　傳真 (02)23218698
　　　　　電郵 SERVICE@WANJUAN.COM.TW
香港經銷　香港聯合書刊物流有限公司
　　　　　電話 (852)21502100
　　　　　傳真 (852)23560735

ISBN 978-986-478-224-6
2018 年 12 月初版一刷
定價：新臺幣 400 元

如何購買本書：

1. 劃撥購書，請透過以下郵政劃撥帳號：
　 帳號：15624015
　 戶名：萬卷樓圖書股份有限公司
2. 轉帳購書，請透過以下帳戶
　 合作金庫銀行 古亭分行
　 戶名：萬卷樓圖書股份有限公司
　 帳號：0877717092596
3. 網路購書，請透過萬卷樓網站
　 網址 WWW.WANJUAN.COM.TW

大量購書，請直接聯繫我們，將有專人為您服務。客服：(02)23216565 分機 610

如有缺頁、破損或裝訂錯誤，請寄回更換

國家圖書館出版品預行編目資料

兒童文學與閱讀. 二 / 林文寶著. -- 初版. --
臺北市：萬卷樓, 2018.12　面；　公分. -- (文
學研究叢書. 兒童文學叢刊 ; 0809013)

ISBN 978-986-478-224-6(平裝)

1.兒童文學 2.兒童讀物 3.閱讀指導

815.9　　　　　　　　　　　107017978